ЛЮДМИЛА
УЛИЦКАЯ

ЛЮДМИЛА УЛИЦКАЯ

ЛЮДИ НАШЕГО ЦАРЯ

Москва

2005

УДК 82-3
ББК 84(2Рос-Рус)6-4
У 48

Макет художника *А. Бондаренко*

Оформление переплета *А. Ходаковского*

Улицкая Л.
У 48   Люди нашего царя. — М.: Изд-во Эксмо, 2005. — 368 с.

УДК 82-3
ББК 84(2Рос-Рус)6-4

ISBN 5-699-12801-8

Каких только людей нет у нашего царя!

Николай Лесков

Однажды обнаруживаешь, что тебя нет. Ты разбит на тысячу кусков, и у каждого куска свой глаз, нос, ухо. Зрение делается фасеточным, — в каждом осколке своя картинка, — слух стереофоническим, а запахи свежего снега и общепита, перемешавшись с ароматами тропических растений и чужих подмышек, образуют какофонию.

С юности делаешь титанические усилия, чтобы собрать, сложить свое «я» из случайных, чужих, подобранных жестов, мыслей, чувств и, кажется, вот-вот ты готов обрести полноту самого себя. Ты даже слегка гордишься своим достижением — оживил своей уникальной личностью некое имя-фамилию, дал этим ничего не значащим звукам свою индивидуальность, свои оригинальные черты.

И вдруг — крах! Куча осколков. Никакого цельного «я». Ужасная догадка: нет никакого «я», есть одни только дорожные картинки, разбитый калейдоскоп, и в каждом осколке то, что ты придумывал, и весь этот случайный мусор и есть «я»: слепой старик, наслаждающийся Бетховеном, красавица, безрадостно и тоскливо несущая свою красоту, две безутешные старухи и Женя-девочка, удивляющаяся глупости, тайне, лжи и прелести мира. Именно благодаря ей, Жене, своему представителю и посланнику, автор пытается избежать собственной, давно осточертевшей точки зрения, изношенных суждений и мнений, предоставив упомянутому осколку свободу независимого существования.

Автор остается посередине, как раз между наблюдателем и наблюдаемым. Он перестал быть себе интересен. В сущности, он сам в области наблюдения, не вовлечен и бескорыстен. Какая дивная игра открывается, когда расстояние от себя самого так велико! Замечаешь, что красота листьев и камней, и человеческих лиц, и облаков слеплена одним и тем же мастером, и слабое дуновение ветра меняет и расположение листьев относительно друг друга, и их оттенки. Рябь на воде приобретает новый узор, умирают старики и вылупляется молодь, а облака тем временем преобразовались в воду, были выпиты людьми и животными и вошли в почву вместе с их растворившимися телами.

Маленькие люди нашего царя наблюдают эту картину, задрав голову. Они восхищаются, дерутся, убивают друг друга и целуются. Совершенно не замечая автора, которого почти нет.

ЛЮДИ
НАШЕГО ЦАРЯ

Путь осла

Шоссе протекало через тоннель, выдолбленный в горе перед первой мировой войной, потом подкатывалось к маленькому городку, давало там множество боковых побегов, узких дорог, которые растекались по местным деревням, и шло дальше, в Гренобль, в Милан, в Рим... Перед въездом в тоннель мы свернули с автострады на небольшую дорогу, которая шла по верху горы. Марсель обрадовался, что не пропустил этот поворот, как с ним это не раз случалось, — съезд этот был единственный, по которому можно попасть на старую римскую дорогу, построенную в первом веке. Собственно говоря, большинство европейских автобанов — роскошных, шестирядных, скоростных — лежат поверх римских дорог. И Марсель хотел показать нам ту ее небольшую часть, которая осталась в своем первозданном виде. Невзрачная, довольно узкая — две машины едва расходятся — мощеная дорога от одного маленького городка до другого после постройки тоннеля была заброшена. Когда-то у подножья этой горы была римская станция курьерской почты, обеспечивающей доставку писем из Британии в Сирию. Всего за десять дней...

Мы поднялись на перевал и вышли из машины. Брусчатка была уложена две тысячи лет тому назад поверх гравиевой подушки, с небольшими придорожными откосами и выпуклым профилем, почти сгладившимся под миллионами ног и колес. Нас было трое — Марсель, лет пять как перебравшийся в эти края пожилой адвокат, толстая Аньес, с пышной аристократической фамилией и с явно дурным характером, и я.

Дорога шла с большим подъемом, и в такой местности всегда растворено беспокойство, возникает какая-то обратная тяга — та самая, которая вела римлян именно в противоположном направлении, — на север, на запад, к черту на рога, к холодным морям и плоским землям, непроходимым лесам и непролазным болотам.

— Эти дороги рассекли земли сгинувших племен и создали то, что потом стало Европой... — говорил Марсель, красиво жестикулируя маленькими руками и потряхивая седыми кудрями. На аристократа был похож он, сын лавочника, а вовсе не Аньес, с ее маленьким носиком между толстых красных щек.

— Ты считаешь, что вот это, — она указала коротким пальцем себе под ноги, — и есть римская дорога?

— Ну, конечно, я могу показать тебе карты, — живо отозвался Марсель.

— Или ты что-то путаешь, или говоришь глупости! — возразила Аньес. — Я видела эти старинные дороги в Помпеях, там глубокие колеи, сантиметров по двадцать камня выбито колесами, а здесь смотри, какая плоская дорога, нет даже следов от колеи!

Спор между ними — по любому поводу — длился уже лет двадцать, а не только последние три часа, что мы провели в машине, но я об этом тогда не знала. Теперь они крупно поспорили о колеях: Марсель утверждал, что дороги в черте города строились совершенно иным образом, чем вне города, и на улицах города колеи специально вырезались в камне, — своего рода рельсы — а вовсе не выбивались колесами.

Вид с перевала открывался почти крымский, но было просторней, и море было подальше. Однако заманчивая дымка на горизонте намекала на его присутствие. Отсюда, с перевала, видна была благородная линовка виноградников и оливковые рощи. Осыпи поддерживались косой клеткой шестов и системой террас.

У самых ног стояли высохшие, уже ломкие столбики шалфея, стелился по земле древовидный чабрец и поодаль пластался большой куст отцветшего каперса.

Мы вернулись к машине и медленно поехали вниз. Марсель рассказывал, чем греческие дороги отличались от римских — греки пускали через горы осла, и тропу прокладывали вслед его извилистого пути, а римляне вырубали свои дороги напрямую, из пункта А в пункт Б, срезая пригорки и спуская попадавшиеся на пути озера... Аньес возражала.

Деревушка, куда мы ехали, была мне знакома: несколько лет тому назад я провела в ней три дня — в одном из близлежащих городов проходил тогда фестиваль, и мне предложили на выбор номер в городской гостинице или проживание в этой крошечной деревушке. И я определилась на постой в старинный крестьянский дом, к Женевьев. Все, что я тогда увидела, меня глубоко поразило и тронуло. Женевьев оказалась из поколения парижских студентов шестьдесят восьмого года, побывала и в левых, и в зеленых, и в травных эзотериках, заглатывала последовательно все наживки, потом рвалась прочь, и к тому времени, когда мы с ней познакомились, она была уже немолодая женщина крестьянского вида, загорелая, с сильными синими глазами, счастливо одинокая. Сначала она показалась мне несколько заторможенной, но потом я поняла, что она пребывает в состоянии завидного душевного покоя. Она уже десять лет жила в этом доме, который был восстановлен ею собственноручно, и здесь было все, что нужно душе и телу: горячая вода, душ, телефон, безлюдная красота гор, длинное лето и короткая, но снежная зима.

Совершенного одиночества, которого искала здесь Женевьев, было в избытке, хотя с годами оно делалось ме-

14 нее совершенным: когда она нашла это место, здесь было четыре дома, из которых два были необитаемы, а два других принадлежали местным крестьянам — один сосед, кроме виноградника, держал механическую мастерскую, а у второго было стадо овец. Женевьев купила один из пустующих домов. Механик и пастух не нарушали вольного одиночества Женевьев, встречаясь на дорожке, кивали Женевьев и в друзья не навязывались.

Механик был неприветлив и с виду простоват. Пастух был совсем не прост — он был монах, провел в монастырском уединении много лет и вернулся домой, когда его старики родители обветшали.

Часовенка, стоявшая между четырьмя домами, была закрыта. Когда я к ней подошла и заглянула в окошко, то увидела на беленой стене позади престола рублевскую Троицу. Женевьев, атеистка на французский интеллектуальный манер, объяснила мне, что монах этот весьма причудливых верований, склонен к православию, не пользуется благосклонностью церковного начальства и, хотя в этой округе большой дефицит священников, его никогда не приглашают в соседние пустующие храмы, и он служит мессу изредка только в этой игрушечной часовне — для Господа Бога и своей матери. Семья механика на его мессу не ходит, считая ее «неправильной»... Я тогда подумала, что странно так далеко уехать из дому, чтобы столкнуться с проблемами, которые представлялись мне чисто русскими. Впрочем, пастуха я в тот год не видела, поскольку он пас свое стадо где-то в горах...

К Женевьев изредка приезжали погостить взрослые дети — сын и дочь, с которыми особенной близости не было, — и знакомые. Она радовалась им, но также радовалась, когда они уезжали, оставляя ее в одиночестве, до отказа заполненном прогулками, медитацией, йоговскими упражнениями, сбором ягод и трав, работой в небольшом огороде, чтением и музыкой. Прежде она была преподавательницей музыки, но только теперь, на свободе, научилась наслаждаться игрой для себя, бескорыстной и необязательной...

Совершенство ее умеренного одиночества дало первую трещину, когда приехавший ее навестить первый муж с новой семьей, влюбившись в это место, решил купить последний пустующий дом. Он разыскал наследников, и они охотно продали ему то, что еще осталось от давно заброшенного строения. Дом был восстановлен, и новые соседи жили там только на каникулах, были деликатны и старались как можно меньше беспокоить Женевьев.

Второй удар был более ощутим: Марсель, ее верный и пожизненный поклонник, с которым она прошла все фазы отношений, — когда-то Женевьев была его любовницей, позднее, когда от него ушла жена, отказалась выйти за него замуж и вскоре бросила его ради какого-то забытого через месяц мальчишки, потом они многие годы дружили, помогали друг другу в тяжелые минуты, переписывались, когда Марсель уехал на работу на Таиланд. Однажды она навестила его там, и отношения их как будто снова освежились, но потом Женевьев уехала в Париж и исчезла из поля зрения Марселя на несколько лет. Вернувшись в Париж, Марсель ее разыскал и был поражен произошедшей в ней переменой, но в новом, отшельническом образе она нравилась ему ничуть не меньше. И тогда он решил поменять свою жизнь по образу Женевьев, и купил себе заброшенную старинную усадьбу в полутора километрах от ее дома. Каменная ограда и большие приусадебные службы этого самого значительного строения во всей округе были видны из окна верхнего этажа дома Женевьев...

Мы приехали несколько позднее, чем рассчитывали. Перед въездом в деревню какое-то довольно крупное животное мелькнуло в свете фар, перебегая дорогу. Аньес, мгновенно проснувшаяся, закричала:

— Смотрите, барсук!

— Да их здесь много. А этого парня я знаю, его нора в трехстах метрах отсюда, — остудил ее Марсель.

Уже стемнело. В доме горел свет. Дверь была открыта, белая занавеска колыхнулась, из-за нее появилась Женевьев.

Мы вошли в большое сводчатое помещение неопределенного назначения. Своды были слеплены изумительно ассиметрично, кое-где торчали крюки — их было шесть, и падающие от них тени ломались на гранях сводов. Никто не знал, что на них прежде висело.

Нас ждали — был накрыт стол, но гости сидели в другой части помещения, возле горящего камина. В мужчине, похожем на престарелого ковбоя, я сразу же угадала бывшего мужа Женевьев, молодая худышка с тяжелой челюстью и неправильным прикусом была, несомненно, его вторая жена. Девочка лет десяти, их дочь, унаследовала от отца правильные черты лица, а от матери диковатую прелесть. В кресле, покрытом старыми тряпками — не то шалями, не то гобеленами, — сидела немолодая негритянка в желтом тюрбане и в платье, изукрашенном гигантскими маками и лилиями. Пианино было открыто, на подставке стояли ноты, и было ясно, что музыка только что перестала звучать... Огонь в камине шевелил тени на стенах и на сводчатом потолке, и я усомнилась, не выскочила ли я из реальности в сон или в кинематограф...

С дороги мы умылись. Вода шла из крана, но рядом на столике стоял фарфоровый умывальный таз и кувшин. Занавески перед душевой кабиной не было, возле нее стояла бамбуковая ширма. Ветхое, в настоящих заплатах полотенце висело на жестяном крюке. Прикосновение талантливых рук Женевьев чувствовалось на всех вещах, подобранных на чердаке, в лавке старьевщика и, может быть, на помойках. Видно было, что вся обстановка дома — восставшая из праха.

Смыв дорожную пыль, мы перецеловались европейским двукратным поцелуем воздуха, и Женевьев пригласила к столу. Большой стол был покрыт оранжевой скатертью, в овальном блюде отливало красным золотом пюре из тыквы, в сотейнике лежал загорелый кролик, охотничий трофей Марселя, а между грубыми фаянсовыми тарелками брошены были ноготки, горькие цветы осени. На покрытой салфеткой хлебнице лежали тонкие пресные лепешки, которые в железной печурке пекла Женевьев, никогда не покупавшая хлеба. Вино к ужину принес Жан-Пьер, ее бывший муж, большой знаток и ценитель вин, из своих сокровенных запасов. Он разлил вино в разномастные бокалы, негритянка Эйлин осторожно разломила лепешку — ногти у нее были невиданной длины, завивающиеся в спираль и сверкающие багровым лаком — и раздала гостям. Марсель поднял руки и сказал:

— Как хорошо!

Женевьев, раскладывая оранжевую еду на тарелки, улыбалась своей буддийской улыбкой, обращенной скорее внутрь, чем наружу. Никакого французского застольного щебетания не происходило, все говорили тихо, как будто боясь потревожить тайную торжественность минуты.

Вторая жена Жан-Пьера, Мари, вышла, и через минуту принесла из внутренних комнат ребенка, о котором я еще ничего не знала. Он был сонный, жмурился от света и отворачивал маленькое личико. Ему было годика три. Ручки и ножки его висели, как у тряпичной куклы. Мари поднесла к его рту бутылочку с соской. Взять в руки он ее не мог, но сосал — медленно и неохотно.

Девочка Иветт подошла к матери и тихонько о чем-то попросила. Мать кивнула и передала ребенка ей на руки. Она его взяла, как берут священный сосуд...

Жан-Пьер смотрел на малыша с такой нежностью, что совершенно перестал походить на отставного ковбоя...

Женевьев сказала мне:

— Это Шарль, наш ангел.

Он не был похож ни на херувима, ни тем более на купидона. У него было остренькое худое личико и светлые,

18 малоосмысленные глаза. Ангелов я представляла себе совсем иначе...

Я подняла бокал и сказала:

— Я так рада, что снова сюда добралась, — хотела сказать «друзья», но язык не повернулся. Всех, кроме Женевьев, я видела сегодня в первый раз. Включая и Марселя с Аньес, которые сегодня утром заехали за мной в Экс-ан-Прованс.

Но в воздухе происходило нечто такое, что они мне в этот момент были ближе друзей и родственников, возникла какая-то мгновенная сильнейшая связь, природу которой не могу объяснить.

Мы ели и пили и тихо разговаривали о погоде и природе, о тыкве, которую вырастила Женевьев на своем огороде, о барсуке, жившем неподалеку, о дроздах, которые склевывают созревшие ягоды. Потом Женевьев подала сыр и салат, и я догадалась, что она специально ездила в город на рынок за салатом — она жаловалась, что на ее огороде салат не растет: слишком много солнца. Я знала, что Женевьев живет на крохотную пенсию, покупает обычно муку, рис, оливковое масло и сыр, а все прочее выращивает на огороде или собирает в лесу.

Мальчик спал на руках у отца, а потом его взяла на руки негритянка Эйлин, и он не проснулся. Иветт подошла к Женевьев, обняла ее, что-то шепнула ей на ухо, и та кивнула.

Все снова переместились к камину, и Женевьев сказала, что теперь Иветт немного поиграет нам из той программы, которую готовит к Рождеству. Девочка села на стул, Женевьев ее подняла и, сняв с полки две толстые книги, положила их на сиденье стула. Девочка долго усаживалась, ерзая на книгах, пока Женевьев не положила сверху на книги тонкую бархатную подушку с кистями. Женевьев раскрыла ноты, что-то прошептала Иветт, та отвела за уши коричневые волосы, засунула челку под красный обруч на голове, уложила руки на клавиатуру и, глубоко вдохнув, ударила по клавишам.

Из-под детских рук выбивались звуки, складывались в наивную мелодию, и Женевьев запела неожиданно высоким, девчачьим голосом, приблизительно такие слова: «Возьми свою гармошку, возьми свою свирель... нет, скорее, флейту... сегодня ночью рождается Христос...» По-французски это звучало сладчайшим образом.

Шарль проснулся, Эйлин положила его себе на колени, поглаживая по спинке, и он свис вниз ручками, ножками и головой. Головку он не держал. Мари с тревогой посмотрела в сторону ребенка, но Эйлин поняла ее беспокойство и подложила под его подбородок ладонь, и он улыбнулся рассеянно и слабо. Или это сократились непроизвольно прижатые пальцами Эйлин лицевые мышцы... Эйлин тоже улыбнулась — лицо ее показалось мне в это мгновенье смутно знакомым.

Они пели дуэтом, Женевьев и Иветт, — согласованно и старательно открывая рты и потряхивая головами в такт нехитрой музыке. Под конец что-то сбилось в их пении: слов оказалось больше, чем музыки. Голос Женевьев одиноко повис в полумраке комнаты, а Иветт кинулась ее догонять, но смазала. Смешалась — и все засмеялись и захлопали. Иветт засмущалась, хотела встать, заерзала на подушке, красные кисти зашевелились: в просветах между кистями я заметила заглавия толстых книг — «История наполеоновских войн» и «Библия». Я давно уже смотрела во все глаза: маленькие детали — оранжевый стол, багровые ногти Эйлин, эти золотые буквы — были столь яркими и выпуклыми, что было жалко потерять хоть крупицу...

Женевьев перелистала ноты, и Иветт заиграла какое-то баховское переложение для детей так тщательно и строго, так чисто и с таким чувством, что Бах остался бы доволен. Эйлин поглаживала по спинке малыша и покачивала его на колене. Мужчины попивали кальвадос, выражая знаки одобрения друг другу, музыкантам и напитку.

Мари тихо радовалась скромным успехам дочки, но еще больше радовалась Женевьев:

— Мы начали заниматься прошлым летом, от случая к случаю, и видишь, какие успехи!

— Да, Женевьев, это потрясающе.

Потом Женевьев села за пианино, а Иветт встала за ее спиной, — переворачивать ноты. Играла она какую-то жалостную пьесу. Мне показалось, Шуберта.

Марсель тем временем достал футляр, лежавший за одним из многочисленных столиков, и вынул кларнет.

— Нет, нет, мы так давно не играли, — замахала руками Женевьев, но Иветт сказала:

— Пожалуйста, я тебя очень прошу...

Женевьев подчинилась нежной просьбе. Господи, да они обожают друг друга, эта девочка и независимая, пытавшаяся удалиться от людей Женевьев, вот в чем дело! — догадалась я наконец.

Был вытащен пюпитр, задвинутый за один из столиков. Марсель протер тряпочкой инструмент, прочистил ему горло, издав несколько хромых звуков. Иветт уже перебирала ноты на этажерке — она знала, что искать. Вытащила какие-то желтые листы:

— Ну, пожалуйста...

Аньес, болтавшая всю дорогу от Экс-ан-Прованс, молчала с того момента, как мы вошли в дом. Когда Марсель взялся за инструмент, она произнесла первые слова за весь вечер:

— Я думала, ты уже не балуешься кларнетом.

— Очень редко! Очень редко! — как будто оправдывался Марсель.

— Нет, Аньес, как бы мы ни хотели, ничего не меняется. Марсель все еще играет на кларнете, — многозначительно заметила Женевьев.

Эйлин переложила малыша: теперь она прижала его спинкой к своей груди, уложив головку в шелковом распадке.

Они начали играть, и сразу же сбились, и начали снова. Это была старинная музыка, какая-то пастораль восемнадцатого века, кларнет звучал неуверенно, и поначалу Женевьев забивала его, но потом голос кларнета окреп, и к концу пьесы они пришли дружно и согласованно. Это была самодельная музыка, но она была живая, и обладала каким-то особым качеством, какого никогда не бывает у настоящей, сделанной профессионалами. В ней звучал тот трепетный гам, который слышишь всегда, проходя по коридору музыкальной школы, но никогда — на бархатном сидении в консерватории.

Мари хотела взять из рук Эйлин ребенка, но та покачала головой. И неожиданно для всех встала, прижимая к себе Шарля, и запела. И как только она запела, я ее сразу узнала: это была знаменитая певица из Америки, исполнительница спиричуэлз. Она тоже была участница этого фестиваля, на который я приехала во второй раз, и ее портрет был отпечатан в программке. У нее был огромный низкий голос, богатый звериными оттенками, но при этом в нем была такая интимность и интонация личного разговора, что дух домашнего концерта не разрушался. Потолочные своды, неизвестно для чего устроенные в этом помещении, имевшем в прежней жизни какое-то специальное и загадочное назначение, принимали в себя ее голос и отдавали обратно еще более мощным и широким. Ее большое тело в водопаде шелковой материи двигалось и раскачивалось, и раскачивались огромные цветы, и ее руки с безумными ногтями, и красный рот с глубокой розовой изнанкой в окантовке белых зубов, и Шарль, которого она прижимала к груди, тоже раскачивался вместе с ней. Он проснулся и выглядел счастливым на волнующемся корабле черного тела в малиновых маках и белых лилиях...

«Amusant grace» она пела, и эта самая милость сходила на всех, и даже свечи стали гореть ярче, а Жан-Пьер обнял за плечи Мари, и сразу стало видно, что она молодая, а он

22 старый... Эйлин колыхалась, и тряпичные руки и ноги мальчика тоже слегка колыхались, но голова его удобно покоилась в углублении между гигантскими грудями. Иветт, сидя у Женевьев на коленях, подрыгивала тощими ногами в такт, а Аньес, уменьшившись от присутствия Эйлин до совершенно нормальных размеров, уложила свои свисающие щеки на руки и лила атеистические слезы на этот старомодный американский псалом. Эйлин закончила пение, покружила малыша вокруг себя, и все увидели, что он улыбается. И она опять запела, — «When the Saints go marching in...», и святые должны были бы быть беспросветно глухими, если бы не поспешили сюда, — так громко она их призывала.

В общем, несмотря на совершенно неподходящее время года, происходило Рождество, которое случайно началось от смешной детской песенки Иветт. Эйлин кончила петь, и все услышали стук в дверь, которого раньше не могли расслышать из-за огромности ее пения.

— Войдите.

Такое бывает только в сказке — можно было бы сказать. Но я-то знаю, что такого не бывает в сказках — только в жизни. На пороге стоял сосед-пастух. Он был в серой суконной куртке, из ворота клетчатой рубахи торчала загорелая морщинистая шея, а на руках он держал не новорожденного, а довольно большого уже ягненка.

— О, l`agneau! — сказала Иветт. — L`agneau!

Пастух жмурился от яркого света.

— Простите, я вас побеспокоил, мадам Бернар. У вас гости... Я два дня искал ягненка, а он упал, когда я гнал стадо возле ручья. Сломал ногу, и я вот только что нашел его. Лубок я ему уже наложил, но у него воспаление легких, он еле дышит, я пришел спросить, нет ли у вас антибиотика.

Ягненок был белый и почти плюшевый, но настоящий. К одной ноге была прибинтована щепка, мордочка и внутренность ушей была розовой, а глаза отливали зеленым виноградом.

— О, l`agneau! — все твердила Иветт, и она уже стояла рядом с пастухом, смотрела на него умоляюще, — ей хотелось потрогать ягненка.

— О боже! — расстроилась Женевьев. — Я не принимаю антибиотики. У меня ничего такого нет...

— У меня есть! Есть! — вскочила Мари и побежала в соседний дом. Ее муж последовал за ней. Иветт, приподнявшись на цыпочки и переминаясь с ноги на ногу, гладила волнистую шерсть. Пастух стоял, как чурбан, не двигаясь с места.

— Вы присядьте, брат Марк, — предложила Женевьев, но он только покачал головой.

Эйлин поднесла Шарля к ягненку, повторила вслед за девочкой:

— L`agneau! L`agneau!

— L`agneau, — сказал малыш.

Женевьев зажала себе рот рукой.

— L`agneau, — еще раз сказал малыш, и сестра услышала. Замерла, — и тут же завопила:

— Женевьев! Мама! Женевьев! Он сказал «ягненок»!

Вошла Мари с коробочкой в руке.

— Мама! Шарль сказал «ягненок»!

— L`agneau! — повторил малыш.

— Заговорил! Малыш сказал первое слово! — торжественно провозгласил Марсель. Аньес плакала новыми слезами, не успев осушить тех, музыкальных.

Эйлин передала малыша на руки матери...

Я тихо открыла дверь и вышла. Я ожидала, что все будет бело, что холодный воздух обожжет лицо, и снег заскрипит под ногами. Но ничего этого не было. Осенняя ночь в горах, высокое южное небо. Густые травные запахи. Теплый ветер с морским привкусом. Преувеличенные звезды.

И вдруг одна, большая, как яблоко, прочертила все небо из края в край сверкающим росчерком и упала за шиворот горизонта.

Происходило Рождество, — я в этом ни минуты не сомневалась: странное, смещенное, разбитое на отдельные куски, но все необходимые элементы присутствовали: младенец, Мария и ее старый муж, пастух, эта негритянская колдунья с ногтями жрицы Вуду, со своим божественным голосом, присутствовал агнец, и звезда подала знак...

Рано утром Марсель отвез Эйлин на выступление. Аньес, старинная подруга Женевьев, спала в верхней комнате, а мы с Женевьев пили липовый чай с медом. Цвет липы Женевьев собирала в июне, и мед был тоже свой, из горных трав. Мы обсуждали вчерашнее событие. Я пыталась сказать ей, что мы как будто пережили Рождество, что вчерашний вечер содержал в себе все атрибуты Рождества, кроме осла...

— Да, да, — кивала Женевьев, — ты совершенно права, Женя. Но осел тоже был. Знаешь, в этом доме жила когда-то одна старуха. Она была героическая старуха, жила одна, была хромая, ездила на мотоцикле. Всей скотины был у нее один осел. Потом старуха умерла, приехал из Парижа ее сын, провел здесь отпуск, а перед отъездом хотел отвести осла к брату Марку, но осел не пошел — хоть убей. Упрямое животное, как и полагается. Тогда уговорились, что брат Марк будет носить ему сено и оставлять воду. И осел прожил зиму один. Летом приезжал сын старухи, и опять осел не пошел к брату Марку, и еще одну зиму прожил один. Три года жил осел. Потом умер от старости. Сарайчик его и сейчас стоит. Дом этот все местные жители так и звали: дом Осла.

В сущности, никакого чуда не произошло. Шарль действительно заговорил. Поздно, в три года, когда уже и ждать перестали. Потом он научился говорить еще довольно много слов. Но ни руки, ни ноги... Заболевание это вообще не лечится. Малыш был обречен. Да и ягненок со сломанной ногой тоже не выжил, умер на следующий день, и антибиотик не помог. Но если не чудо, то ведь что-то произошло в ту осеннюю ночь. Что-то же произошло?

Да, и самое последнее: Марсель повез Эйлин в фестивальный городок и показал ей римскую дорогу. Но это не произвело на нее ни малейшего впечатления — она вообще ничего не знала про римские дороги. Это довольно естественно: к африканцам, даже американским, христианство шло совсем иными путями.

Приставная лестница

Барак, в котором жили Лошкаревы, именовался строением номер три и был частично двухэтажным. Половина второго этажа и лестница сгорели еще в войну, и не от бомбы, а от печки. И с тех пор в сохранившуюся часть второго этажа залезали по приставной лестнице, укрепленной Лошкаревым сразу после госпиталя. Граня привезла мужа Василия осенью и втащила его на второй этаж на своем горбу. А он гремел орденами, прицепленными на гимнастерку. Лестница стояла шатко, иногда ребята ее ради шутки сбрасывали, и тогда Граня или ее дочь Нина кричали, чтоб лестницу обратно к стене приставили.

Ноги Василию оторвало почти под корень, но руки зато у него были золотые. И силищи необыкновенной. Он, когда трезв был, на руках по лестнице поднимал свое широкое туловище, только тележку и толкалки — деревянные чурбаки, обтесанные под свою руку, — оставлял под лестницей, и потом их Граня поднимала наверх.

Лестницу он в ту же неделю, как приехал, прикрепил к стене, и никто уже не мог ее сдвинуть. Нине было шесть лет, когда отец появился, и она сначала испугалась, а потом обрадовалась: они Лошкаревыми были недаром — отец ножичком ей вырезал медведя, лошадку, пушечку, которая спичками стреляла... И ложек, конечно, вырезал множество: и больших, и малых, и для котла, и для сольницы. Он не ножом их вырезал, а сначала топором слегка деревяшку обтесывал, а потом кривым и острым лошкариком лишнее снимал...

По воскресеньям Граня брала Нинку на Тишинский рынок — ложки продавать. Там была толкотня, покупали их товар плохо, и мать велела Нинке торговать, потому что Нина была красива, и у нее лучше ложки брали. Граня тоже была красива, но красота ее была дальнего вида, а вблизи замечалась порча — лицо ее было покрыто крупной рябью, как лужа в начале дождя. Рытвины были глубокие и на лбу, и на щеках, и на шее было несколько оспин, а на теле — ни одной. Нина в бане всегда разглядывала материнское гладкое белое тело и думала, что пусть бы лучше оспины были у матери под одёжой.

Отец был чудной, не как у всех, пол-отца ей досталось: он, когда на своей тележке сидел, ростом был с Нинку. Трезвый он был ласковый, но когда выпивал, то сильно шумел и с матерью дрался. Когда он мать бил, она кричала, и Нинка тогда отца ненавидела. Правды ради надо сказать, что Нинку отец никогда не бил. Но мать его все равно любила, все вокруг него бегала, картошку жарила и водкой его поила, и прыгала над ним и днем, и ночью, когда спать ложились. Напрыгала Нинке брата Петьку. Нина его полюбила. Научилась нянчить его, пеленать и кормить, когда он кашу стал есть. Потом с детской кухни стали давать ему молоко, и Нинка, хоть одна в детскую кухню в Дегтярный переулок через день ходила, ни разу Петькиного молока не тронула. Доедала только то, что после него оставалось... Когда Петька сам ногами пошел, мать еще одного братика напрыгала. Нина на нее тогда рассердилась: ей было семь лет, когда она было в школу пошла, но из-за Петьки перестала ходить. Пошла во второй раз, уже в восемь... А мать опять маленького... Поэтому Ваську она невзлюбила, так матери и говорила: «За Петькой я ходить буду, а за Васькой сама смотри...»

Граня на Нинку обижалась: смотри, какая барыня, у меня младших четверо было, а старшие — братья, так я одна за всеми смотрела...

Нина матери не боялась и говорила, что думала: а на что ты их рожаешь, мне их не нужно, братьев этих. А то водкой напьетесь и скачете, а мне потом за ними ходить...

Мать с отцом смеялись: ишь, какая умная...

Она и впрямь была умная. Знала, что все от водки. Сердилась, когда видела, что мать себе водку наливает.

— Оставь отцу-то, вон чаю попей, что ты сама-то за водку хватаешься, ну, мам, мамка-а, — приставала Нина, а отец посмеивался:

— Грань, а Нинка дело говорит, ты вон чайку, чайку попей...

Но Граня пила вслед за мужем и от водки слабела, а он, наоборот, чем больше выпьет, тем становился сильнее и злее. Кричал: «Убью! Зарежу!»

И Нина все думала: это он вхолостую кричит, чтоб только попугать, или впрямь зарежет... Ножей-то у него много было: круглый, и длинный, и охотничий, и немецкий трофейный.

Нина, хоть и на мать обижалась за прибывающих братьев, но все же ее любила, и про себя решила, что не даст отцу мать убить — если он на мать кинется, Нинка за нее сама вступится, а нож хлебный большой в кухоньке есть на крайний случай.

Хорошо бы только прежде комнату получить — соображала Нина — как отец с войны вернулся, ему сразу пообещали как инвалиду дать комнату на первом этаже, без лестницы, но уже и победа прошла, а комнату все не давали.

Весь холодный месяц декабрь отец плел елочные корзиночки из широкой древесной щепы, крашенной фуксином и зеленкой, с розочками на ободе. А мать выходила на продажу. Иногда и Нинку посылали, но она не любила зимой торговать, больно холодно, другое дело летом. В конце декабря мать заболела. Лежала да кашляла, и Ваську бросила кормить, так что Нина стала его кормить жидкой кашей через тряпочку. Но он сильно кричал и по-взрослому есть не хотел. Так незаметно прошел Новый год, и Нина сильно переживала, что опять не ходила в школу — там обещали всем дать подарок с конфетами и печеньем, и теперь, видно, всем дали, кроме нее. Отец лежал лицом к стене неизвестно сколько дней, сначала молчал, потом велел Нинке принести от Кротихи самогону. Нина идти не хотела, но он рассердился, кинул в нее своей толкалкой и попал в самую голову. А мать лежала, кашляла громко, и все видела, да хоть бы слово сказала. Нина заплакала и принесла две бутылки. Отец одну почти сразу выпил и опьянел. Полез к матери драться. А она не то что убежать, встать на ноги не могла. Он бьет ее, а она только кашляет да кровь с лица отирает. Братья кричат. А Нинка сжалась в комок, Петьку к себе прижала, а Ваську не взяла. Он как раз кричать к тому времени устал.

— Убить бы его, — думала Нина. — Но как тогда с комнатой быть? Без черта этого безногого ведь не дадут!

Черт же безногий побушевал, допил самогон и уснул прямо на пороге, на половике. Нина материно лицо обтерла тряпочкой, и так ей стало ее жалко, что ну ее, эту комнату. А отец лежал возле самой двери, храпел, храп вырывался из его перебитого носа, и во сне поскребывал черными руками по полу, как будто ложки вырезал.

Нина посмотрела, посмотрела, дверь толкнула, она открылась на весь раствор. Чистый и твердый холод рванулся внутрь, и Нина сразу сообразила, что надо делать: она схватилась за край половика и потянула на себя, и отец перевесился через порог, а она дернула из-под него половик, и он плечами ушел за порог и рухнул вниз, грохоча об лестницу. Нина захлопнула дверь.

И сразу же заплакали оба, так что пришлось ей взять из горшка каши пшенной, пожевать и покормить их через тряпочку. Они пососали жамку и заснули. Матери дала попить.

Нина была умна не по годам. Легла рядом с матерью, на освободившееся отцовское место, положила рядом Ваську — пусть греется возле мамки, раз она такая горячая. Про отца подумала мельком: если убился, то и пусть. А если не убился, то пусть замерзнет, как Шура-пьяница замерзла в том году прямо во дворе на лавочке. А меня и не заругают, скажу, сам упал.

И она стала засыпать, и было так хорошо в постели, на мягком, тем более что сквозь сон послышался колокольный звон, праздничный и частый... Уже снится, успела подумать Нина.

Но не снилось. Кончилась Рождественская служба в Пименовской церкви, и сумасшедший звонарь, нарушая строгий запрет, выколачивал из последнего оставшегося колокола радостную весть о рождении младенца. А еще через двадцать минут две боговерующие старухи, самогонщица Кротиха и ее подружка Ипатьева, вошли в заснеженный двор, продолжая волнующую дискуссию — большой ли грех было пойти в эту самую Пименовскую церковь, обновленческую, партийную, или ничего, сойдет за неимением поблизости хорошей, правильной. Все же было Рождество, великий праздник, и ангелы поют на небеси...

С небеси падал медленный, крупными хлопьями выделанный снег, и, ложась на землю, светил не хуже электричества. Безногого Василия еще не замело, и старухи заметили темный ворох на земле около лестницы. Он не разбился. И даже не проснулся от падения. И замерзнуть тоже не успел.

Старухи оттерли его, отпоили. И никто не умер. Оправилась от воспаления легких Граня, выходила еле живого маленького Ваську. И через год родила еще одного, Сашку. И комнату успели получить незадолго до смерти безногого Василия. Он вскоре после того, как комнату дали, сам и повесился. Нинка горько плакала на похоронах отца. Ей было его страсть как жалко. А что она его с лестницы бросала, она и не помнила.

А в ту Рождественскую ночь все так хорошо обошлось.

Коридорная система

Первые фрагменты этого паззла возникли в раннем детстве и за всю жизнь никак не могли растеряться, хотя многое, очень многое растворилось полностью и без остатка за пятьдесят лет.

По длинному коридору коммунальной квартиры бежит, деревянно хлопая каблуками старых туфель, с огненной сковородой в вытянутой руке молодая женщина. Щеки горят, волосы от кухонного жару распушились надо лбом, а выражение лица неописуемое, ее личное — смесь детской серьезности и детской же веселости. Дверь в комнату предусмотрительно приоткрыта так, что можно распахнуть ее ногой, — чтоб ни секунды не уступить в этом ежевечернем соревновании с законом сохранения энергии, в данном случае — не попустить сковородному теплу рассеяться в мировом холоде преждевременно. На столе перед мужчиной — проволочная подставка: жаркое он любит есть прямо со сковороды. Лицо его серьезное, без всякой веселости — жизнь готовит ему очередное разочарование.

Она снимает крышку — атомный гриб запаха и пара вздымается над сковородой. Он подцепляет вилкой кусок мяса, отправляет в рот, жует с замкнутыми губами, глотает.

— Опять остыло, Эмма, — горестно, но как будто и немного злорадно замечает он.

— Ну, хочешь, подогрею? — вскидывает накрашенные стрелками ресницы Эмма, сильно похожая на уменьшенную в размере Элизабет Тейлор. Но об этом никто не догадывается — в нашей части света еще не знают Элизабет Тейлор.

Эмма готова еще раз совершить пробежку на кухню и обратно, но она давно уже знает, что достигла предела своей скорости в беге на короткую дистанцию со сковородкой. Муж блажит, а она, во-первых, великодушна, а, во-вторых, — равнодушна: не станет из-за чепухи ссориться.

— Да ладно уж, — дает он снисходительную отмашку. И ест, дуя и обжигаясь. Восьмилетняя дочка Женя лежит на диване с толстенным Дон Кихотом. Читает вполглаза, слушает вполуха: получает образование и воспитание, не покидая подушек. Одновременно крутится не мысль, а ощущение, из которого с годами соткется вполне определенная мысль: почему отец, такой легкий, веселый и доброжелательный со всеми посторонними, именно с мамой раздражителен и брюзглив? Заполняется первая страница обвинительного заключения...

Через семь лет дочь скажет матери:

— Разводись. Так жить нельзя. Ты же любишь другого человека.

Мать вскинет ресницы и скажет с испугом:

— Разводись? А ребенок?

— Ребенок — это я? Не смеши.

Еще года через три, навещая отца в его новой семье, выросшая дочь будет сидеть в однокомнатной квартире рядом с новой отцовой женой, дивиться на лопающийся на ее животе цветастый халат, волосатые ноги, мятый «Новый мир» в перламутровых коготках, на желудочный голос, урчащий:

— Мишаня, пожарь-ка нам антрекотики...

Отец потрепал молодую жену по толстому плечу и пошел на кухню отбивать антрекотики и греметь сковородой...

Потрясающе, потрясающе — поражается дочь новизной картинки. — А если бы мама тогда один раз треснула его даже не сковородкой, а сковородной крышкой по башке, могли бы и не разводиться... Господи, как все это интересно...

Но Симону де Бовуар тогда еще не переводили, и про феминизм еще слуху не было. А у Сервантеса об этом — ни слова. Даже скорее наоборот, посудомойка Дульсинея числилась прекрасной дамой. Мама же к тому времени заведовала лабораторией и за счастье считала испечь любимые пирожки с картошкой своему приходящему Сергею Ивановичу. Десятилетнее многоточие счастья: ежедневная утренняя встреча в восемь в магазине «Мясо» на Пушкинской, сорокаминутная прогулка скорым шагом по бульварному кольцу к дому с кариатидами, трагически заламывающими руки, — к месту Эмминой работы, — ежевечерняя встреча в метро, где сначала она провожает его до Октябрьской, а потом он ее — до Новослободской. А иногда — просто несколько кругов по кольцу, потому что так трудно разомкнуть руки.

— Что же он не оставит свою жену, если так тебя любит? — раздраженно спрашивает Женя у матери.

Они видятся триста шестьдесят пять дней в году — кроме вечеров тридцать первого декабря, первого мая и седьмого ноября.

— Да почему?

— Потому что он очень хороший человек, очень хороший отец и очень хороший семьянин...

— Мам, нельзя быть одновременно хорошим мужем и хорошим любовником, — едко замечает Женя.

— Если бы я хотела, он бы оставил семью. Но он бы чувствовал себя очень несчастным, — объясняет мать.

— Ну да, а так он очень счастлив, — ехидничает дочь. Ей обидно...

— Да! — с вызовом подтверждает мать. — Мы так счастливы, что дай тебе Бог узнать такое счастье...

— Да уж спасибо за такое счастье... — фыркает дочь.

Десять лет спустя дочь, придавленная к стулу семимесячным животом, сидит глубокой ночью возле матери, в единственной одноместной палате, выгороженной из парадной залы особняка с кариатидами, трагически заламывающими руки, отделенная от соседнего помещения, кроме фанерной стены, еще и свинцовым экраном, долженствующим защищать ее будущего ребенка от жесткого радиоактивного заряда, спящего за стеной в теле другой умирающей.

Вторые сутки длится кома, и сделать ничего нельзя. Женя видела, как за два дня до этого мамина лаборантка пришла делать ей анализ крови и ужаснулась, увидев бледную прозрачную каплю. Крови больше не было...

Эмма была здесь своя, сотрудница, и даже все еще заведовала лабораторией: заболела таким скоротечным раком, что не успела ни поболеть как следует, ни инвалидность получить. На тумбочке возле кровати лежит резная деревянная икона из Сергиева Посада — подаренный кем-то Жене Сергий Радонежский. Почему-то мать попросила ее принести. Почему, почему... Сергей Иванович из тех мест...

Бесшумно вошел дежурный врач Толбиев, потрогал маленькую руку матери. Она ему отзыв на диссертацию писала... Дыхание было — как будто одни слабые выдохи, и никаких вдохов...

— Сергей Иванович просил позвонить, если что... — без всякого выражения говорит Женя.

— Иди, звони, Женя. Пусть едет.

Женя пошла по длинному коридору, спустилась на полпролета к автомату. Вынула из кармана белого халата заготовленную монетку, набрала номер.

Они так жили уже два месяца: Сергей Иванович отпуск взял, приходил с утра. Женя приходила к вечеру, отпускала его и проводила в палате ночь. Для нее здесь и вторую койку поставили, но она не ложилась уже несколько ночей, боялась упустить минуту... Почему-то это казалось самым важным.

Позвонила. Он сразу поднял трубку.

— Приезжайте!

Он был все еще женат, и жизнь его молчаливой жены была сильно омрачена. Женя и прежде об этом иногда думала: почему это все они соглашаются молчать и терпеть...

Ничего, скоро она его получит в полном объеме — зло подумала Женя, и сразу же устыдилась. Но теперь уже было совершенно неважно, что скажет сейчас его жена и что он ей ответит.

Женя поднялась на полпролета, открыла с усилием, отозвавшимся в животе, тяжелую дверь — и вдруг, как пришпоренная, понеслась по коридору, поддерживая прыгающий живот. Коридор был длинный, палата в самом конце, и Жене показалось, что бежит она целую вечность. В ночной больничной тишине стук войлочных туфель звучал как конский топот.

Дверь в палату была открыта. В палате было двое: врач и сестра.

Сестра говорила врачу:

— Я с самого начала знала, что Эммочка в мое дежурство... вот, ей-Богу, знала.

Весь институт так звал ее — Эммочка. За веселую сердечность, за природное милосердие...

Опоздала... — сказала Женя. — Господи, я опоздала.

Через сорок минут приехал Сергей Иванович. Он тоже бежал по коридору, стягивая на ходу мокрый плащ. И он сказал то же слово:

— Опоздал...

Но никто не заплакал: Женя с самого начала беременности ходила какая-то стеклянная, непроницаемая, без чувств, как под наркозом, жила, сосредоточенная на одной ноте: мальчика сохранить. А Сергей Иванович был весь как закушенный, — у него был и фронт, и плен, и штрафбат, и лагерь. К жизни давно уже относился как к подарку, и особенно к этим последним годам, с Эммой. И еще он сказал:

— Почему не я...

Коридорные сны начались еще до рождения сына. В жестком белом халате Женя бежала по бесконечному коридору, по обе стороны которого часто поставленные двери, но войти можно только в одну из дверей, и никак нельзя ошибиться, скорей, скорей... Но неизвестно, какая из дверей правильная... а ошибиться нельзя, ошибиться — смертельно... все — смертельно... И Женя бежит, и бежит, покуда не просыпается с сердечным грохотом в ушах и во всем теле...

Мальчик родился в срок, здоровый и нормальный, без всяких там отклонений. Коридорный же сон остался на всю жизнь, но снился редко... Женя, чуть ли не с детства приобщенная к трудам великого шамана, еще раз пролистала знаменитое сочинение, посвященное сновидениям. Прямого ответа доктор не давал. В ту раннюю пору доктор больше интересовался Эросом, чем Танатосом. А кушеточек психоаналитических, столь для Жени привлекательных, в то время не держали, да и не до того было.

Потом происходили всякие разные вещи, — женились, разводились, разменивались, переезжали, рождались дети, у Сергея Ивановича — внуки, и у отца Михаила Александровича родилась еще одна дочь, и он успел еще развестись, еще жениться, и опять развестись. Женины дети выросли почти до взрослого состояния и уехали к своему отцу, перебравшемуся в Америку, и ничто не предвещало, что они вернутся, и вся жизнь состояла из разрозненных штучек, которые никак не соединялись в целое.

Наконец, настал печальный год, когда отец Жени заболел медленной смертельной болезнью, которая заметна была первые годы исключительно на рентгеновских снимках и ничем более себя не проявляла. Врачи обеща-

ли пять лет жизни, вне зависимости от лечения. Опери-
ровать легкое в столь преклонном возрасте не рекомендовали. Начало болезни совпало по времени с его выхо-
дом на пенсию и перестройкой всей страны, середина —
с личной перестройкой жизни Михаила Александровича,
превратившегося из преуспевающего, бодрого и слегка
хвастливого профессора в угрюмого молчуна, удрученно-
го внезапно наступившей скудностью и оживляющегося
лишь при виде вкусной еды и при получении разного рода подтверждений успешности жениной карьеры, которая должны была компенсировать его собственные не-
удачи.

Когда отец уже не мог сам себя обслуживать, Женя
перевезла его к себе — вместе с телевизором и шахматами,
в которые он давно уже не играл. Болезнь шла к концу, а
ему шел восьмидесятый год, и эти последние месяцы его
жизни, горькие и пустые, были омрачены еще и голодом:
пищевод не пропускал еды. Он постоянно хотел есть, но
после трех ложек начиналась рвота. Как только рвота ути-
хала, он просил Женю принести ему бутерброд с ветчиной. Организм, кое-как принимавший три ложки каши,
отвергал бутерброд с ветчиной.

— Тебя вырвет, давай лучше бульон или яйцо всмят-
ку, — предлагала Женя.

Тогда он сердился, кричал на Женю, а потом целовал
ей руки и плакал.

Женя умирала от жалости и отвращения. Она целова-
ла его в голову, — запах волос был ее собственный, он ей
всегда не нравился, и она всю жизнь мыла голову каждый
день и стирала вязаные шапки и головные платки, чтобы
он никогда не заводился, этот отцовский запах. И она
вспомнила, как год спустя после смерти матери открыла
ее шкаф, взяла в руки черное, в мелких лазоревых неза-
будках платье, поднесла к лицу и вдохнула не умерший запах Эммы — цветочный, медовый пот, сохранившийся в
подмышках, сладчайший из всех запахов в мире... Женя

износила то платье до паутины, а потом разрезала на куски и набила ими подушку-думочку...

Женя гладила старческую голову отца, его седые блестящие кудри и думала о том, что если доживет, то и у нее будут такие красивые седины, и такие же, как у отца, ясные карие глаза, и руки, как у него — маленькие, с короткими ноготками... Всю жизнь не могла ему простить, что похожа на него, а не на мать... И сердце сжималось от тоски по матери, которая умерла так давно...

Потом стало совсем плохо. Пришла мамина подруга, известный онколог Анна Семеновна, которая все эти годы наблюдала Михаила Александровича. Он много кашлял, почти ничего не ел и все говорил о еде. Анна Семеновна придерживалась той точки зрения, что больного не следует лишать надежды, и потому долго объясняла пациенту, что сейчас выпишет ему новое лекарство, которое снимет эту отвратительную тошноту, и он сможет есть все, чего его душа пожелает.

— И вы скажите ей, Анна Семеновна, вы ей скажите, что я могу есть свиные отбивные, если их хорошенько отбить, — требовал он. Но требовал так слабенько, так хлипко.

«Господи, лучше сшиби меня машиной, чем превращать вот в это, сделай что-нибудь мгновенное, пожалуйста», — скулила Женя измученной душой.

Анна Семеновна сделала вечерний укол — снотворное и обезболивающее. Последние две недели делали четыре инъекции в сутки. Игла вошла в исколотую ягодицу так плавно, что отец даже не заметил. Женя позавидовала: она считала, что колет хорошо, но такого мастерства достичь не смогла.

— Ты засыпай теперь, папочка, — сказала Женя и выключила верхний свет.

— Вы скажите, Анна Семеновна, вы ей скажите, чтобы завтра она пожарила мне отбивную...

— Да, да, может быть, не завтра, а через пару дней, когда вы примете курс нового лекарства... Спокойной ночи.

40   Они еще сидели на кухне, пили чай.

— Вчера ему было так плохо, он был без сознания, не отвечал... Я думала, что конец. А сегодня лучше...

— Этого никто не знает. В любом случае — вопрос нескольких дней.

Она была ровесница Эммы, совсем старая врачиха, из того самого института, давно уже переехавшего из здания с кариатидами в далекий новый район...

Женя заперла за ней дверь. Погасила свет в коридоре. Слабый свет шел из дальнего конца, с кухни. Из отцовской комнаты раздалось довольно громко:

— Ставьте вопрос на голосование! Ставьте вопрос на голосование!

«Опять бредит. Наверное, во сне», — подумала Женя.

Вымыла чашки. Вытерла чистым полотенцем. Села, опершись на стол, положив подбородок на сцепленные пальцы. Это был его жест, его поза. Всю жизнь она избегала в себе самой того, что от него унаследовала. Истребляла в себе его часть. Но все равно была похожа на него, а вовсе не на Элизабет Тейлор, на которую была похожа Эмма.

— Мама! — услышала Женя. «Опять бредит. Бедный...»

И снова, уже громче, уже явственный зов:

— Мама! Мама!

Вышла в коридор. Постояла под дверью. Войти? Не входить?

«Не пойду!» — сказала себе. И заметалась по коридору.

— Мама! Мама! — доносилось из комнаты.

Он был не такой длинный, как коридор в старой коммуналке. И совсем не такой длинный, как в больнице. И совсем, совсем не такой длинный, как во сне. И здесь дверей было всего три, а не бессчетное множество. Но Женя металась от входной двери к двери уборной, и повторяла, как заклинание:

— Он бредит! Он бредит!

Потом он затих, и Женя остановилась.

«Ты сошла с ума, — сказала она себе, — дура припадочная!»

Но в комнату к отцу не вошла. Легла, не раздеваясь, в постель, и проснулась в два ночи, когда пора было делать следующий укол.

Тихо, чтобы не разбудить, открыла дверь. В свете ночника он лежал мертвый, открыв рот в последнем крике, на который никто не подошел.

Женя опустилась на край кровати рядом с мертвым отцом. Коснулась руки — температура та самая, страшная — никакая.

— Какой ужас... Я к нему не вошла... Этот коридор...

Картинка завершилась, все ее причудливые элементы сошлись. Она знала теперь, что до конца своей жизни будет видеть этот сон, а когда умрет, то попадет туда окончательно, и будет бежать по этому коридору в ужасе, в отчаянии, в отвращении к отцу, к себе самой, а в минуту счастливого отдохновения от вечно длящегося кошмара будет промелькивать навстречу милая Эмма с дымящейся сковородкой в вытянутой руке, серьезная и улыбающаяся, под деревянный стук каблуков, слегка запаздывающий относительно ее энергичного бега...

Великий учитель

В то время, когда Варварка называлась улицей Разина, а Библиотека Иностранной литературы еще не переехала оттуда в новое здание в Котельники, Геннадий Тучкин начал серьезно и самостоятельно изучать немецкий язык и несколько раз в неделю приохотился туда ездить и сидеть там до самого закрытия. Конечно, лучше было бы пойти на курсы, но сменная работа на заводе шла по скользящему графику, а курсы работали по жесткому календарю: понедельник-среда-пятница... Трудно было объяснить, почему у него, молодого человека из простой семьи, наладчика на Втором часовом заводе, возникло вдруг странное желание изучать немецкий язык. Молодые мужчины, его сверстники, работавшие рядом, тоже иногда испытывали порыв к чему-то необыкновенному и возвышенному, и они в таких случаях покупали пива или водки и питейно общались ровно до того момента, пока не кончались деньги или время.

Но пить Геннадий не любил. Его отец пропал от пьянства, и хотя уже в те годы говорили, что пьянство порок наследственный, Гена, напротив, всей своей природой пьянства не переносил и потому даже друзей на заводе не завел: ему скучно было среди мужиков. Вообще же на заводе было больше женщин, они работали на сборке, на конвейере, и казались Гене такими же одинаковыми, как часики «Победа», которые сходили в конечном счете с конвейера.

Одиночество усугублялось еще и тем, что мать, после его возвращения из армии, произвела обмен и прописала к себе генину бабушку Александру Ивановну, впавшую в старческую немощь, а Гену переселила в ее хорошую комнату в коммунальной квартире в Оружейном переулке.

В семи комнатах длинной, как вагон, квартиры, проживало четыре больших семейства и трое одиночек: сам Геннадий, пожилая старая девушка Полина Ивановна, помешанная на чистоте скопидомка в белых школьных воротничках и некто Купелис, старик с большой головой на паучьем худом теле, который объявлял себя латышом, но соседи подозревали в нем еврея, однако ошибались, потому что на самом деле он был скрывающим свое происхождение немцем.

Остальные были семья милиционера Левченко, человека хитрого и дельного, но тайного пьяницы, семья Коротковых, мать с двумя взрослыми дочерьми и полупарализованный отец, которого никто в глаза не видал, семья зубного врача Лапутина, лечившего потихоньку на дому и включавшего во время визитов пациентов одну и ту же пластинку с гремучей музыкой, заглушающей шум бормашины. Четвертая, самая дальняя от входа комната была населена Куманьковыми с безногим сапожником Костей во главе. Куманьковых было неопределенное множество, но всегда больше семи. У них то кто-то умирал, то рождался, то уходил в посадку.

Геннадий, глядя на всяческую грязь, бедность и хамство, наблюдая соседские праздники, кончающиеся дракой, и драки, кончающиеся выпивкой, испытывал ко всем ним без исключения брезгливое отвращение, — к психу Куманькову, швыряющему в своих малолетних детей и дуру-жену что под руку попадется, к скупердяйке Полине Ивановне, крадущей обмылки с кухонной раковины, к тихому пауку Купелису, со своим кофейником пробирающимся на кухню по ночам.

Особенно донимал Геннадия как раз Купелис: стена у них была общая, проницаемая для звука, и Геннадий вынужден был слушать с ночи до утра гулкие вздохи, покашливание, кряхтение, сосущие звуки спускаемой и вновь набираемой клизмы, которую ставил себе Купелис, и тонкие выхлопы его больного кишечника. Общей уборной сосед не пользовался, имел персональный ночной сосуд и выносил его по ночам, перед тем, как варить кофе. И Гена невольно слышал, как тот гремел тазом за стеной, мыл свою паршивую задницу и пил кофей. Раза два в месяц, обыкновенно по субботам, к нему приходили гости, в большинстве мужчины, и они вели оживленные беседы.

Несмотря на вполне удовлетворительный внешний вид, послеармейский возраст и особое обстоятельство пребывания в коллективе, где концентрация женщин на квадратный метр производства в десятки раз превышала концентрацию мужчин, что было особенно заметно в столовой, в обеденные часы, Гена не завел себе подругу, хотя с самого поступления на завод девушки и тетки приставали к нему грубо и массово. Это и отвадило его смотреть в их сторону. К тому же у него была юношеская травма: он встречался с одной девушкой еще до армии, и она обещала ждать его возвращения, но на втором году службы вышла замуж.

Он теперь был что-то вроде старой девы: не то чтобы женский пол его совсем не волновал, но страх перед женским коварством пересиливал притяжение. Время от времени какая-нибудь заводская девушка даже приглашала его в кино или на танцы. Поначалу он страшно смущался, каждый раз заново выдумывая какой-нибудь приличный предлог уклониться, а потом придумал одну отговорку на все случаи: как раз в этот день я не могу, обещал мать навестить... Из глупой честности он иногда даже и навещал в этот день мать, но чаще проводил вечер в библиотеке.

Редкие знакомства с новыми людьми тоже происходили в библиотеке, и люди это ничем не были похожи на прежде ему известных по школе, по армии и по заводу. Самым ценным знакомством был Леонид Сергеевич, немолодой уже, полноватый и длинноволосый, вида барского, но довольно потрепанного. Они долго присматривались друг к другу, бросали взгляды на корешки книг, которые брали у стойки, пока Леонид Сергеевич не обратился к Гене первым, сказав, что существуют гораздо лучшие учебники и пособия по немецкому языку, чем те, что у него в руках, и тут же указал ему в каталожном ящике несколько книг. После этого случая они, сталкиваясь в зале или в коридоре, беседовали, поначалу о немецком языке, о котором новый знакомец говорил как о живом и любимом существе, отмечая его великие достоинства:

— По лексическому богатству почти как русский! — он воздевал руки к небу, но не особенно высоко, на уровень плеч. — Но грамматические формы гораздо более разнообразные! Исключительно высокоорганизованный язык! Позволяет выразить очень тонкие временные отношения!

Леонид Сергеевич превосходно владел немецким языком, но переводил он обыкновенно вовсе не с немецкого, а с многих других — с монгольского, языка хинди и урду, с персидского и туркменского. Словом, с какого хочешь. Переводил он стихи по подстрочникам, и уже одно это сильно отличало Леонида Сергеевича от всего остального человечества. Но главным делом жизни этого ученого и немолодого господина были все-таки переводы с немецкого языка, и притом одного-единственного автора. Прошло много месяцев, в течение которых Гена провожал Леонида Сергеевича домой, беседовал под дождем и снегом о разных удивительных материях, прежде чем Гене было доверено имя великого учителя, книги которого заново переводились на русский язык именно Леонидом Сергеевичем.

— Видите ли, Гена, в жизни человека нет ровным счетом ничего случайного, даже вот эта наша сегодняшняя беседа заложена была в великий замысел Творца от самого сотворения мира.

И тут Гену пробрала дрожь по спине от самой шеи до копчика, потому что он проникся величием минуты... Удивительный человек Леонид Сергеевич, — о чем бы ни говорил, все было значительно и таинственно, и отличалось от всего остального, что говорили другие знакомые Гене люди, как ананас от редьки.

У Гены была бабушка, старушка верующая, но глупая простота ее веры нисколько Гену не прельщала, Леонид Сергеевич говорил о Творце и Творении, о воле, познании, тайне и пути такими словами, что Гена готов был провожать не только что от улицы Разина до Солянского тупика, — что расстояние сравнительно небольшое, — но хоть на самый край света. Так, постепенно, километр за километром, месяц за месяцем вызревали отношения Гены и Леонида Сергеевича до того, что было ему названо имя великого учителя: доктор Рудольф Штайнер. Так, на немецкий манер, произносил Леонид Сергеевич это волшебное имя.

Вскоре Леонид Сергеевич пригласил его к себе домой, в отдельную квартиру, всю уставленную шкафами с книгами, увешанную картинами и даже украшенную двумя скульптурами, из которых одна была по виду чисто мраморная. Красивая, невероятно даже красивая жена Леонида Сергеевича в настоящем кимоно подала им чай и ушла в другую комнату, показав спину в белых хризантемах по лиловому полю. Леонид Сергеевич торжественно отодвинул матерчатую шторку в глубине секретера и открыл перед Геной лик учителя. Это была фотография красивейшего, как американский киноактер, человека с откинутыми назад волосами и с шелковым бантом-галстуком, слегка придавленным сюртуком.

От фотографии как будто исходил жар. Возможно, Гена не мог уловить истинного источника этого необъяснимого жара, можно допустить, что он исходил от самого Леонида Сергеевича, но, так или иначе, минута была особая, такого потрясения Гена не испытывал ни разу в жизни, — разве когда в армии попал в аварию, и грузовик, на котором везли солдат, сорвался в пропасть, — в Таджикистане, где и пропасти, и дороги были самыми что ни на есть смертельными, — и пока грузовик кувыркался, приближаясь к каменистому дну, он не то молился, не то звал бабушку, и тогда уцелели только двое, Долган Изетов, переломавший все кости, и он, Геннадий Тучкин, с большой шишкой посреди лба...

И в тот день Гене была доверена — с предостережениями, указаниями, наставлениями — первая книга, не самого Учителя, а его последователя по фамилии Шюре.

— Всякое подлинное знание несет в себе опасность, — сказал Леонид Сергеевич на прощанье, — и опасность эта как духовная, — потому что чем выше поднимается душа по лестнице познания, тем большая на нее возлагается ответственность, — так и самая прямая: знайте, что учение Штайнера давно уже под запретом, и пока надо содержать это знание в тайне, но приближаются времена, когда все это должно выйти на свет и изменить мир до неузнаваемости, потому что мир спасается через познание мудрости...

И снова по спине у Гены побежала волнующая дрожь, и, уложив в подаренный по этому случаю портфель завернутую опасную драгоценность, он пошел домой пешком и к середине ночи добрался до дома, а в общественный транспорт даже и не подумал заталкиваться, потому что боялся растерять это сладкое волнение в позвоночнике...

48   Как переменилась жизнь Геннадия! Ту, прежнюю свою жизнь он видел теперь как растительное существование, а теперешняя, новая, вся была мысленная, парящая, подвижная, полная таких красот неизреченных, что он с огромной жалостью смотрел теперь на всех простых людей, которые жили, ели, пили, и ничего, совершенно ничего не понимали. Теперь же ему открывалось такое грандиозное знание о мире, об устройстве космоса, о великих энергиях, о прекраснейшей лестнице, предназначенной для тех, чей разум пробужден к Добру и Любви...

Все наполнилось новым смыслом, даже механическая работа наладчика становилась священнодействием по исправлению мельчайших ошибок в рукотворных грубых машинах, и он научился восхищаться механическими узлами из низкосортного металла как Творением Господа, потому что видел теперь в разумной деятельности человека отсвет Высшего Разума...

Он читал доктора Штейнера, его бесконечные лекции, и через них знакомился с индийской философией, с представлениями Гёте о мире, с некоторыми каббалистическими идеями, и образ коровы, лежащей на лугу в астральном облаке и жующей свою жвачку, преобразовывая один вид энергии в другой и дающей Божественный напиток молоко, даже изменил его вкусы: молоко, которого прежде не любил, он стал пить с наслаждением, начал есть мед, который тоже оказался божественным. И вообще весь мир, если правильно на него смотреть, из грубого и грязного превращался в прекрасный и возвышенный. И самой восхитительной из идей казалась Геннадию идея духовных иерархий, великой лестницы, по которой поднимается все сущее, наполняясь смыслом и духом, и самое драгоценное зерно заключалось в том, что высшие иерархии постоянно жертвовали чем-то во имя низших, вызволяя их из хаоса неосмысленности...

Леонид Сергеевич гордился талантливым учеником, разъяснял ему разные не совсем понятные тонкости и просил Гену не торопиться в познании, поскольку слишком быстрый подъем мог опасно отозваться на физическом здоровье. Он, видя глубокую привязанность Геннадия, предостерегал его также и от излишнего ее проявления, даже объяснил ему, как страдают люди после смерти любимых домашних животных именно по той причине, что привязанность бывает так сильна, что образуется общее астральное тело и, когда животное умирает, то хозяин испытывает сильные боли в области желудка, потому что сращение астральных тел происходит именно на уровне солнечного сплетения, и надо учиться контролировать свои привязанности даже по отношению к учителям. А, может быть, особенно по отношению к учителям...

Несколько раз, как будто невзначай, он упоминал о своем непосредственном учителе, великом знатоке теософии и антропософии, о его знакомстве в юношеские годы с самим доктором Штейнером, то есть о прямой преемственности учения, которое передавалось, помимо книг, напрямую, из рук в руки...

Два года Гена возрастал в познаниях. Немецкий язык, который он начал изучать по непостижимой прихоти, оказался теперь просто хлебом насущным. Леонид Сергеевич доставал ему теперь книги доктора на языке оригинала. Они были изданы в Риге, в двадцатые годы, имели вид довольно бедный, зато на полях пестрели заметки, неизвестно чьей рукой сделанные на немецком и русском языках. Читать их было нелегко, но Гена мужественно продирался сквозь метафизические дебри, а Леонид Сергеевич консультировал его. Это было отдельное удовольствие, — визит Гены к Леониду Сергеевичу на дом, — с чаем, малютками-печеньями «безе» из рук красавицы-жены в вечно-лиловом кимоно, в кабинете, посреди книг и картин. Иногда, покончив с консультацией, Леонид Сергеевич читал ему свои переводы из восточной поэзии: монгольские всадники скакали через степи, индийские красавицы со слоновьими плавными движениями предавались сладострастным играм с принцами, а современные каракалпакские поэты с той же восточной цветистостью воспевали социалистическое переустройство жизни...

По прошествии времени Леонид Сергеевич заговорил с Геной о совершенно тайном деле: оказывается, где-то в Москве проводились семинары по самой важной книге доктора, которая называлась — голос понизился до шепота, — «Пятое Евангелие». Тут Гене пришлось признаться, что он не читал предыдущих четырех. Леонид Сергеевич развел руками:

— Ну, знаете ли!

И тут же снял с полки небольшую черную книжечку. Гена благоговейно взял ее в руки и страшно удивился:

— Леонид Сергеевич, да у моей бабушки точно такая же есть! Она только ее всю жизнь и читала...

После длительных переговоров, проволочек и дополнительных расспросов Леонид Сергеевич объявил Гене, что вскоре начинается семинар. Семинар ведет его, Леонида Сергеевича, учитель для лиц продвинутых и практикующих десятилетиями, но в виде исключения Гене, новичку, было разрешено участвовать в семинаре.

Гена затрепетал: к этому времени он научился от Леонида Сергеевича боготворить того учителя, его мудрость, огромные познания во всех областях, включая и медицину, и фантастический жизненный опыт.

— Он один из немногих оставшихся в живых участников строительства храма доктора в Дорнахе, сгоревшего в начале тридцатых годов, — Леонид Сергеевич поднимал голубые, в мелких красных жилках от усиленного чтения, глаза к небу, — А среди участников строительства были Андрей Белый, и Максимилиан Волошин, и Маргарита Сабашникова... — и понизив голос до еле слышного, сделал последнее признание, — И мой покойный отец провел там одно лето... Но об этом нельзя говорить, совсем нельзя, — и он замолчал, глубоко сожалея, что сказал лишнего...

Наконец, настал важнейший день: Леонид Сергеевич повел Гену к учителю. Гена, вычищенный и отглаженный, в новых брюках встретился с Леонидом Сергеевичем возле памятника Маяковскому, и пошли они под мелким весенним дождичком в знакомую Гене сторону: как бы к его дому. Потом сделали небольшой крюк и пришли именно к Гениному дому, но со стороны старинной, в сине-белом кафеле молочной. И подошли к подъезду. Взволнованный Геннадий даже забыл узнать свой собственный подъезд и только возле самой двери понял, что стоит возле своей квартиры.

Леонид Сергеевич нажал кнопку с полустершимися буквами. Купелис.

Через несколько минут раздалось знакомое шарканье домашних туфель. Купелис отворил дверь. Леонид Сергеевич испустил лучезарную улыбку. Купелис изобразил подобие приветствия. У Гены застучало в висках, он побагровел и, оставив в растерянности Леонида Сергеевича, пронесся в конец коридора, судорожно сжимая ключ от своей комнаты.

Не снимая плаща, он бросился ничком на кровать и заплакал. Как! Вместо доктора Штейнера, с его прекрасным южным лицом, с шелковым галстуком-бантом, слегка примятым сюртуком, оказался этот гнусный головастик, с его ночными горшками, клизмами и тазами, с тайным ночным кофеем, скверно поджатыми губами, самый противный из всех соседей, урод, паук!

Кто-то стучал в его дверь, но он не открывал. Он плакал, забывался, снова плакал. Потом встал, снял плащ, сбросил ботинки. Бормотанье разговора за стеной давно закончилось. Скоро раздастся клизменный звук, потом грохот таза... Но вместо всего этого в коридоре зазвонил телефон: это была Генина мать. Плача, сказала, что умерла бабушка, чтоб Гена приезжал.

Гена взял такси и поехал на Хорошевское шоссе, где в большом фабричном доме в двухкомнатной квартире жила его мать, мамина сестра с дочкой Леной и парализованная бабушка, которая теперь вот умерла.

Свет горел во всех комнатах, а в материнской, кроме большого света, еще горели свечи, и пожилая женщина в черном читала из той самой черной книжечки Евангелия, которые Гена к тому времени уже успел прочитать. Назавтра откуда-то привезли облачение, — черную мантию и шапочку, — и надели это на умершую. И приходили какие-то в черном старухи и старики, читали не совсем понятное по церковно-славянски, и Гена недоумевал, почему такая важная суета происходит из-за смерти его бабушки, тихой, почти бессловесной, которая пять лет как была парализована, лежала себе да ожидала смерти.

Хоронить ее повезли в Хотьково, на бывшее монастырское кладбище, но прежде отпевали в Лавре. Лицо ее было покрыто белой тканью. Вдруг возникла на ровном месте какая-то волнующая тайна: кем-то важным и значительным оказалась его смиренная бабушка, а он и не догадывался. Старый священник, из здешних, рассказал потом Гене, что бабушка его Александра Ивановна, сестра Ангелина, была из последних духовных детей последнего оптинского старца, ушла в мир, когда закрыли монастырь, работала уборщицей, приняла в голод двух сирот, его мать и вторую девочку, которая стала ему теткой, вырастила их. Что была она прекрасна душой, кротка, как голубь, и мудра, как змей... И читала всю жизнь одну-единственную книгу — это самое Четвероевангелие...

Геннадий взял отгул на работе. Ему надо было привести в порядок свои мысли и чувства, а также многие знания, которые он приобрел в последние годы. Он провел всю неделю у матери на Хорошевке. Там был зеленый район, он много гулял и все жалел, что теперь никогда не узнает, что же такое написано в «Пятом Евангелии». Но никогда не узнает также, кем была его парализованная бабушка. Может, тоже Учителем? Он думал, думал, ни к чему не пришел, только взял да и поменялся со своей двоюродной сестрой: она как раз собиралась замуж, и ей отдельная комната была очень нужна. А что до Купелиса, то ей-то это было совершенно все равно...

Дезертир

В конце сентября 1941 года на Тильду пришла повестка о мобилизации. Отец Ирины уже работал в «Красной звезде», разъезжал по фронтам и писал знаменитые на всю страну очерки. Муж Валентин воевал, и писем от него не было. Расставаться с Тильдой было почему-то трудней, чем с Валентином. Ирина сама отвела Тильду на призывной пункт. Кроме Тильды, там было в коридоре еще восемь собак, но они, поглощенные непонятностью события, почти не обращали друг на друга внимания, жались к ногам хозяев, а одна молодая сука, шотландский сеттер, даже пустила от страху струю.

Тильда вела себя достойно, но Ирина чувствовала, что ей не по себе: уши подрагивали на кончиках и она слегка била хвостом по грязному полу. Из кабинета вышел понурый хозяин с немецкой овчаркой с низкой посадкой. Головы не поднимая, буркнул «забраковали нас, по зрению» и ушел с собакой на поводке... Проходя мимо Тильды, овчарка приостановилась, проявила интерес. Но хозяин дернул за поводок, и она покорно пошла за ним.

Сидящий рядом старик держал руку на голове пожилой овчарки. Овчарка была крупная, вчетверо больше Тильды. Ирина подняла Тильду на руки — пудель был как раз того промежуточного размера, между комнатной собачкой и настоящей, служилой. Старик посмотрел на

Тильду, улыбнулся, и Ирина осмелилась спросить то, что было у нее на сердце:

— Я вот все думаю, как же они смогут ее использовать: она раненого с поля не вытащит. Разыскать человека она может, ну, сумку медицинскую она может тащить... Но чтоб раненого...

Старик посмотрел сочувственно — теперь уже на Ирину.

— Деточка, эти мелкие собаки — противотанковые. Их обучают, чтобы они бросались под танк, а к брюху бутылку с зажигательной смесью привязывают... Вы что, не знаете?

Дура, дура, как сама не догадалась! Представляла почему-то Тильду с повязкой красного креста на спине, и как бы она честно служила, бегала по полям сражений, разыскивала раненых, приносила им помощь... А, оказывается, все совсем не так: ее натренируют проскальзывать возле гусениц танка и выскакивать, и она будет много раз повторять этот легкий трюк, чтобы потом, однажды, кинуться под немецкий танк и взорваться с ним вместе.

Повестка лежала в сумке у Ирины. Ее принесли четыре дня тому назад, и Ирина с собакой пришла на призывной пункт час в час и день в день, как назначено. Перед ними в очереди оставалось еще два человека и две собаки: старик с немецкой овчаркой и женщина с кавказской. Ирина встала и, на пол не спуская притихшую Тильду, вышла из коридора.

До дому шли пешком минут сорок, от Беговой до улицы Горького. Ирина поднялась в квартиру, собрала маленький чемоданчик вещей первой необходимости, потом подумала и переложила их в рюкзак. Она решилась совершить преступление, и совершать его надо было как можно незаметнее, а чемодан на улице скорее бросался в глаза, чем рюкзак.

В рюкзак положила тильдины обе миски, для воды и для еды, и подстилку. Тильда сидела возле двери и ждала: понимала, что сейчас уйдут.

И ушли — пешком, на Покровку, сначала к матери Валентина, в дом, откуда Тильда была родом: Валентин был ее первым хозяином. Через несколько дней перебралась к подруге на Писцовую. Почти каждый день она ездила домой, на улицу Горького, открывала ключиком почтовый ящик, но все не находила того, за чем ездила: письма с фронта от Валентина. А вот на Тильду пришло еще две повестки, и обе, замирая от страха, Ирина тут же порвала меленько и выпустила, выйдя из подъезда, прямо в ледяное жерло метели, которая бесновалась всю ту зиму, первую зиму войны.

Отец редко приезжал в Москву, беспрерывно мотаясь по фронтам: он был одним из главных летописцев и этой войны, и прежней, испанской...

В первый же его приезд Ирина рассказала ему о дезертирстве Тильды. Он молча кивнул. Навестил собаку на Писцовой. Последние годы Ирина с мужем жила в большой квартире отца, и Тильда давно поняла, что главным хозяином над всеми был именно он, старый, а не первый, молодой.

Полчаса он просидел в чужой бедной комнате, и Тильда сидела с ним рядом, устремив в него магический животный взгляд.

Перед уходом он пошутил:

— Ее надо переименовать: вместо Тильды — Дези.

Тильда, услышав свое имя, подняла голову. Лизнула руку. Она не знала, что ее избавили от смерти под танком, в центре адского взрыва, и умрет она теперь своей смертью, пережив и войну, и главного хозяина, и пуделиные кости ее будут лежать в лесочке, в приметном месте возле большого камня на обрыве, недалеко от дачи...

А вот где сложил свои кости Валентин, так никто и не узнал: он пропал без вести — навсегда.

Кошка большой красоты

Сначала ушли старые животные: тяжелый и мощный кот Лузер с огромной кривоухой башкой не вернулся однажды с ночной гульбы, да так и пропал, через месяц сбежала Лада, — не сбежала, а сковыляла, — потому что давно уже еле двигалась. Ее нашли в перелеске недалеко от дома, в скользкой яме, с трудом притащили домой, отмыли от гнилой глины бело-рыжую шерсть, и она тихо умерла под руками хозяев.

Потом засобирался и сам хозяин. Сначала инфаркт, потом грохнул инсульт. Он сидел с упавшей половиной лица в вольтеровском кресле и молчал. Хозяйка Нина Аркадьевна принесла домой взрослого котенка большой красоты — для оживления домашнего пейзажа и целительного животного тепла, но хозяин почти не замечал новую кошку, автоматически поглаживал ее левой рукой, когда ее совали ему на колени. Она была черно-белая и так расписана от природы, что лучше не придумаешь: белая манишка, белые чулочки на передних лапах и носочки — на задних. Размера была небольшого, полудетского, не пушиста, а скорее бархатиста, и глаза — янтарно-зеленоватого цвета. Назвали ее просто, но по-английски — Пусси.

Нина Аркадьевна была английской переводчицей, переводила английских классиков и вела семинары по теории перевода.

Потом хозяин, так и не подружившись с новым животным, умер. А кошка, не выполнившая возложенной на нее миссии, прижилась. По характеру она была чудовище, и нисколько этого не скрывала: она ластилась к ногам, вспрыгивала на колени и немедленно выпускала острые когти — даже хозяйка вся была в ее маленьких отметинах. Когти она выпускала из мягких лап мгновенно, как ядовитая змея выбрасывает голову в броске. Таким же неуловимым движением она цапала кормящую ее руку, норовя провести царапину подлиннее.

Когда хозяйка снимала телефонную трубку и говорила: «Алле!», кошка немедленно отзывалась особым предостерегающим «мявом». Давала поговорить минуту-другую, снова подавала голос, а потом спрыгивала с кресла — удивительное дело, что при необыкновенной грациозности поз, в движении она была довольно неуклюжа: с прыжка приземлялась тяжело, как большой котяра. После приземления она медленно проходила по квартире в поисках наиболее уязвимого места, — хозяйкины домашние туфли, шарфик на подзеркальнике, подушка, — куда и гадила.

Нина Аркадьевна, уже натренированная, бросала трубку, разыскивала следы ее подлости и убирала, горестно и совершенно бесплодно указывая ей на грехи.

Потом на кошечку напала первая охота. Из розового треугольника пасти шла пена, и она уже не коротко мявкала, а орала, катаясь по полу и по дивану и раздирая обивку. Хозяйка изнемогала, соседи жаловались.

Кошке привезли породистого кота, но она, возможно, по молодости лет не знала, как использовать его по назначению, тем не менее из вредности характера сначала ложилась, приподняв зад, а потом, когда жених приближался с серьезными намерениями, молниеносно переворачивалась и драла его честную морду. Кот потерпел поражение, но Пуська тоже не выглядела победительницей.

Нина Аркадьевна, дама в возрасте, благородного происхождения и хорошего воспитания, не одобряла пуськиного поведения, но деваться было некуда: у нее был принцип любви к животным. Не то чтобы чистая любовь, а сложившаяся установка: в нашем доме любят животных... И она терпела.

Проорав неделю, Пусси успокоилась, но через три месяца все повторилось: опять привозили котов, опять она их гоняла, и все не находилось такого, которому бы она отдала свое сердце...

Потом были рассмотрены два варианта: открыть перед Пусси дверь на улицу, пустив дело на простонародный самотек, или кастрировать. Начали с первого — выпустили во двор. Черно-белая красавица немедленно взлезла почти на самую верхушку голого мартовского тополя и там, на тонкой ветке, принялась орать. Кажется, не от страсти, а от страху. Слезть она не могла, хотя сделала попытку: развернулась вверх хвостом, вниз головой, исключительно неуклюже, и в таком противоестественном состоянии провисела на дереве почти трое суток, оглашая двор непрерывными воплями. Жильцы всех семи этажей не могли спать ночами, пока не догадались вызвать пожарную машину, благо участок находился в ста метрах от дома. Попав в руки взволнованной хозяйки, Пусси пропорола когтями кожаную перчатку и окровянила ей кисть.

Следующим шагом была кастрация. Добросовестная хозяйка нашла лучшего ветеринара, чудаковатого, но преданного своему делу, и отвезла Пуську в ветлечебницу, где за бешеные деньги ей произвели операцию.

Нина Аркадьевна, враг насилия вообще и кастрации в частности, испытывала некоторые угрызения совести, тем более, что вид наркотизированного животного был исключительно жалок: глаза были полузакрыты, из пасти сочилась слюна. Доставила бедное животное, завернутое в махровое полотенце, в лечебницу и привезла домой после операции бывшая студентка Нины Аркадьевны, преданная Женя.

Дома все устроили с большим комфортом — корзинка, подушка, подстилка. Прочухавшись от наркоза, кошка немедленно начала выгрызать швы, так что Нине Аркадьевне пришлось срочно вызывать ветеринара, которого Женя и доставила. Ветеринар немедленно надел на кошку предохранительный воротник в стиле Марии Медичи, который к утру она изгрызла в мелкую крошку.

Швы зажили довольно быстро, но Нина Аркадьевна тем не менее ночей не спала, укладывала Пуську себе под бок и спала воробьиным сном, боясь раздавить страдалицу. Своих детей она вырастила так давно, что уже забыла о том, что раздавить ребенка во сне не так уж и просто...

Три следующие месяца прошли в обычном режиме: умная кошечка гадила в самых уязвимых местах, однажды вынула из рамки фотографию покойного мужа и изгрызла в труху, заставив Нину Аркадьевну плакать от огорчения и беспомощности. Гостей Пусси по-прежнему не переносила: драла колготки приходящим студенткам, а одному заезжему англичанину располосовала руку, когда он по невинности пытался ее погладить. Боялась Пусси только одного предмета — половой щетки. Секрет этого уважения знала приходящая домработница Надя, которая пару раз прошлась по кошкиному боку. Хозяйка дивилась авторитету половой щетки, но прибегала к нему, показывая Пусси волосатого врага каждый раз, когда страсти особенно накалялись. Увидев щетку, Пусси замирала, потом пятилась и вспрыгивала повыше — на книжные шкафы, на буфет, — где замирала в грациозной позе, подняв лапу или выгнув спину.

Нина Аркадьевна, дама с повышенным эстетическим чувством, тоже замирала — от восхищения: красавица! Грета Гарбо в мире кошек!

Спустя три месяца после операции кошка снова начала орать дурным голосом и кататься по диванам. Хозяйка позвонила ветеринару и робко спросила, почему такая горячка напала на кошечку, коли она кастрирована?

Врач неожиданно возмутился:

— За кого вы меня принимаете, уважаемая? Неужели вы думаете, что я стал калечить животное и удалять яичники? Я просто перевязал ей трубы! Так что совершенно естественно, что она не лишена обычных для здоровых животных инстинктов!

Тут терпеливая Нина Аркадьевна впервые заплакала. Снова привезли кота. Пусси на этот раз проявила к нему благосклонность и кошачья свадьба состоялась. Брачные призывы, лишившие Нину Аркадьевну сна и аппетита, закончились. Все прочее продолжалось. Несмотря на тщательную уборку и постоянную стирку и чистку вещей, хозяйка, как и ее дом, пропитывались стойким специфическим запахом, который хозяйка ощущала каждый раз, когда входила в квартиру с улицы. Видимо, кошке иногда удавалось найти недосягаемые для уборки места...

Нина Аркадьевна принюхивалась к каждой кофточке, которую на себя надевала, душилась крепким мужским одеколоном и страдала. Но после смерти мужа она даже немного радовалась мелким страданиям, потому что они отвлекали от главной потери... Вообще же она радовалась всему, что ее отвлекало от постоянной печали и пустоты теперешней жизни.

Когда Нине Аркадьевне предложили провести семинар в Новосибирске, она тоже обрадовалась. Случилось так, что старый ее приятель, профессор-искусствовед сам попросился пожить в ее квартире, чтобы спокойно поработать в отсутствии домашних визгов и неурядиц, которые его сильно донимали, и закончить книгу. Он обязался кормить кошку. Нина Аркадьевна дала ему ключ, указала на капризы газовой колонки, запасла кошачьего корма и улетела, предупредив напоследок, что характер у кошки сложный, но не сложнее, чем у его жены и дочери. Главное — не выпускать на улицу.

На второй день после отъезда хозяйки, когда Пусси еще только приглядывалась к новому жильцу, он вышел к мусоропроводу с помойным ведром, плотно прикрыв дверь, но не захлопнув. Вернувшись, он увидел Пусси, сидящую перед дверью. Он схватил ее и впихнул в квартиру: не хватало, чтобы кошка сбежала! Отнес мусорное ведро на кухню, а когда оглянулся, увидел, что в коридоре, выгнув спины и шипя, стоят друг против друга две совершенно одинаковые кошки. Пока он осмысливал этот факт, кошки уже взвились в воздух, и как ему показалось, провисели в трепещущем комке довольно продолжительное время. Одна из них определенно была Пусси, вторая — ее двойник. Ему удалось не без труда разнять рычащий комок, схватить одну из кошек и затолкнуть в дальнюю комнату. Комнаты были смежные, замка между ними не было, дверь ходила свободно, и все еще держа вторую кошку в истерзанных руках, он метался по квартире, соображая, как закрепить дверь. Наконец, всунул в дверную ручку палку от швабры и выпустил вторую кошку их рук. Она кинулась на дверь с яростью смертника...

Всю неделю он провел безвыходно в квартире с двумя враждующими кошками, жонглируя дверями и замками. Он попробовал вызвать для опознания кошки молодую подругу Нины Аркадьевны, о которой было сказано, что в случае возникновения каких-либо проблем она немедленно придет на помощь. Женя приехала по первому же зову, сразу же опознала в предъявленной кошке хозяйскую, но, заглянув в дальнюю комнату, усомнилась: вторая была точно такой же, только черные ушки были опущены белой бахромой. Она взяла кошку на руки, та мгновенно выпустила когти и провела сразу четыре борозды. Теперь Женя ломала голову: по характеру она была точно Пусси, а белую опушку на ушах она могла просто не запомнить — небольшие такие белые волосики на самых остриях ушей... Решили до приезда хозяйки оставить все как есть...

Нина Аркадьевна, приехав через неделю, сразу же, как в известной русской сказке, определила нужную сестру, и не по ушам, а по голосу. При внимательном рассмотрении оказалось, что опушка имеется у обеих, но у настоящей Пусси она была чуть пожиже. На волю они вышли одновременно: обезумевший от переживаний профессор — и душой не отдохнувший, и не поработавший, — и пуськин двойник.

Пусси обрадовалась восстановлению прежнего мира, потерлась головой о ноги хозяйки и ночью пришла спать к ней в постель. И даже немного помурлыкала, хотя вообще относилась к редкой разновидности немурлыкающих...

Нина Аркадьевна рассказала по телефону дочери, давно уже живущей в Америке, о забавном происшествии, и это имело неожиданные последствия — дочь стала настойчиво приглашать ее приехать на Кейп-Код, где на лето снимали дачу.

— Пристрой кошку и приезжай! Что за добровольное рабство! Раз в жизни проведешь лето с внуками, мама, — жестко сказала дочь. И добавила. — Здесь рай. Океан, песчаный пляж, сосны. Похоже на Прибалтику, но тепло.

Нина Аркадьевна согласилась. Три года она не видела дочери и внуков из-за болезни мужа, потом из-за траура, потом ссылалась на кошку, которую не с кем оставить. Все это было именно так, но, кроме того, Нина Аркадьевна терпеть не могла своего зятя... Будучи англоманкой, хозяйка и Америку недолюбливала. Но местом жительства ее дочери была Новая Англия, самое английское место Америки, да и внуки тянули — три года не виделись. Решилась ехать на все лето. Только вот с кошкой надо было как-то решать: то ли к ней поселять служительницу, то ли ее куда-то на время определить. Анекдот с двойником не забылся, и начались поиски подходящих людей — любящих животных, с соответствующими жилищными условиями. Волну погнали по всей Москве, и вскоре нашлась подходящая парочка: пожилые супруги, бездетные, жена даже внештатная сотрудница журнала не то «Мир животных», не то «Животный мир».

64   Решено было, что Женя отвезет Пусси к этим добрым людям на следующий день после отъезда хозяйки. Что и было сделано...

Родня приняла Нину Аркадьевну сердечно: дочь и внуки с искренней любовью, зять — с твердым намерением обойти все издавна накопившиеся противоречия. Сама страна тоже старалась понравиться с первых же минут, начиная от прекрасных видов уже по дороге из Бостона на Кейп-Код. Никакой западной замкнутости не обнаружила Нина Аркадьевна в американской жизни своих детей: дом, как и в Москве, был полон друзьями, все те же русские пьянки и русские разговоры, хотя часто они велись по-английски. Даже американский выговор, всегда казавшийся ей вульгарным, теперь представлялся забавным. Хотя и дочь, и ее муж говорили отвратительно. Но, несмотря на это, в компьютерном деле, где работала и дочка, и ее муж, они были уважаемыми людьми... Прославленная американская бездуховность и тупость не бросались в глаза, скорее удивляла чистота и новизна всего, на что ни падал взгляд. Особенно вечно-белые носочки внуков. Они как будто не пачкались. Белая толстая кошка и рыжая собака тоже были исключительно чистенькими и, что самое поразительное, постоянно спали, свернувшись в общий клубок. Младшая внучка обращалась с животными как с плюшевыми игрушками, таскала за лапы, наряжала в шляпки. Кошка не мяукала, собака не лаяла...

Хозяйка огорчалась, глядя на эту идиллию: вспоминала Пуську и ее стервозный нрав...

— Что-то не так я делаю в жизни, — с печалью думала она. — Ах, да все я делаю не так...

За неделю до отъезда Нина Аркадьевна пришла к важному решению: позвонила в Москву Жене и попросила ее найти для Пусси новых хозяев:

— Надо отдать ее в хорошие руки. И если можно, за город. Да, да! За город! Чтобы был участок, где она могла бы гулять. Вроде зимней дачи. И хорошо бы организовать все до моего приезда...

Женя взялась за дело не спустя рукава: всех обзвонила, всех опросила. Тех, кто Пуську знал, можно было не обзванивать — самоубийц не нашлось. Тех, кто ее не знал, Женя честно предупреждала: кошка редкой красоты и дурного нрава. За день до приезда Нины Аркадьевны Женя, совершенно не справившись с первой частью задания, — относительно хороших рук, — принялась за вторую.

Началась эвакуация. Женя подъехала к трехэтажному дому на Сретенке и, поднимаясь по лестнице, чем выше, тем определеннее чувствовала, что здесь живут люди, беспредельно любящие кошек: смрад стоял такой, что только любовь могла его победить. Женя поднялась на третий этаж. На всех лестничных площадках стояли кошачьи миски. На перилах, свесив хвосты, сидели две кошки, задумчиво глядя перед собой. На дверной ручке нужной квартиры висели два пакета, а под дверью лежали три больших газетных свертка, аккуратно обвязанных бечевкой. Вне всякого сомнения, это была кошачья уборная, предназначенная выносу на помойку.

Женя позвонила, звонок промолчал. Однако дверь открыли. Муж и жена, маленькие и худенькие, бледненькие и сильно поношенные, стояли и улыбались.

— Она с нашими не подружилась, — сообщила жена. — Такой конфликт! Характерами не сошлись.

Женя протянула мужичонке деньги, и он незаметным движением сунул их в карман, не сказав ни слова.

— Ни с Муськой, ни с Пал Иванычем с Лаской, ни с кем, — подтвердил муж.

— Мы ее отдельно поселили! — с гордостью сказала жена и повела по длинному коридору. — Вот здесь у нас Муська, она отдельно живет, она Пал Иваныча обижает — указала жена на первую дверь, — а здесь Пал Иваныч, сибирский кот, старый уже, и Ласка, его внучка, они дружат — махнула рукой в сторону второй двери.

Далее была комната, в которой содержалась собака. В последней, четвертой, гостевала Пуська.

— У нас раньше коммуналка была, а теперь дом под снос, все наше стало, — объяснила кошатница, — уезжать-то не хочется, выселят куда-нибудь в Бибирево.

— И хорошо, Валя, чего ж плохого, с Каштаном будем в лес ходить гулять, — откуда-то раздался тонкий тявк, — собака отозвалась на имя. — Он у нас умница, но тоже старичок. Приблудился...

Мужичок вынул из кармана связку ключей и открыл последнюю из дверей. На высоком платяном шкафу сидела Пуська. Она была не черная, а пыльно-серая, грустная и одичавшая.

— Не вылизывается, — горестно заметила кошатница. — Скучает. Прям душа за нее болит, уж так скучает. Иди, иди сюда, девочка моя, сейчас домой поедешь.

Пусси сидела в своей знаменитой египетской позе, не шелохнувшись.

Ловили ее долго. Когда, наконец, она оказалась в руках, Женя только подивилась, куда девался угольный блеск ее шерсти, и как посерела белая манишка... Паутинная пленка лежала на ее плече... И, что удивительно, она молчала.

Женя посадила ее в спортивную сумку, задвинула молнию и заботливо оставила несколько сантиметров для проветривания, чтоб не задохнулась...

— Мы вас проводим, проводим, — наперебой защебетали кошатники и, подхватив газетные свертки возле двери, пошли гуськом за Женей. Когда они вышли из подъезда, целая гурьба кошек возникла как из-под земли, выгнув спины и задрав хвосты.

— Голодные... Покормим, покормим... Сегодня всех покормим, — горделиво сказал муж, похлопывая себя по карману...

Женя поставила сумку с Пуськой на заднее сиденье, помахала рукой причудливой парочке, все стоявшей в обнимку со своими газетными ворохами, и отъехала. Предприятие было неприятным, но вынужденным. Настроение у нее было неважным.

На Садовом кольце Женя ощутила спиной, что в машине что-то происходит. Она даже не успела сообразить, что именно, — по салону метался темный комок, издававший звук, более всего похожий на громкое змеиное шипение. Она подала машину вправо — в шею ей сзади вцепились острейшие когти. Прожгло болью. Вцепившись всеми четырьмя лапами, Пуська заорала. Забыв включить поворотник, Женя причалила к берегу. Отчаянно гудели машины, но никто в нее не въехал. Рывком оторвала Женя кошку от себя. Зажав дергающийся комок, она вышла из машины, открыла дверцу и запихала животное обратно в сумку, затянув молнию до конца.

Кровь текла по спине, по рукам, большой кровяной развод был на щеке. Но Женя рванула с места и понеслась. Маршрут ей был прекрасно известен. Свернула на Каляевскую, выехала к Савеловскому вокзалу, потом переулками дорулила до известного ей пролома в бетонной стене, окружавшей Тимирязевский парк. Вышла из машины, прихватив сумку. Перешла через железнодорожные пути, нырнула в еще один пролом, — дальше начинался парк. По тропинке Женя вышла на полянку и открыла сумку. По-видимому, кошка была не менее ее самой потрясена происшедшим. Не торопясь, Пусси вылезла из сумки. Огляделась. Села на травку и начала вылизываться. Женя стояла в нескольких шагах от нее. Розовый язык подробнейшим образом пробегал по самым недоступным местам кошачьего тела, и за ним тянулась сверкающая полоса обновленной шерсти. Из серой кошка на глазах становилась черной, блестящей, бархатной. В сторону Жени и головы не поворачивая, внимательно пролизывая пахи. Белые чулочки на лапах только мелькали. Помывшись, Пусси замерла в одной из своих страннейших поз, — подняв вверх переднюю лапу.

— Значит, так, — сказала Женя. — Вот тебе загород. Гуляй, лови мышей. Вот там стоят три дома, это больница. Оттуда будут выходить люди и давать тебе еду. Живи на природе, и никому здесь твой характер не помешает жить. Поняла?

Кошка поняла. Она отвернулась от Жени и пошла прочь — не торопясь и даже несколько вразвалку. И исчезла в кустах, не оглянувшись.

Некоторые метафорические кошки скребли у Жени на душе. Она не смогла выполнить поручение старшей подруги. Но она любила Нину Аркадьевну больше, чем та любила свою кошку. Назавтра Женя, облепленная пластырем, поехала встречать ее в Шереметьево. У Нины Аркадьевны был огромный багаж, они взвалили на тележку все ее чемоданы, потом перегрузили в багажник машины и поехали.

— Ну, как? — спросила Нина Аркадьевна, вклинив маленький и незначительный вопрос между своими огромными впечатлениями, — Пуську удалось пристроить?

Женя кивнула.

— За городом? — спросила Нина Аркадьевна.

Женя вздохнула, ожидая подробных расспросов, и снова кивнула.

Но больше Нина Аркадьевна к этому вопросу не возвращалась.

Возможно, так бы все и кончилось. Неприятный осадок от происшедшего у Жени прошел бы, и все бы зажило и зарубцевалось, включая глубокие царапины на шее и на спине. Но прошло недели три, а, может, целый месяц, и Нина Аркадьевна длинно и с удовольствием беседовала с Женей по телефону, говорила о своей новой работе и слегка, очень тонко укоряла Женю за то, что та бросила благородный труд переводчика художественной литературы и ушла на фирму, торгующую с юго-восточной Азией какой-то восточной дрянью, как вдруг в трубке раздалось короткое требовательное мяуканье. Разговор замер на полуслове. Пауза длилась долго.

Наконец, Женя спросила:

— Она вернулась?

Пауза все длилась и длилась.

— Нет. Она у вас?

— Нет, что вы! — испугалась Женя и даже оглянулась. Никаких кошек и в помине около нее не было.

— Так откуда в трубке мяуканье? — тихо спросила Нина Аркадьевна.

— Не знаю, — честно ответила Женя.

Так до сих пор никто не разгадал этой загадки.

Том

Том жил у Мамахен уже пять лет, но рабский характер его так и не переменился: он был предан, вороват, восторжен и труслив. Боялся громкого голоса, резких звуков, в особенности, хард-рока, всех трех кошек, проживающих в квартире, катящегося в его сторону мяча и звонков в дверь. От страха он спасался под кроватью у Мамахен, разбрызгивая за собой дорожку упущенной мочи. Но больше всего он боялся потеряться во время прогулки. В первые месяцы он выходил из дому только с Мамахен, справлял свою нужду рядом с подъездом, сразу же прижимался к парадному и скреб лапой дверь. Когда Мамахен тянула его за поводок в сторону переулка, он подгибал задние лапы, круглил спину, опускал голову между передними лапами, и с места сдвинуть его было невозможно.

В семье было решено, что он родился домашней собакой, потом потерялся, довольно долго жил бездомным и так настрадался, что когда Мамахен привела его в дом, он счастью своему не мог поверить. Он был тогда совсем молодым кобельком, что по зубам определил ветеринар, которого Мамахен сразу же пригласила: собака должна быть здоровой, если в доме четверо детей... Ему дали имя и вылечили от глистов и от клещей, гроздьями висевшими на шее.

— Породистые собаки не бомжуют, они быстро погибают, — объяснил ветеринар. — А этот бэпэ, беспородный, стало быть, жизнеспособный...

Витек прибился к дому позже Тома. Кто-то из внуков Мамахен привел его впервые, и он стал захаживать, и все чаще, и сделался в доме незаменимым человеком. Мамахен не сразу его заметила, она вся была сосредоточена на музейной части, то есть на передней комнате, где и находился музей ее деда, знаменитого русского художника, благодаря славе которого у подъезда висела памятная доска «Музей-квартира...», повешенная Луначарским в раннесоветские времена и сохранившая квартиру наследникам без уплотнения.

Мамахен была хранительницей музея, получала небольшую зарплату, два раза в неделю принимала посетителей в парадном зале, а в остальное время писала статьи, выступала на конференциях и, когда приходилось туго, продавала дедов рисунок или театральный эскиз. Она всегда плакала, когда приходилось продавать, но при этом замечала, что цены на работы деда вообще-то имеют тенденцию подниматься, и потому она всегда сильно огорчалась, что задешево продала в прошлый раз.

Витек, как и Том, домом дорожил. Он как-то постепенно переместился на жительство в темную комнату, разгреб на сундуке уютное место и спал там среди семейного хлама, накопившегося за сто лет в этой музейной квартире. А где он жил раньше, было неизвестно: говорил, по друзьям.

Незаменимость Витька проистекала из его редкого качества: он был утренний человек, поднимался с рассветом, когда бы ни лег, в веселом и легком расположении. Вскакивал, как неваляшка, и шел гулять с Томом, освобождая сердобольную Мамахен от ранней прогулки. Мамахен вовсе не была утренним человеком, но жалела терпеливое животное и, кряхтя, вставала. А дочки ее и внуки все были исключительными совами, раньше двенадцати не вставали.

Витек же, приволакивая дефектную от рождения ногу, доходил с покорным Томом до ларька на Смоленской, покупал молока и сигарет для Мамахен, и тут терпение Тома кончалось, и он несся в сторону дома, натягивая поводок с Витьком. Том доверялся Витьку больше, чем самой Мамахен — даже с ней он на такое большое расстояние от дому не отходил. Он, видно, чувствовал в Витьке приживальщика, такого же, как и он сам.

Мамахен с большой головой, в лохматом лиловом халате уже сидела на кухне, сонная и молчаливая. Витек варил кофе для Мамахен, чай для себя и овсянку на всех. Тому доставалось полкастрюли.

Потом Витек мыл свою тарелку, выпуская из крана совсем маленькую струйку воды. Он был большой эколог, экономил природные ресурсы и ненавидел пластиковые пакеты.

— Так я пошел, Софья Ивановна. Соньку сегодня в школу не веду, она все болеет... Или какие-нибудь поручения есть?

— Иди, иди... — давала отмашку Мамахен. — У тебя что, работа сегодня?

Чудачка, она как будто запомнить не могла, что работал Витек сторожем «сутки — трое», и выходил обыкновенно с вечера.

— Женя, Наташина подруга, попросила помочь обои поклеить, но я к вечеру перед работой зайду, вы с Томом не выходите...

— А, Женя... — рассеянно кивнула Мамахен, и Витек ушел.

Мамахен же поплыла к себе в комнату, где убрала большие волосы в сложный пучок, надела на себя просторное синее платье с круглой эмалевой брошкой размером с яблоко, побрызгалась одеколоном из синего флакона с пульверизатором, а потом взяла ключ и пошла в залу, которая в неприсутственные дни стояла запертая от детей и внуков. Тома в зал тоже не пускали, и он остался в комнате у Мамахен, спрятал серое, волчьего цвета тело под кровать, но высунул оттуда умную ушастую голову и положил на войлочные домашние туфли хозяйки. Морда его выражала высшую степень довольства жизнью. Возможно, что эти войлочные туфли он любил даже больше, чем самое Мамахен.

Много часов Том спокойно продремал под кроватью: день складывался удачно — Мамахен прикрыла за собой дверь, так что ни одна из кошек не могла войти. Они, видимо, спали в дальних, детских комнатах. Среди дня Мамахен вошла, что-то взяла в столе, выпила пахучие капли. Погладила Тома по голове и снова ушла.

Вечером пришел Витек, крикнул из прихожей:

— Эй, кто-нибудь! Дайте мне Тома, чтоб мне не проходить!

Том услышал и вышел сам. Нагнул голову, чтоб Витек прицепил поводок к ошейнику, и они пошли вниз по лестнице. Снизу шел — и все усиливался — знакомый и страшный запах, из прошлой жизни Тома: смесь старой крови, алкоголя, гнилой помойки, смертельной болезни. Воздушная тревога, вот что это было.

Том жался к ноге Витька, но тот хромал как ни в чем не бывало — не чувствовал опасности. А внизу под лестницей помещался мощный источник запаха. Том тихонько зарычал от страха, но Витек ничего не заметил, и они вышли на улицу. Справив свою быструю нужду, Том замер у подъезда в полной потерянности: на пути домой стояло препятствие в виде пугающего запаха. Нежный Витек склонился, потрепал по шее:

— Ты что? Чего испугался, дурачок? Домой, домой!

Том пятился, топтался, приседал на задние лапы.

— Ну, не знаю... — удивился Витек, немного постоял возле скрючившегося Тома, потом погладил его и взял на руки. Том был собакой немаленькой, на руки его со щенячьего возраста не брали, и он забился в витьковых руках, но новый страх лег на старый, и Витек вволок его в подъ-

74 езд, а там Том спрыгнул с рук и понесся на третий этаж с невиданной прытью. Витек отпустил поводок и пошел враскачку, удивляясь странному поведению собаки.

«Нервный», — подумал Витек.

Он и сам был нервный, его три года в психоневрологическом санаторном учреждении мать держала. До четвертого класса.

Вечером Витек ушел на свою суточную работу, а наутро Мамахен обнаружила, что Том налил в прихожей. Его все стыдили, и даже кошки смотрели на него с презрением. Но, несмотря на позор, Тому пришлось идти на улицу, поскольку Мамахен надела шубу и взялась за поводок. Он тащился за ней по лестнице — позади, а не впереди, как обычно, и слегка упирался, показывая, что ему совершенно не нужно на прогулку. Но у Мамахен случались такие воспитательные приступы именно по отношению к Тому, — потому что все прочие ее совершенно не слушали, а Том старался ей угождать. Они дошли до первого этажа, и запах был все тот же, и даже еще сильней, но Мамахен его не чувствовала.

Она открыла внутреннюю дверь парадного: ровно посередине, между двумя старинными дверями, недавно отреставрированными, лежала исполинская куча, исполненная тем самым, который вонял под лестницей.

— О, боже мой! — воскликнула Мамахен, едва удержав сапог от унижения и пошатнувшись. Она натянула поводок, но Том туда и не рвался.

— Домой! домой! — скомандовала Мамахен, и они потопали вверх по чудесной просторной лестнице, спроектированной дедушкиным другом архитектором Шехтелем.

Немедленно позвонить в домоуправление и сказать Витьку, чтоб расшил дверь черного хода, — приняла быстрое решение Мамахен.

Но в домоуправлении телефон не отвечал — то ли сломан, то ли там выходной, — догадалась Мамахен. Она предупреждала всех просыпающихся детей и внуков, чтоб случайно не вляпались, радовалась, что сегодня неприсутственный день, и никто из посетителей не увидит эту кучу.

Зять Миша впервые в жизни взял в руки клещи и пошел к черной двери расшивать доски, набитые через несколько лет после установки стальной двери на «белом» входе, — после того, как кто-то из детских друзей, зашедших с черного хода, не высмеял их общей безмозглости: зачем ворам взламывать стальную дверь, если на черном ходу, кроме древнего крюка, вообще ничего нет...

Вечером Мамахен плохо себя чувствовала, лежала в своей комнате и страдала от громкой нехорошей музыки, доносившейся от внуков, от дурного настроения и смертельной усталости, которую испытывала при мысли, что подлая куча все еще лежит между дверями подъезда. Какой это был чудный дом до революции! На доме висело всего две памятные доски, а можно было бы повесить десяток. Вся русская история побывала в гостях у этого дома: Толстой, Скрябин, Блок, не говоря уже о более поздних и менее великих...

Витек, возвращаясь с работы, увидел, как бомж, кривой и мятый, как плохо надутый воздушный шар, большими корявыми пальцами пытается набрать код. Витек остановился поодаль, испытывая странное замешательство: душой он не принадлежал к тем, кто жил за кодовыми замками, он был хиппи-переросток, мальчик за сорок, бродяга, кое-какой поэт, бренчавший много лет на гитаре, прочитавший десяток книг, привыкший жить, не думая о завтрашнем дне, по-птичьи, знал, что от настоящего дна его отделяет неуловимый волосок — он много лет жил без паспорта, без дома, без семьи, и родной его город оказался за границей, мать давно спилась, сестра потерялась, отца почти никогда и не было... Он стоял и ждал, сможет ли нищий подобрать цифру, и решил, что в парадное его не впустит.

«Значит, я скорее из тех, чем из этих», — ухмыльнулся Витек с грустным чувством социального предательства.

Бомж справился с набором, и тут Витек догадался, кому принадлежала куча между дверьми и пустая водочная бутылка, которую он прихватил в подъезде вчера вечером, уходя на работу.

«Вот сволочь, спит под лестницей и здесь же гадит», — возмутился Витек, и сразу же усмехнулся своему возмущению. Он был настоящий интеллигент рабоче-крестьянского происхождения, хотя и полностью деклассированный.

Он вошел сразу за бомжем. Неубранная куча угадывалась под несколькими слоями сплющенных картонных ящиков. Витек стоял, положив руку на закругленное окончание перил, и ждал решения сердца. Это был давний его прием: если не знаешь, что делать, стой и жди, пока само не решится. Само и решилось — из-под лестницы спросили:

— Парень, ты здесь живешь? Стаканчика не найдется?

Витек заглянул внутрь. В негустой темноте к стене прислонен был ворох тряпья, из которого и раздавался голос. За пять шагов било в нос.

— Сейчас принесу, — ответил Витек.

— Может, одеялко какое или что, — пробурчал смрадный ворох.

Витек принес стакан. И никакого одеяла. Поставил стакан на пол возле бомжа.

— Чего стоишь? Налить, что ли? — спросил тот.

— Нет, я не пью. Спасибо. Я только хотел тебя попросить... Ты оправляться на улицу выходи. Ты же спишь здесь...

— А-а... учитель... Пошел ты... Двадцать градусов на дворе...

Рожа у него была страшенная, в редкой бороде, отекшая и сизая.

«Бедная Мамахен, — чуть в кучу не вляпалась», — подумал Витек и опять улыбнулся сам себе. — Нашел, кого жалеть...

— Топай, топай отсюда, все учителя... — глухо проговорил нищий, а остального Витек уже не расслышал.

На следующее утро Витек взял на поводок Тома и повел на улицу. Про расшитый черный ход ему не сказали. Том слегка упирался, и теперь Витек знал, почему тот упирается: бомжа боится.

— Пошли, пошли, Том. Не бойся, дурачок...

Том чувствовал запах опасности и звуки невидимого присутствия.

Вышли во двор. Том по-сучьи слил все в один прием, не заботясь о мужской метке, оставляемой хозяевами жизни. Желтая нора протаяла в девственном снегу, выпавшем за ночь. Витек дернул за поводок, пошли к ларьку на Смоленскую площадь, купили молока и сигарет для Мамахен. Было морозно, безлюдно и не вполне рассвело. Но снега было много, и он светился своим самородным светом.

Было воскресенье. Канун Нового Года. Витек медленно думал о том, что день сегодня будет суматошный, его будут посылать то за солью, то за майонезом, придется стоять в очередях в Смоленском гастрономе, а потом Мамахен непременно вспомнит, что забыла отправить кому-то бедному и заброшенному поздравительную телеграмму, и придется еще стоять в очереди на почте, и какие они все прекрасные люди, и сама Мамахен Софья Ивановна, и обе ее дочки, и шальные внуки, особенно маленькая Сонька, и что хорошо бы после Нового года уволиться со сторожовки и поехать, например, в город Батуми, где тепло и растут мандарины...

Скрежет тормозов, удар, рычание газа — черная машина вывернула из Карманицкого переулка и свернула в Спасопесковский. Они совсем уже подошли к дому. Том вдруг остановился. Витек дернул за поводок. Пес уперся всеми лапами, сгорбился, опустил голову и спрятал хвост между задними лапами.

— Ну, что с тобой, Том? Домой! Домой пошли!

Витек погладил круглую спину — собаку била крупная дрожь. Она пятилась, не поднимая головы. Витек оглянулся. Из-за сугроба торчали две ноги, две жуткие ноги в остатках кроссовок, обмотанные грязнейшими бинтами. Витек обошел сугроб — это был тот бомж. В утренней тишине еще был слышен рокот мотора сбившей его машины. Шапка лежала на дороге. Голова была повернута под таким углом к телу, что живым он быть не мог. Витек присел на корточки, сгорбившись, рядом с Томом. Его тоже била дрожь. Он обнял пса и почувствовал полное с ним единение: это был ужас смерти, единый для всех живых существ здешнего мира.

А теплая куча, оставленная бомжем, остывала в подъезде дома напротив. Простого дома, без кодового замка.

Тело красавицы

Виктор Иванович, преподаватель военного дела по прозвищу «пимпочка» долго проверял, как вбиты колышки и натянуты палатки, три из восьми свалил и велел натягивать заново. Только закончили оборудовать лагерь, сняли квадрат дерна под костер, как пошел дождь. Сварили чаю в большом котле и поели из домашних запасов, но песен не пели, как собирались. Распределились по палаткам, которые изнутри были сухие, а снаружи мокрые. Праздник с самого начала не задался. В середине ночи проснулись от звонкого злобного крика:

— А-а-а! — визжал женский голос. — Всем нужно мое тело, никому не нужна моя душа!

Между палатками металась Таня Неволина, десятиклассница, взмахивая на каждом повороте распущенными волосами и прижимая к груди не то подушку, не то свернутое одеяло. За ней бегал Виктор Иванович, пытался ее остановить и запихнуть в палатку, но она не давалась, истерически орала:

— А-а-а... Всем нужно только те-е-ло-о...

Но истеричкой Таня не была — такой припадок случился с ней однажды в жизни и никогда не повторялся.

У нее действительно было такое тело, и лицо, и волосы, что вся улица на нее смотрела, когда она в школьной форме с портфельчиком переходила дорогу. Душой она

80 была скромная и тихая девочка, не любила быть на виду, и к шестнадцати годам успела утомиться от мужских взглядов, от приставаний, от трамвайного лапанья. Нежная девичья душа яркой красавицы так желала идеальной любви, что выработала в себе тонкое противоядие: с пятого класса она дружила с невзрачным Гриней Басом, первым отличником класса. По ее ошибочной логике, он, умница, должен был ценить ее душу, и до конца седьмого класса он ее очень ценил. Но летом после окончания седьмого класса Гриня претерпел возмужание, которое красоты ему не прибавило, скорее даже подпортило, и гормональная перестройка нарушила чудесный платонизм прежних отношений. Гриня начал производить руками движения, которые Таня первое время рассматривала как случайные, но вскоре догадалась, что интеллектуальный Гриня, невзирая на свое умственное превосходство, жаждет прикосновений, точно так же, как дурак сосед Власов, и все дворовые, и школьные, и уличные мальчишки и даже взрослые мужчины. Пока Гриня мацал в темноте кинотеатра ее руку, Таня терпела, но когда, провожая, загнал в угол парадного и, зажмурившись, положил сразу обе лапы на твердые конусы с пуговками на вершине, она взвыла, вскинула руки, плоско ударила его по лицу сумочкой и, громко плача, побежала на третий этаж, унося от Грини свою непосильную красоту.

Гриня, налитой стыдом и страстью, долго стоял в парадном, прижимая ладони к горящему лицу. Потом понуро пошел домой, стесняясь прохожих, стен и всего Божьего света, хотя от посторонних взглядов он был защищен вечерней темнотой.

Таня тем временем рыдала в духоту подушки, мягко принимавшей в себя бессмысленные девичьи слезы. На следующий день, в понедельник, оба они не пришли в школу — из страха друг на друга посмотреть. Таня сказала матери, что болит горло, а Гриня просто прогулял.

Таня весь день проплакала, в перерывах же смотрела в зеркало на свое кукольное лицо, корчила уродливые рожи и растягивала пальцами то губы, то нос. Ей хотелось быть другой, — какой именно, она точно не знала — может, как Мнацаканова, с длинным тонким носом, интересной, или как курносая Вилочкина, смешной, пусть даже как Валиева, узкоглазой, с кривыми зубами, заметной и даже привлекающей своей некрасивостью...

«Все девочки люди как люди, а я — чучело какое-то», — подумала она и заплакала со свежими силами, предчувствуя великую проблему красавиц, претендующих на сохранение личности...

С Гриней Басом она совершенно раздружилась, и он еще год ходил в ту же школу, все смотрел на нее издали сумрачно и непрестанно, а потом родители перевели его в математическую, но он Таню все преследовал своими тоскливыми глазами — то ждал ее в подворотне, то подстерегал возле школы. Бросал короткий близорукий взгляд на сияющую белизну, — подробности ее лица не отпечатывались, только белое сияние, — и исчезал, не делая ни малейших попыток к общению: никогда слова не произносил, даже не здоровался. Таня отворачивалась и делала вид, что не замечает. Теперь она больше ему не доверяла. Он был как все — хотел ее красоты.

Имеющие разнообразные способности одноклассницы жаждали красоты, для чего прикладывали усилия — выщипывали и подрисовывали брови, приукрашивали себя одеждой или заметным поведением, дерзким и вызывающим. У Тани, кроме красоты, никаких способностей не было, — училась средненько, и при большом старании все получалось между тройкой и четверкой, и даже во второстепенных предметах, как пение, рисование или физкультура, и то не могла достичь успеха.

«Способности средние», — говорили учителя, но Таня относилась к себе строже: способностей никаких...

В десятом классе все стали заниматься с большим рвением, готовились в институт, но Таня выбрала себе место по силам — решила поступать в медицинское училище, чтобы стать медсестрой, и хорошо бы, в детском учреждении: с маленькими детьми ей было лучше всего — они ничего не требовали от ее красоты.

На выпускной вечер Таня пошла, но платье белое, как велела мода тех лет, надевать отказалась, хотя мама и купила. Пошла в юбке с кофтой, получила свой посредственный аттестат, посидела в углу школьного зала, пока одноклассники танцевали, и даже гулять с ними, как полагается, на ночную Красную площадь не пошла. Танцевать ее, между прочим, никто и не приглашал: красота ее была недосягаема, а выражение лица слишком уж абстрактное.

Таня ушла с вечера довольно рано, и Гриша Бас, в парадном костюме, в новых очках и при галстуке, заглянул в свою старую школу, когда Тани уже не было. Он добрел до ее дома, посмотрел на темное окно и исчез. Через два дня его нашли на школьном чердаке в петле. Он был мертв. Никакого письма он не оставил. В кармане нашли старую шерстяную рукавицу. Никто не знал, что она танина.

Узнав об этой ужасной истории, Таня содрогнулась: она сразу поняла, что это из-за нее, хотя никто ей такого не говорил. На похороны она не пошла: страшно было выставить на обозрение свое лицо и тело.

Таня сдала экзамены в медицинское училище на тройки с четверками, и ее приняли, и опять она была самой красивой среди девочек. Мальчиков на курсе почти не было, один хромой Тихонов Сережа с детской мордочкой. В детстве у него был костный туберкулез, и приняли его с большими колебаниями — туберкулезным не полагалось работать по медицинской части. С ним Таня и подружилась. Однокурсницы посмеивались. Сережа, как когда-то Гриня Бас, норовил Тане помочь, весь первый год провожал домой, ныряя на каждом шагу в левую сторону. Летом у него сделалось обострение старой болезни, его положили в туберкулезный институт, и Таня ездила его навещать на улицу Достоевского.

В метро и в трамвае к ней постоянно приставали молодые и средних лет мужчины, но она давно всех их видела насквозь: они хотели ее красивого светлого лица, укрытого с боков скобками грубоватых русых волос, ее ног под длинной не по моде юбкой, ее тела, красота которого будто просвечивала через любую одежду вопреки Таниному намерению быть незаметной.

Сережа от нее ничего не хотел. У него были сильные боли, и он даже не очень любил, когда Таня его навещала.

В середине лета ему сделали операцию, и когда Таня пришла к нему в послеоперационную палату с яблоками «белый налив», он побросал яблоки, сказал, чтобы она к нему больше не ходила, и отвернулся лицом к стене — плакать. Тогда она его сама поцеловала.

Все лето и осень она ездила к нему в туберкулезный санаторий, а в конце зимы они поженились, к большому неудовольствию родителей: танина мама умоляла ее не выскакивать так рано замуж, да еще за инвалида, сережина Таню невзлюбила с первого взгляда, потому что была сильно верующей, и Танина красота казалась ей подозрительной. Она сердилась еще и потому, что никак не могла уразуметь, для чего эта красавица выбрала себе ее хромого сына и предвидела подвох: может, ей квартира приглянулась. Но, в конце концов, разрешила сыну жениться при условии, что прописываться к ним Таня не будет. Танина мать, сломленная ее непонятным упрямством, согласилась, но с тем же условием: чтоб мужа Таня домой не приводила.

Из училища Сережу отчислили из-за открывшегося туберкулеза. Он сидел дома, готовился поступать в другое место, на связиста, чтобы работать на телефонной станции. Когда он поступил, Таня как раз вышла на работу.

84 Распределили ее в районную больницу. Сначала ее направили в операционный блок, но через полгода перевели в процедурный кабинет: с хирургией у нее что-то не заладилось — не было в ней ни сноровки, ни сообразительности. Зато в процедурном кабинете все получалось у Тани — сложного ей не поручали, кровь из вены она брала хорошо, даже дети ее не боялись, и она одна могла уговорить маленького пациента потерпеть немного и не дергаться, когда надо было попасть иглой в вену.

С мужем Сережей было не очень ладно. Дома он был тихий и спокойный, но стоило им куда-нибудь выйти, как он нервничал, становился груб и обидчив. Чуть что не так, сразу поворачивался и шел домой, а Таня следовала за ним издали, потому что всегда немного за него боялась. Дело было в том, что на них всегда сильно смотрели незнакомые люди: удивлялись, как и сережина мама, что нашла эта красавица в хромом и невзрачном мальчике. От этих взглядов он приходил в озлобление. Танина красота мешала Сереже ее любить, и красоту своей жены Сережа возненавидел.

Больше всего она ему нравилась, когда плакала. У нее быстро набухали глаза, краснели ноздри, и рот опускался углами вниз. Но все равно, даже плачущая, она была похожа на актрису Симону Синьоре. В техникуме у Сережи завелась мужская компания, и он там оказался сразу же не на последних ролях — был старше всех, единственный женатый. С этой новой компанией Сережа стал выпивать, а, выпив немного, делался злым и жестоким. Два раза он поколотил Таню, и Таня ушла к маме, даже не взяв из мужнего дома зимние вещи — пальто, шапку и почти новые сапоги.

Все, кроме Сережи, остались очень довольны таниным уходом — и танина мама, и свекровь. Сама Таня осталась в убеждении, что никого ей не нужно, лучше уж одной, и несла свою ни к чему не пригодную красоту так, как другие носят горб.

Сережа два раза приходил к Тане на работу, к концу смены, мириться. Один раз она его увидела первая и убежала, а другой раз он ее выследил, просил прощения и звал домой. Но Таня только головой качала, ничего не говорила. Сережа был немного пьян, и под конец разговора он неожиданно ударил ее по лицу. Не сильно, но сам покачнулся и чуть не упал.

Таня все сильнее уверялась в том, что красота вещь совсем напрасная, — никому не приносит счастья. Скорее, наоборот. У нее к этому времени уже набрался большой материал — не очень молодой хирург Журавский влюбился в нее без памяти, жена его приходила в отделение, чуть не набросилась на Таню с кулаками. Пошла к заведующему, и кончилось тем, что Таню перевели в поликлиническое отделение.

Здесь Таня хорошо прижилась. Заведующая Евгения Николаевна, припадающая от застарелого коксартроза на обе ноги, как такса, собрала свой персонал любовно и поштучно. Она обладала редким дарованием сострадания к людям, всем была бабушкой, то слишком строгой, то чересчур снисходительной. Как будто на краю ее дивной натуры была какая-то взбалмошная извилина, о которой она, впрочем, знала, и постоянно себя выравнивала. Как и все окружающие, она поначалу отнеслась к Тане, то есть, к ее слепящей глаз красоте, подозрительно. Приглядевшись к ней внимательно, быстро раскусила танину тайну — обремененность красотой — и исполнилась сочувствия.

Почти все сестры были пожилые, спокойные, семейные, относились к Тане по-матерински, и ей было очень хорошо среди белых халатов, а особенно хорошо ей стало, когда Евгения Николаевна определила ее в лабораторию, к собравшейся на пенсию лаборантке, чтобы та передала ей свое искусство разглядывать предметные стекла с мазками крови, считать лейкоциты и определять протромбин...

Теперь она сидела в маленькой лаборатории, с больными мало общалась, только два раза в неделю брала кровь из вены. Это у нее получалось лучше всех.

Так прошел год, и другой. Танина мама забеспокоилась: уже перевалило за двадцать пять, и никого, кроме неудачного Сережи, не было у красавицы дочери. Хоть бы не замуж, хоть бы так кого завела. Ничего подобного. Рабочий день по вредности биохимической работы кончался рано, в четыре Таня уже была дома, ложилась спать, к шести вставала, убиралась, готовила всегда одну и ту же еду, борщ и котлеты, и либо садилась у телевизора, либо уходила с подругой Мнацакановой в кино. Мать, женщина одинокая, но с постоянными любовными приключениями, не поощряла такого образа жизни. Даже пыталась Таню знакомить то с начальником цеха с завода, где сама работала, то с одним человеком, которого завела на отдыхе, на юге, но по какой-то причине не использовала по назначению. Таня сердилась на мать и даже высокомерно отчитала ее:

— Мам, да таких мужиков, как ты мне подсовываешь, полные троллейбусы, таких-то я могу завести хоть дюжину.

— Вот и заведи, — порекомендовала мать.

— А зачем? — холодно спросила Таня. — Им всем одного надо.

Мать обиделась и немного рассердилась:

— А ты что, особая? Тебе не надо?

Таня посмотрела васильковыми глазами, прикрыла их своими рекламными ресницами, покачала головой:

— Нет, мне такого не надо.

— Ну и сиди с кошкой, — вынесла мать приговор.

И Таня сидела с кошкой.

«Кошке нет дела до красоты, ей важна душа», — думала Таня.

Понемногу Таня толстела, бледнела. Из тонкой девушки превратилась в молодую женщину, еще более притягательную для мужского глаза: талия оставалась тонкой, бедра-груди раздались, а руки-ноги легкие, детские, — зрелый кувшин, только пустой...

И все толстела, и все бледнела, и плавности, и медлительности прибывало, и походила уже на Симону Синьоре в возрасте.

Мужчины в транспорте приглашали к знакомству уже не каждый день, как прежде, и Таню этот угасающий интерес, как ни странно, немного огорчал. Все-таки на дне ее души лежала почти похороненная надежда, что встретится человек, который не обратит внимания на обертку из красоты, не захочет завладеть поскорее ее телом, а будет любить именно ее самое.

Способности Тани, которые всегда были средними, как-то возросли на работе. Очень медленно она постигала не основы профессии, а ее тонкие тайны. Даже украдкой почитывала книги по биохимии. Правда, пришлось сначала повторить тот маленький курс, который давали в медучилище. Она была, несомненно, лучшей из четырех лаборантов в своей лаборатории. Работала, не торопясь, даже медлительно, а получалось все быстрее, чем у других. А по забору крови из вены она вообще стала главным специалистом, ее даже вызывали в другие отделения, когда попадались особенно трудные вены.

Борис пришел сдавать кровь в понедельник, первым по записи. Вошел, высокий, красивый, в свитере и с палочкой, и остановился возле двери.

— Здравствуйте, мне кровь сдать.

Смотрел прямо перед собой. Таня не сразу догадалась, что он слепой. Потом усадила на стул, попросила закатать рукав. Игла легко вошла в тонкую вену. Попала с первого раза. Подставила пробирку.

— Вот и хорошо.

Борис удивился:

— Да вы мастер! Мне с первого раза никогда не попадают. Говорят, вены плохие.

— Почему же? Хорошие вены, только тонкие.

Он засмеялся:

— Так все говорят, — плохие, потому что тонкие...

— Не знаю... Честно говоря, это единственное, что я хорошо делаю, — почему-то сказала Таня.

— Это не так уж мало, — сказал, повернул голову в ее сторону и улыбнулся.

«Может, он все же немного видит, — подумала Таня. — Неужели улыбнулся просто так, одному моему голосу?»

Он немедленно подтвердил:

— У вас голос очень хороший. Вам, наверное, сто раз говорили?

Ей никогда этого не говорили. Говорили, что глаза, лицо, волосы, ноги... а про голос никогда не говорили.

— Нет, такого никогда не говорили.

— Есть вещи, которые начинаешь замечать только тогда, когда становишься слепым, — сказал он и опять улыбнулся.

Улыбка у него была совсем особая, — неопределенная и не наружу обращенная, а внутрь.

Пробирка наполнилась, Таня поставила ее в штатив, прилепила марлевую салфетку к ранке.

— Все.

— Спасибо.

Он встал со стула, повернулся лицом к двери. Палка была у него в левой руке, а правую держал, согнув в локте, перед собой, как локатор.

— Я вас провожу до лестницы, — Таня взяла его под руку. Под свитером ощутила плотные мышцы предплечья. Он высвободил руку, перехватил сам. Это он вывел ее в коридор, а не она его. Шли по длинному коридору молча, медленно.

— Лестница, — произнесла Таня. Он кивнул.

Спустились на первый этаж.

— Спасибо, что вы меня проводили. Это было очень приятно... в качестве услуги инвалиду, — и усмехнулся криво.

— Анализы в четверг будут готовы. Может быть, вам позвонить и сообщить результаты?

— Не стоит. Я приеду за результатами.

Таня смотрела ему вслед: свитер-то был на нем хороший, заграничный, а брюки — от военного обмундирования, офицерские.

В четверг он пришел с цветами, три толстоногих синих гиацинта с могучим запахом.

Слепому человеку трудно ухаживать за женщиной. Но Борису это как-то удалось. Таня шла ему навстречу. Не шла, бежала... И сближение произошло стремительно.

У Бориса оказалась чудесная мать, школьная учительница. После того, как сын потерял зрение, а вскоре и семью, Наталья Ивановна вышла на пенсию и помогала Борису освоиться в новых обстоятельствах. За четыре года Борис научился новой жизни, нашел работу, — преподавал физику в том самом техникуме, где когда-то учился танин муж Сережа.

Наталья Ивановна в Тане не чаяла души. Наверное, она и рассказала Борису, какая Таня красавица. Руки его не обладали той чувствительностью, которая свойственна слепым от рождения. Но ее было вполне достаточно, чтобы узнать красоту таниного тела. Брак их оказался очень счастливым. Через год родился сын Боря. Когда они шли по улице, люди обращали на них внимание, так они были красивы. Но только внимательный человек догадывался, что плечистый мужчина слеп. Таня после родов сильно растолстела, и тело ее перестало вызывать острый интерес у молодых мужчин. Оно принадлежало слепому мужу. Так же как и ее ровная, светлая и совершенно спокойная красота.

Танина мать недоумевала: хорошо, конечно, что вышла замуж, но почему ее все тянет на инвалидов? При такой-то красоте...

Финист Ясный Сокол

В сорок пятом году восемнадцатилетняя Клава окончила курсы Красного Креста и определилась медсестрой в туберкулезную больницу — там была надбавка. В первый же день работы она влюбилась в больного из пятой палаты Филиппа Кононова и вышла за него замуж, как только его выписали умирать. Но врачи ошиблись, он умер не сразу, а через два с половиной года.

Филипп был очень высок ростом, худ до полной костлявости и красив так, что четырехлетняя соседская девочка Женя на всю жизнь запомнила его сказочное лицо: Финист Ясный Сокол, или Андрей-стрелок, или Иван-Царевич. Но был он, несмотря на истошную синеву глубоко утопленных в глазницах глаз, волк волком. Ему было двадцать лет, лечили его от туберкулеза, вспыхнувшего после ранения, но каверны съедали его легкие, несмотря на все старания врачей, а еще пуще съедала его злоба на весь белый свет, на весь мир живых, которые останутся жить на земле, когда его уже не будет. И чем меньше оставалось легких, тем ярче кипела злоба, своей страшной силой обращенная больше всего на Клаву, утешавшуюся подлейшей народной мудростью: бьет — значит, любит.

Первый раз он изметелил невесту еще за свадебным столом. Подруги, подчистую съев пироги, еще злословили над остатками винегрета о невзрачности долговязой невесты в толстых очках, а она, уже получив первые синяки, рыдала в соседской комнате, на плече жениной матери. Женя тащила ей в утешение склеенную французскую куклу, бабушкину драгоценную Луизу. Женина мать прикладывала к расцветающему синяку сырой лук — была такая странная методика, тоже, видимо, из кладезей народной премудрости. Клава же трясла веником чахлых волос со свежей шестимесячной завивкой и лила первые слезы над своей великой любовью.

А потом постучала в дверь мать Клавы Мария Васильевна, она тоже плакала и приговаривала:

— Погубила себя, девка, погубила. Лучше б за пьяницу вышла, чем за бийцу такого...

Филипп же любил свою жену Клавдию всеми силами своей злой души. Все два с половиной года их брака он бил ее смертным боем и ревом ревел, гоняя по длинному коммунальному коридору. Несмотря на подслеповатость, она была проворна, длиннонога, все норовила выскочить на улицу через черную лестницу, а он догонял ее, а, если не догонял, то запускал в нее слету железной сапожной лапой или молотком. И кричал он всегда одни и те же слова:

— Жить будешь, сука, е...ся, а мне помирать!

Он был сапожник, в детстве еще перенял от отца ремесло и зарабатывал кое-что, сидя в их узкой каморе с двумя третями окна. Большая двухоконная комната была разделена натрое самодельными перегородками, и в каждой жило по семье.

Как мало тогда было обуви, и как часто ее чинили: и чужим, и соседям Филипп делал набойки, латал подметки, ставил уголки...

Мальчик Васька, родившийся в первый год брака, был первым младенцем, которого Жене показали. У него были отцовы васильковые глаза, скрипучий дверной голос и плохая наследственность.

Из узкой комнаты Кононовых постоянно шли дурные звуки: свирепый кашель, перемежаемый злым матом, вопли Клавы и механический детский плач. Потом Васька выполз в коридор и без устали, пока не пошел, ползал от двери к кухне по коленчатому коридору. Потом пошел и ходил, пока не попался под ноги соседки, несущей в комнату кастрюлю с только что сваренными щами. Ваську обварили, положили лечить в Филатовскую больницу, — женина мама вместе с Марьей Васильевной отвозили его, потому что Клава в тот день была на суточном дежурстве.

Коридор был самым привлекательным местом квартиры, — он был заставлен шкафами, этажерками, хламом деревянным и железным, на одной из стен даже висел такой диковинный в городском быту предмет как хомут. Но Жене запрещалось туда выходить именно из-за Филиппа: он любил выплевывать серые пенящиеся остатки своих легких не в стеклянную круглую баночку, а в места общественного пользования. Палочки Коха кишели в квартире миллионами, невзирая на совместные старания Клавы и жениной матери изничтожить их хлоркой.

Однажды у Клавы заболел живот и болел целую неделю, в конце которой ее отвезли на «скорой» в Екатерининскую больницу прямо с работы. Оказалось, что у нее острый аппендицит, и ее сразу же прооперировали. Через неделю она выписалась, и этот день запомнился, потому что потерявшую бдительность и проворство Клаву Филипп отлупил поленом из поленницы, сложенной в коридоре: единственная голландская печь, топившаяся снаружи, была в Жениной комнате, все прочие печи в квартире отапливались из комнат.

В тот день Филипп видел свою жену последний раз в жизни: у нее разошлись швы, началось нагноение, сепсис, и великий хирург Алексеев, который тогда был еще не академиком, а просто хорошим молодым врачом, вырезал ей все потроха. Целый месяц она провела между жизнью и смертью, а когда вернулась из больницы, Филиппа уже похоронили: он умер без нее.

Точно так же, как Васька был первым младенцем, которого Женя видела, Филипп оказался первым мертвым человеком в ее жизни. Гроб стоял в кухне — в самом большом помещении квартиры, где проходили свадьбы, общественные собрания и похороны. Никто не плакал, а сам Филипп поразил девочку тем, что не кашлял. И еще тем, что синих глаз его видно не было, но большие игольчатые ресницы отбрасывали голубые тени на сказочное лицо Финиста Ясного Сокола... Ему было двадцать три года.

Когда Клава вышла из больницы, работа медсестры оказалась для нее тяжела, и она проявила отличную смекалку, окончив курсы диетсестер. Теперь она работала при питании, в той же самой туберкулезной больнице. Воровала с кухни сливочное масло и куски мяса. Приносила в маленькой матерчатой сумке, которую подвешивала под размашистую кофту летом и под пальто зимой. Туберкулезному Ваське нужно было усиленное питание. У Жени тоже нашли в тот год туберкулез и не отдали в школу, хотя ей уже исполнилось семь лет.

В коммунальной квартире всё про всех знали. И что Клава воровала масло, тоже все знали. Тогда мама объяснила Жене, что Клаве воровать можно, а нам — нельзя. Эту теорию относительности Женя мгновенно поняла. Тем более, что уже был эпизод, когда Женя выудила из соседского тазика с грязной посудой серебряную ложку с бабушкиной монограммой и с торжествующим криком предъявила матери:

— Смотри, это наша ложка лежала у Марии Васильевны в тазу!

Мама посмотрела на нее холодно:

— Немедленно положи, откуда взяла!

Женя возмутилась:

— Но ведь это наша ложка!

— Да, — согласилась мать, — но Марья Васильевна к ней уже привыкла, поэтому пойди и положи, откуда взяла!

Сорок лет спустя Женя встретила Ваську в городе Минске. Он подошел и спросил:

— Ты меня не узнаешь, Женька?

Женя узнала его верхушкой левого легкого. Он был одно лицо с покойным Филиппом, хотя глаза его не достигали того градуса синевы. Ему было под пятьдесят, он был доцентом местного сельхозинститута и пережил своего отца на две жизни. Мать его Клавдия Ивановна Кононова вышла замуж за болгарина. Он ее любит и не бьет. И бабушка Васьки, Мария Васильевна, жива-здорова. И размешивает чай ложкой с монограммой Жениной бабушки.

Короткое замыкание

Владимир Петрович хлопнул дверью лифта, и тут же погас свет. Настала кромешная тьма, и на него напал ужас. Он постоял, пытаясь скинуть с себя адское чувство, но оно не отпускало, и он наощупь двинулся в сторону двери парадного. Туда, где она должна была быть. Припав двумя руками к стене, он пластался по ней, пока не нащупал ногой ступеньку. Остановился, задыхаясь. Сердце дрожало и трепетало, но про нитроглицерин Владимир Петрович и не вспомнил. Сполз по стене на пять ступеней, и трясущимися руками нащупал дверную ручку. Тронул, пхнул дверь — она не открывалась. Снова поднялся ужас — необъятный, ночной, разуму не подвластный. Он бился телом о дверь, пока не почувствовал, что дверь его толкает: ее открывали снаружи. Возник прямоугольник света — плохоньких декабрьских сумерек. Женщина прошмыгнула мимо него, ворча что-то об электричестве... Дверь хлопнула за его спиной, а он стоял, опершись о дверь, но уже снаружи, на свободе, на свету...

Это были самые темные дни года, и он пребывал во всегдашней декабрьской депрессии, но решился встать и выйти из дома ради старого учителя, давно ослепшего Ивана Мстиславовича Коварского. Тот просил его переписать одну заветную пластиночку на кассету, и эта кассета лежала уже больше месяца, и Владимиру Петровичу было совестно, что он никак не может доехать до старика.

«Стресс, такой стресс...» — пожаловался Владимир Петрович неизвестно кому и чувствовал, что надо немедленно выпить рюмочку коньяку, чтобы восстановить сбившиеся ритмы своей больной жизни... Денег ему Коварский подбросил, как всегда подбрасывал. Коварский был хоть и слеп, но не беден: сын жил в Америке, звать его к себе не звал, но пособие отцу выплачивал.

После черноты подъезда смутный уличный свет поначалу едва не ослепил, но когда глаза привыкли, то все постепенно обратилось в муть непроглядную, под ногами чавкал кисель из воды и снега, и Владимир Петрович с тоской думал о длинной дороге до дому, которую предстояло ему совершить...

Женщина, выпустившая Владимира Петровича из тьмы египетской во тьму обыкновенную, — сумеречную и московскую — была молдаванка Анжела, пятый год проживающая в столице с незначительным мужем, обеспечившим ей московскую прописку, и с полуторагодовалым сынком Константином, болеющим всеми детскими болезнями поочередно. Темнота в подъезде ее нисколько не смутила, она быстро нашла свою дверь, нашарила звонок, но он, естественное дело, не работал. Ключ она в сумке нащупала, но замочную скважину впотьмах искать не стала, двинула кулаком по двери. Муж, оставленный посидеть с сынком, пробудился от хмельного сна и открыл дверь. Сынок спал. Он был смирный ребенок, и, когда поднималась температура, не плакал, не капризничал, а спал горячим сном почти без просыпу. Муж, пробурчав со сна невнятные слова, снова завалился. Анжела подумала, подумала, и ушла потихоньку. Был у нее друг-электрик в ЖЭКе, Рудик-армянин, тоже пришлый, из Карабаха. Хороший человек. Обитал в подсобном помещении в подвале. Она спустилась на пол-этажа вниз и постучала. Он тоже спал. Открыл ей. Обрадовался. И обнял ее ласково. Хороший парень, молодой. Но по временной прописке живет...

Когда погас свет, Шура стояла посреди кухни и думала, картошки пожарить или каши сварить. Теперь от темноты мысли ее запнулись. Она подождала немного, потом нашарила на стене выключатель, щелкнула туда-сюда. Света не было. Оба холодильника, ее и соседский, круглосуточно урчащие своими электрическими потрохами, замолчали. Даже радио, постоянно воркующее за стеной, заткнулось. «Видно, тоже было от электричества», — догадалась Шура.

Шура пошлепала рукой по столу, нашла спички. От второй спички зажгла конфорку. Плита была старая, газ шел неровно, газовый синий цветок мерцал.

Шура пошарила под своим столом, нащупала сетку картошки. «В темноте не почистить, в мундирах что ли сварить», — размышляла она. Пощелкала еще раз выключателем. Вышла наощупь в коридор, открыла дверь — на лестнице было как будто посветлее. «Вот бы Милованова в лифте застряла», — помечтала Шура. Милованова была соседка по квартире вот уже двадцать лет... Кость в горле.

Шура вернулась в кухню. Интересная мысль пришла в голову. Холодильники стояли рядом. Марки «Саратов», в один год купленные. Одинаковые. Открыла соседский холодильник, оттуда запахло едой. Милованова много готовила: на себя, на мужа, и еще дочери Нинке кастрюльки возила. Шура всегда ей указывала, что по-хорошему ей бы надо за газ за троих платить. Холодильник весь забит кастрюльками и запасами: видно, сыну Димке в тюрьму консервы копит. Шура нащупала небольшую кастрюльку, вынула. Попробовала пальцем, вроде каша. Облизала палец — вкусно. Бефстроганов, вот что это было. Шура

98 уменьшила огонь, на маленький поставила кастрюлечку и, не дожидаясь, пока все согреется, начала ложкой по кусочку вытаскивать. Вкусно готовила Милованова. Шура так не умела. А если б умела, не работала бы всю жизнь уборщицей в цеху, работала бы на кухне.

Шура помешала ложкой: теплое все же вкуснее. Торопиться было некуда. Пока электричество не дадут, Милованова домой не подымется, она темноты боится. А я ей скажу — в темноте холодильники перепутала. У меня кастрюлечка в точности такая. Прости, скажу, по ошибке не свое съела...

И она ложкой зачерпывала, где было потеплее. Соус был сметанный, жирный, а мясо — говядина. И чего она еще туда кладет, что так вкусно получается? Черт ее знает...

Шура съела весь бефстроганов, и еще ложкой донышко выскребла. Все же немного пригорело, по-хорошему такое греть на рассекателе надо. Шура поставила кастрюльку в мойку, — потом вымою. И пошла прилечь. Темно, все равно делать нечего. Но спать не спалось. Опять дума одолела: Милованова давно просила, чтоб завещание Шура на нее написала. Но у Шуры была своя племянница Ленка, она ей обещала комнату отписать. Но не торопилась. Сомневалась. А Милованова говорила: отпишешь на меня, кормить тебя до смерти буду. Ходить за тобой буду. Но ведь и Ленка обещала ходить. А бефстроганов был больно хорош. И уже в дреме Шура так прикинула: все же надо Миловановой отписать. Ленка-племянница ничего сварить толком не может, сама одни пельмени жрет...

Мягишев Борис Иванович сидел в своей комнате, света не зажигая, и смотрел в телевизор. Сначала подумал, что телевизор сломался. Встал, чтоб свет включить — света не было. Стало быть, цел телевизор, обрадовался Борис Ива-

нович. Он жил в доме с самого заселения, тридцать пять
лет. Дом был фабричный, и Борис Иванович был фабричный, всю жизнь проработал на огромной парфюмерной
фабрике, с шестнадцати лет и до пенсии. И после получе-
ния пенсии тоже работал. Он был конвейерный мастер.
Когда пришел на фабрику, вся фасовка была ручная, даже
простейшего ленточного не было, а теперь производство
усовершенствовалось, ничего больше ручного не осталось,
и конвейеры он налаживал от первого до последнего, и
лучше него никто не знал, как отлаживать старомодные
механизмы и как управляться с новыми, даже загранич-
ными.

Конвейеры Борис Иванович мало сказать любил или
уважал, они представлялись ему образцом и примером
умной жизни, равномерной и поступательной. У самого
Бориса Ивановича жизнь была с детства покалеченная:
отца забрали перед войной, он его и не помнил, мать
умерла, когда ему было восемь лет, он жил в детском доме, потом попал в ремесленное училище, и только когда
приняли его на фабрику, начала жизнь выправляться. Через конвейеры. Он и в техникум вечерний пошел, чтобы
разобраться до тонкости в техническом устройстве жизни.
И давно уже полагал, что про устройство жизни хорошо
знал: главное, чтоб грузонесущий элемент не останавливался, подавал равномерно. Он так и жил, как конвейер:
вставал, завтракал, шел на фабрику — недалеко, пятнадцать минут, и если ветерок южный, то было без запаха, а
если спокойный воздух, то шел он на запах грубого мыла
и парфюмерной отдушки, которой пропитан был весь
здешний район. Возвращался после смены, ел и ложился
спать. Он давно уже в ночную смену не выходил, и жизнь
поступала к нему равномерно, как хорошо отлаженный
конвейерный механизм подает груз с нужными интерва-
лами.

Отключение электричества было поломкой жизнен-
ного механизма, требующей немедленного исправления,

и он вышел на лестничную клетку проверить, не замкнуло ли в коробе. Но темнота была по всему подъезду, так что не в местном коробе было дело. Он стал впотьмах звонить в домоуправление, но там не отвечали. Тогда Борис Иванович не поленился одеться и пошел самолично. Спустился первым делом в подвал, где проживал электрик Рудик. Громко постучал. Не раз и не два. Но там не открывали. Тогда Борис Иванович пошел в домоуправление...

В пять часов ровно Галина Андреевна проводила мужа Виктора, дочку Анечку и собаку ньюфаундленда Лотту на большую прогулку. Приходили они с прогулки в половине восьмого, так что с пяти до семи было время закончить отчет. С семи до половины восьмого — подготовиться к их приходу с прогулки.

Накануне она прилетела из Новосибирска, где делала аудиторскую проверку одной местной компании. Платили ей большие деньги, и ради них она в трудные времена бросила Стекловку, форпост русской математики, незаконченную докторскую и, пройдя двухмесячные курсы и прочитав три книжки, выучилась на аудитора и стала обеспечивать семью. Теперь уже почти забылось, что была у нее хорошая кандидатская диссертация, для женщины так просто блестящая. Виктор же преподавал по-прежнему математику в институте, вел аспирантов, консультировал, науку не бросал, но старался так устраиваться, чтобы больше времени проводить в доме.

Она сидела перед экраном компьютера, просматривала колонки цифр и букв и пыталась понять, как этот тщедушный кисляк Трунов уводит деньги. Галина Андреевна считала, что знает все способы этой игры, но тут был какой-то новый фокус, наверняка несложный, но пока ею не разгаданный. Отчет она уже почти закончила, но тайная дорожка все не открывалась. Она всегда торопилась, чтобы вписаться в жесткий график жизни.

К семи работу надо было закончить, приготовить ужин, Анечке натереть морковь, отжать сок, кефир согреть, в восемь ужин закончить, сделать массаж, вымыть ребенка, уложить спать, потом погладить белье, приготовить с вечера завтрак и в половине одиннадцатого лечь в постель, потому что вставали они в шесть, чтобы собрать Анечку, покормить, отвезти к маме и успеть ко времени на службу. Да, напомнить Виктору, чтоб приклеил кафельную плитку, — отвалилась в ванной под умывальником... Забирает завтра Анечку от мамы Виктор, значит, возвращаться ей без машины, общественным транспортом. Надо купить, наконец, вторую машину, на этих пересадках столько времени теряется... Не отвлекаться.

Однако — торопись не торопись — загадка маленькой кривизны в бумагах никак не открывалась. Конечно, можно подать отчет и в таком виде. Все равно никто, кроме нее, и не заметит, да самой было интересно. Галина Андреевна посмотрела на компьютер — половина седьмого. Сняла очки. Закрыла глаза. Прижала слегка пальцами веки и так подержала. А когда открыла глаза — сплошная тьма. Погас экран — батарейка еще вчера в самолете разрядилась. Настала тишина, отличная от обычной, насыщенной маленькими звуками электроприборов. Глухая тишина. Вырубили электричество. Вот тебе на...

Где-то были свечи. Нет, все увезли на дачу. Ни гладить, ни стирать, ни готовить... Галина Андреевна остановилась с разбегу: не было в жизни у нее такой минуты, чтобы ничего нельзя было делать. Только вот так сидеть в вынужденной праздности, в серой темноте, в одиночестве... И навалилось.

Двадцать два года прошло, как случилось несчастье: у двух красивых, рослых, спортивных, удачливых случилось такое, чего никак не должно было с ними произойти. Ждали мальчика, такого же, какими сами были, и даже лучше — пусть бы талантливей их, во всех отношениях их превосходящий, и они готовились гордиться, быть образцовыми родителями, чтоб все завидовали, как всегда и было... А родилась девочка. Как сухая веточка. Скрюченная в утробе матери.

«Нежизнеспособная», — сказали врачи.

«Выходим», — сказали родители.

И через месяц забрали ребеночка из роддома, где он все жил, не умирал. Начали выхаживать в комок зажатое существо, сведенное врожденной судорогой. Сутками капали из пипетки сцеженное молоко в сжатый ротик, в резиновую трубку, которую просунули между голубых губ. Сосать не могла, но глотательный рефлекс был. Родители приняли удар судьбы и сплотились намертво. Не расцепить. Мертвой хваткой держали девочку на этом свете. Она умирала, а они вытягивали. Подошли к новой своей задаче по-научному: прочитали все книги, сначала медицинские учебники, потом перешли к специальной литературе. Высокий интеллект не подводил: стали врачами при одном пациенте. И диагноз поставили сами, не противоречащий заключениям профессоров, которым стали показывать ребенка уже на втором году жизни: тяжелое поражение пирамидной системы по всем ее разделам — от передней центральной извилины коры головного мозга до переднего рога спинного мозга. Прогноз — никакой. Врачи молчат. Родители, казалось бы, все понимают, но глаза ясные, у Виктора серые, у Галины — ярко-синие, и у обоих — яростные: мы своего ребенка поставим на ноги.

Врачи глаза опускают. Десять лет. Анечка жива, растет, на ноги не становится, ручки как закованные. Не говорит. Издает скрежещущие звуки. Смотрит на мир косыми бесцветными глазами. Массажи, грязи, уколы. Таблетки проглотить не может. Все своими руками — ни одного чужого прикосновения. Только Галина мама, Антонина Васильевна помогает: к ней Анечку привозят и оставляют когда на три часа, когда и на шесть. Еще десять лет. Смотрит картинки. Смотрит телевизор. Плачет. Глаза страдают. Судороги бьют. Веточка наша сухонькая.

Родители уже забыли, за что боролись. Не на ноги поставить — удержать эту хлипенькую жизнь. Зачем? Нет ответа... Во имя принципа победителей.

Первую коляску сами спроектировали, заказали на военном заводе. Анечка научилась локтями давить на два больших датчика. Радуется. Едет по коридору от стены до стены. Потом отец поднимает коляску — развернуться негде — разворачивает бочком, и в обратном направлении...

В квартире тихо и темно: не черно, серо. Окна отливают асфальтом. Да, да, асфальт... Какой отчет? Зачем? Зачем ужин? Зачем морковный сок? Судорога движений, деятельности... Пляска Святого Витта, а не жизнь. Выключили электричество, погас свет, и Галина Андреевна остановилась, и сделалось ясно: жизнь — тьма. Великий мрак. Бежать! Куда бежать? Подошла к окну — в черном стекле лицо. Собственное лицо. Двоится. Оптический эффект понятный: рама двойная. Этаж четвертый. Нет, низко. Мрак гонит, подступает. Прочь. Прочь... Темень в доме живая, с тенями, сгустками и клубами шевелится. А мрак — беспросветный. Тронула рукой кресло за спиной. Села. С улицы блик упал на экран. Скользнул, пропал. Мрак тяжелей смерти. Входит с воздухом в грудь. Встала, скользнула рукой по стене, нащупала выключатель. Зажгись! Сухо и мертво щелкнул. Мрак. Куда от него уйти... Пошла по коридору. Открыла стенной шкаф. Там темно, но мрака нет. Просто темно. И там палка, на ней вешалки. Поднялась выше ящика обувного, втиснулась внутрь, раздвинув одежду головой. Закрыть дверь, отгородиться от черной жути снаружи. Притянула изнутри дверь — почти закрылась. Вытянула брючный ремень. Сложила. Пропустила голову в кожаное кольцо. Накинула на палку слаженную петлю. Скорее, скорей. И встала на колени.

В домоуправлении тоже долго не открывали. Но в окошке горел свет, и Борис Иванович стучал, пока изнутри не

104 зашевелились. Медленно открылась дверь, высунулась встрепанная башка.

— Кирилл! Стыд-то есть у тебя? Стучу, стучу! Во втором подъезде света нет! Во всем подъезде вырубился! Аварийку вызывай!

— Борис Иваныч! А чего ты ко мне? Сам бы и вызвал! — удивился Кирилл, как будто его попросили в балете станцевать.

— Ты ж дежурный! Мне что же, впотьмах звонить? У меня и телефона аварийки нет.

— К Рудику бы пошел, он, должно, на месте, — посоветовал Кирилл.

И тут спокойный Борис Иванович вспылил:

— Вы тут сидите бездельники, ничего не делаете, только водку жрете! Иди, сам Рудика ищи, либо аварийку вызывай! Весь подъезд без свету сидит, а ты яйца чешешь!

— Да ладно тебе, Борис Иваныч, чего сразу орать, вызовем, само собой, — и кудлатая голова исчезла, а Борис Иванович остался стоять у закрытой двери, размышляя, не позвонить ли самому: кудлатый этот дурак доверия не вызывал.

Иван Мстиславович запер дверь и вернулся в бо́льшую из двух комнат. Во всем подъезде он был единственный, кто занимал двухкомнатную квартиру единолично. На пятом этаже. Восемнадцать лет, как уехал сын, пятнадцать, как умерла жена, десять, как ослеп окончательно. И привык жить вот так, без света, с одной только музыкой. И теперь спешил поскорее включить магнитофон, чтобы послушать ту музыку, которую слышал в пятьдесят девятом живьем, а потом много раз на пластинке, пока пластинка так не истерлась, что уже слушать было невозможно, и хотя он помнил все фразы, все интонации, все повороты мысли, запечатленные приземистой непричесанной старухой в изношенном до прозрачности платье, с просвечивающим через ветошь синим трико, в резиновых кедах с распущенными шнурками — он нарочно сдерживал шаги, замедлял себя и удлиняя предвкушение встречи.

Налил воды из графина, касаясь горлышком мутного стакана, — Анна Николаевна, приходящая домработница, сама была стара, с трудом справлялась с хозяйством, плохо видела и плохо убиралась, так что стакан был грязным, но никто этого не замечал. Иван Мстиславович отпил глоток, поставил стакан точно на свое место: он был очень точен в движениях, следил за собой, чтобы не расстраиваться от поисков разбегающихся предметов. Сел в кресло. Слева стоят маленький столик с магнитофоном. Новая, Владимиром Петровичем принесенная кассета лежала рядом. Владимир Петрович отказался от совместного прослушивания, он всегда торопился домой, потому что не любил темноты. Бедный, совсем еще молодой, только-только пятьдесят, и такая разрушенная нервная система. Впрочем, о чем тут говорить: меломан — существо тончайшее...

Иван Мстиславович вставил кассету. Помедлив, нажал «пуск». Магнитофон от сети не включился, Иван Мстиславович переключил на батарейки... Это была Двадцать девятая соната Бетховена, его непревзойденный шедевр, в исполнении другого великого мастера, тоже непревзойденного, Марии Вениаминовны Юдиной... Разговор бессловесных душ с Господом.

Аллегро. Вдох. Господи... Hammerklavir... Сто лет спорили, глупцы... Просто Бетховен сказал по-немецки то, что в ту пору все говорили по-итальянски. Музыка для фортепиано. Да, конечно, полная победа немецкого гения над итальянской прелестью, легкостью, божественным чириканьем. И сам Бетховен так не исполнил бы. Да и инструменты были несовершенные, звучали глухо и тихо. Музыка к обеду. К телятине и к рыбе...

Большая лохматая голова на короткой шее. Да она и была на Бетховена похожа. Могучая, святая, юродивая...

Как играет... Как никто. Двадцать девятую мало кто исполняет, кому по плечу? Вот-вот...

Иван Мстиславович всегда плакал в одних и тех же местах. Вот тут. И тут. Удержаться невозможно. Глаза ни на что не годны, только вот на слезы, подумал он и смазал рукой по щеке... Вот Владимир Петрович утешил. Надо будет попозже позвонить, поблагодарить. Ученик-то был так себе, литературу не понимал, но в консерватории встречались исключительно на хороших концертах. Видимо, родители его водили. И подружились позже, когда Володя школу закончил. В консерватории встречались... Верный оказался. И музыке, и старому учителю...

Но скерцо, скерцо! Какая внятность, какая ясность мысли, чувства. Бедный Людвиг! Или слышит на небесах, как Мария Вениаминовна переводит его с небесного на земной? И свет небесный пробивается. Не утренний, не вечерний. Ну конечно, про то и сказано — «свет невечерний»... Все набирает силу, расширяется, крепнет в центре, и звенит, отзывается на окраинах. Нет, Рихтеру так не давалось... И мощь, и ласка... Опять отер слезу.

Вот. Третья часть. Адажио... apassionato e con molto sentimento. Но это просто нельзя перенести. Какие человеческие трагедии? Все растворяется, осветляется, очищается. Один свет. Только свет. Игра света. Игра ангелов. Господи, благодарю тебя, что ослеп. Ведь мог и оглохнуть... И я не Бетховен, и музыка беззвучная не слышалась бы мне, как ему... Великая старуха. Великая...

Иван Мстиславович знал ее издалека. С теткой Валентиной в гимназии училась она в одном классе. Невыносимая была. Девицы над ней смеялись, когда маленькие были. А подросли, почуяли великий талант. На гимназических вечерах играла да забывала остановиться. Чуть со стула не стаскивали. Юродивая всегда была, с самого детства. Святая...

Вот оно, фуга... Неземная музыка... Нет, это исполнение пятьдесят второго года. Откуда взял, что пятьдесят девятого? У Рихтера разваливалась эта фуга. Да никто ее сыграть не мог. А когда Юдину хоронили, Рихтер играл на похоронах в вестибюле консерватории. Но не Двадцать девятую. Это невозможно, никому, кроме нее, невозможно...

Иван Мстиславович слез уже не утирал, они вольно бежали по заросшим щетиной щекам. Он был неопрятный, неухоженный старик, в заляпанной едой домашней кофте, с запавшим ртом — вставная челюсть его давно сломалась, и починить ее можно было в какой-то далекой мастерской, куда и не доедешь, а новые зубы делать — хлопотно, да и с кем в поликлинику ходить? Анна Николаевна сама еле ходит... Какое счастье! Какой ослепительный свет!

Соната длилась ровно тридцать восемь минут. Когда она кончилась, зажегся свет. Но этого Иван Мстиславович не заметил.

Анжела как раз ушла от Рудика. Рудик ткнул отверткой в щиток, и свет загорелся во всем подъезде.

Возле подъезда стояла огромная счастливая Лотта, она набегалась, извалялась в снегу и теперь сторожила коляску. Хозяин понес Анечку наверх, но что-то долго не возвращался за коляской. Но ньюфаундленды верные собаки, и она смирно стояла возле коляски, и хлопья падали на ее густую шерсть, и от снега как будто посветлело, и в доме опять горел свет.

ТАЙНА КРОВИ

Установление отцовства

Поскольку наука не стоит на месте, а движется вперед, а возможно, что и вбок, но со страшной скоростью, два десятка лет тому назад мучимые подозрениями мужья настаивали на проведении анализа крови, который бы доказывал — или отвергал — их отцовство. Наука тогда была неповоротливая, по сравнению с теперешней просто умственно отсталая, и доказать она ничего толком не могла, а все, что умела, — в некоторых случаях исключить отцовство. Приходит такой подозрительный муж, сдает анализ крови, и заставляет предположительно неверную жену и ни в чем не повинного ребенка сдать анализы. Мужу сообщают результаты анализов, и, оказывается, что он никак не может быть отцом ребенка. И все. Но при этом оставалось множество случаев, когда нельзя было сказать ни то, ни се... То есть, платить алименты при разводе или нет, наука не знает, а мужчине совершенно не светит платить двадцать пять процентов кровной зарплаты бывшей жене-обманщице и ребенку, которому он никак не отец, а вообще неизвестно кто...

Другое дело теперь. Генетика! Ей плюнуть раз, ответить на этот простенький вопрос: берем ДНК от родителей, от ребеночка, даже можно не от родителей, а от бабушки-дедушки, и ответ ясен, как дважды два четыре: платить! Правда, эта самая наука никак не сможет дать

точного ответа на вопрос, изменяла ли жена мужу, когда и
сколько раз. Но это, возможно, со временем тоже разре-
шится: прогресс-то идет невиданными шагами. И вот об-
разуются шеренги неплательщиков алиментов, отказни-
ков, беглецов, и в большинстве своем они люди просто
принципиальные: им не денег жаль на чужого ребенка, а
исключительно чувство справедливости велит сопротив-
ляться бабьим покушениям...

Изредка встречаются мужчины беспринципные, один
такой Леня живет по соседству: роста невысокого, полно-
ват, лысоват, на лице полуулыбка и очки. И даже нельзя
сказать, что интеллигент, — интеллигента из него не получилось: и семья не так чтобы очень, и высшее образование — незаконченное. Хотя на работу ходит с портфелем.
А женат — на страшной красавице: высокая, грудастая,
чуть-чуть до Софи Лорен не дотягивает, но в этом роде.
Зовут Инга.

Поженились они с Леней сразу после школы. Были
одноклассниками, жили в одном дворе, дружили с пятого
класса. Годам к четырнадцати у Инги образовались настоящие поклонники, взрослые, и это всех учителей раздражало: родителей на собрание вызывали за плохое поведение рано развившейся девочки. Но плохого поведения,
собственно, не было. Оно было просто другим, ее поведение. Училась прилично, общественной работой не увлекалась, а вечером уходила на свидания, и приходила не
очень поздно, к оговоренному с родителями часу.

Для всех это замужество Инги было просто шоком:
что она в нем нашла? Родила она после свадьбы месяца
через четыре, что до некоторой степени объясняло неле-
пый брак. Подозрения, намеки, — но Леня молчит и улыбается. «Совсем дурачок», — решил народ.

Леня возил по выходным колясочку с мальчиком
Игорьком, сидел с ним в песочнице, качал на качелях. В
основном-то с ребенком возилась Ингина мать. Потом
Инга вдруг пропала, но ненадолго. Появилась снова,

развелась с Леней и уехала к новому мужу. Игорек остался у ее матери, и Леня переехал обратно к своим родителям, но с сыном возился по-прежнему. Мать ленина, вообще-то Ингу не любившая, тоже часто оставалась с внуком.

Инга сына не бросала, приезжала раз в месяц на два дня: жила она теперь не в Москве, а в Калининградской области, где служил ее муж, военный моряк. Потом она приехала беременная, пожила недели две у мамы, родила девочку в московском роддоме — муж тем временем все служил, а Леня бегал в роддом, носил передачи и привез Ингу из роддома. Инга еще недели две провела у матери и уехала в Калининград с новенькой девочкой.

Через два года Инга с девочкой вернулась окончательно — развелась с военным моряком. Всех интересовали подробности, но ни сама Инга, ни ее мать — ни слова... Леня стал бегать к ним каждый вечер, а потом и вовсе перебрался к Инге. Такая семья хорошая задалась: мальчик, девочка — золотые детки. Прожили два года, и опять та же беда. Инга встретила настоящую любовь. На этот раз все выглядело очень прочно, даже окончательно: Инга уехала с двумя детьми, далеко-далеко...

Леня опять переехал к родителям, хотя часто захаживал к бывшей теще, которая любила его. Пироги пекла, водку на стол ставила, хотя был Леня по общепринятым понятиям человек непьющий: ну, рюмку, другую.

Умерла неожиданно нестарая ленина мать, и это еще более сблизило бывших родственников. Бывшая теща подбивала его на женитьбу, уговаривала.

Ходил Леня неприкаянным несколько лет, а потом женился на своей сослуживице Кате, не очень молодой, не очень красивой, маленького роста, с жидкими волосами, но, в отличие от Лени, энергичной, — словом, такая женщина как раз и была ему по плечу и по карману.

Она переехала в ленину квартиру и родила ребенка. Леночку. Леня ходил по субботам-воскресеньям с колясочкой, сидел в песочнице, качал девочку на качелях. Иногда заходил к бывшей теще — по старой памяти, и про Ингу немного поговорить. То есть, сам-то он не спрашивал, она и так рассказывала.

И про Ингу, и про ее мужа, директора завода в Самарканде. Жила Инга богато, мать ее навещала и восхищалась хоромами, коврами и прочим богатством Саида, нового мужа. Главное же — сын. Красавец ребенок получился.

Было нечто, о чем теща и не рассказывала: что женаты официально Инга с Саидом не были, с родителями своими Саид ее не знакомил, а жила красавица Инга на положении наложницы. Потом — после четырех лет! — вернулась Инга со старыми двумя и с одним новым ребеночком. Младший — восточный красавец. В первый же вечер Инга вызвала Леню, долго с ним разговаривала о чем-то, и он поздно ночью вернулся домой, к жене, и с ней долго разговаривал, и опять жизнь развернулась самым странным образом.

По фактам так: Леня развелся со своей родной женой и снова женился на Инге. Младший мальчик, восточный красавец, исчез тем временем в неведомом направлении. Заметим в скобках — в направлении ингиной одинокой тети, в город Бологое, даже не в самый город, а на его окраину, в частный деревянный дом на полдороге между Москвой и Ленинградом.

Пока все это тихо и невидимо миру, то есть, двору, происходило, на Ингу было совершено нападение, ее избили до потери сознания, сломали нос, руку и ребра. Она полежала в больнице и вышла. Нападение организовал бывший ее муж-немуж Саид, поскольку, уезжая тайным образом, увезла она и сынка, которого ей, по понятиям Саида, ни под каким видом увозить не полагалось. Исколошматили ее и обещали приезжать каждый месяц и бить до тех пор, пока она сынка не вернет. Но они приехали второй раз не через месяц, как обещали, а через три. Однако исполнили наказание с душой — опять бедная Инга попала в больницу. И опять сказали: убивать не будем, но будем наказывать, пока сына не отдашь.

Леня тем временем усыновил ингиного сына, и даже имя ему переменили — с Ахмата на Алешу. И прежнюю фамилию родной матери тоже, само собой, переменили. Инга написала бывшему своему возлюбленному письмо, что вышла замуж, ребенка усыновили, и если хочет ее убить, пусть убивает, но мальчика он никогда не увидит. И уехали всей семьей в Бологое, для воссоединения семьи, к мальчику Алеше.

Самаркандские басмачи опять приезжали, но Инги не нашли и отстали. Саид тем временем женился по-хорошему, на племяннице большого узбекского человека, и молоденькая жена сразу же родила мальчика, так что про своего первенца Саид забыл.

В Бологом к Лене пришла удача: образование — почти законченное — было у него экономическое, а в это время как раз организовывался мелкий бизнес, все хотели быстренько разбогатеть, у некоторых получалось. Леню все нанимали на открытие фирм, фирмочек и разных обществ, собирающихся делать из воздуха деньги, — он что-то умел такое, чего местные люди еще не освоили, и стал очень прилично зарабатывать. И полагающиеся своей второй жене и родному ребенку деньги ежемесячно отсылал, хотя и не двадцать пять процентов, а поменьше. Но сумма очень приличная...

Теткин частный дом перестроили, добавили к нему с одного боку две комнаты и большую террасу. И все было хорошо целых три года. Дети отца тормошили, когда приходил он с работы, девочка от военно-морского мужа, тоже Леночка, как и своя родная, хоть и большая, все просила на ногах покачать, и Леня, сцепив ступни скамеечкой, сажал на них девочку и качал, а она даже глазки закатывала от удовольствия. Младший Алешка так его любил, что спать не шел, пока отец с работы не придет и на ночь его не поцелует. Когда младшие укладывались, подсаживался Игорь — поговорить с отцом.

Потом Инге надоело сидеть дома, она выписала в помощь тетке еще и мать, навалила на нее детей и пошла на работу в городскую управу секретарем. Все местные бабы ее вмиг возненавидели, мужики на нее пялились, а начальник, немолодой и простоватый, бывший партийный чин, а теперь по административной части, первое время смотрел на нее с непониманием: дело она делала лучше всех, соображала, как хитрый змей, обладала еще и талантом точного знания, кого пускать, а кого не пускать... А внешности ее он не понимал: губастая, носатая, волосы горой, неприбранные, но чем-то она его притягивала. И ноги ставит так тесно, ходит, а коленочки одна об другую трутся...

Начальник был мужик приличный, никаких шашней за ним не числилось, ничего для него дороже дела не было. А на эту Ингу он смотрел, смотрел, и влюбился как-то ненароком. Самому было неловко перед собой. А Инге нравилась эта растерянность и неловкость, и она слегка поигрывала перед «сибирским валенком», как она описывала его Лене, и как-то вдруг образовалась страшная тяга между ними. Нешуточное дело. И прорвало плотину с двух сторон, и понесло. С начальником происходило неведомое ему событие, под названием страстная любовь. И она была такая новая, единственная, как будто даже первая, потому что он совершенно не помнил, какие такие чувства были у него к жене, когда они женихались. И были ли? Тому прошло тридцать лет: он сразу после армии женился на самой красивой девчонке в деревне, а потом они вместе ездили на партучебу, поднимались, шли в гору. Вот эта совместная жизнь и была вся любовь. Сын был. Уже взрослый, в Москве устроился.

Инга тоже летала как на крыльях: и у нее такого не бывало! Крупный человек, во всех отношениях крупный, не шелупонь какая-нибудь. Мужиков у Инги было мно-

жество, все с изъяном: от которого первый сынок родился, — подлец был натуральный, военно-морской был хорош собой, но дубина дубиной, Саид хоть и красавец
был, но восточный человек, с другими понятиями, и ко-
варный...

Ленечка был, конечно, золото, чистое золото, но его
незначительная внешность, лысинка, ручки белые корот-
копалые, и как он кушает, маленькими долгими жевания-
ми перекатывая еду во рту, — от всего этого воротило...

Самое же таинственное в их с Леней отношениях было то, что был он в полном порядке и мужское дело делал
подробно, грамотно, добротно. И с большой любовью...
Но в том и была беда, что всякий раз, когда снова она ока-
зывалась с Ленечкой, означало это только одно: опять у
нее любовная неудача, опять провал, опять беда...

Словом, служебный роман достиг небес, обоих коло-
тило от счастья, от каждодневной близости, от безнадеж-
ности и временности происходящего, — потому что обоим
было ясно, что нельзя рушить налаженный мир. И каждая
встреча, выкроенная, тайная, должна была бы быть последней, если по-хорошему. Но за ней случалась еще одна,
послепоследняя, и еще одна...

Инга забеременела — и успокоилась: как будто произошло главное. И она ушла с работы, рассказала обо
всем Лене, а он и так уже догадался. Бессловесно ходили
они по большому дому, — было лето, и второй этаж, холодный, делался в это время жилым, — стараясь друг на
друга не натыкаться. В конце концов, столкнулись, и Инга попросила Леню:

— Уезжай.

Леня уехал. Вторая жена и дочка приняли его, и он снова жил в старом дворе, в родительской квартире, а квартира Инги, во втором подъезде, была сдана жильцам.

Дочка Леночка любила отца застенчиво, издалека. Он
с ней занимался и уроками, и в цирк ходил. Поставил компьютер и научил на клавиши нажимать, и купил компью-

118 терные игры. Толстоватая девочка, в жену Катю, была мучнистая, скучненькая, совсем не похожая на тех детей, ингиных, — от них дом ходил ходуном, было ярко и весело. Как от Инги...

Используя старые связи и катино согласие на прописку бывшего мужа, он снова прописался в родительскую квартиру, устроился на хорошую работу: он все еще был нарасхват, потому что и в Москве его знания об устройстве мелкого бизнеса были пригодны, а денег больших он никогда не запрашивал.

Инге он послал перевод. Перевод вернулся. То же было и со вторым. Прошел год, и он, положив в портфель пачку денег, поехал в Бологое.

Он подходил к дому, и сердце у него колотилось. Никому бы и в голову не пришло, что у такого полноватого, лысоватого, совершенно неромантического вида мужчины может колотиться сердце от ожидания встречи с женщиной, которая его никогда не любила, любить не могла и не будет ни за какие коврижки.

В палисаднике стояла коляска. Возле коляски — восьмилетняя Леночка. Алеша с криком выскочил на крыльцо, а она замахала руками: тише! И тут же сама, увидев Леню, закричала:

— Папа! Папа приехал! Папочка!

И оба они — восточноглазый Алеша и Леночка — красавцы, неземной породы, тонкие и длинные, дети из итальянского кино, — повисли на нем, тыкались в него головами и коленками, орали что-то невнятное. Только Игорька не было дома, не пришел еще из школы...

Инга, откинув занавеску, смотрела из кухни. Опять пришел Леня, отец ее детей, лучший человек на свете, любивший и любящий, и всегда и впредь... Нет слов...

А Леночка, дочь военно-морского дурака, уже откинула полог у коляски и показывала нового младенца, которого даже не надо было усыновлять: он и так был его, лениным...

Но и другая Леночка, родная, кровная, с половиной отцовской ДНК, и с той самой группой крови, могла полностью рассчитывать на двадцать пять процентов.

Нельзя сказать, что жена Катя приняла второй уход мужа со смирением. Она ему все высказала, что было у нее на душе. Он выслушал ее понуро, помолчал изрядно и сказал:

— Катюша, я виноват перед тобой, что тут и говорить. Но и ты меня пойми: Инга такая хрупкая, такая ранимая... Ей без меня никак не справиться. А ты человек крепкий, сильный, ты все выдержишь...

Старший сын

Малышка росла, не касаясь ногами земли, передаваемая с рук на руки старшими братьями и немолодыми родителями. Братьев было трое, и между младшим из братьев и последней девочкой было пятнадцать лет: нежданный, последний ребеночек, рожденный в том возрасте, когда уже ожидают внуков...

Старшему из братьев, Денису, исполнилось двадцать три. Все трое мальчиков, дети из хорошего дома, от добрых родителей, росли, не доставляя никому огорчений: были красивы, здоровы, хорошо учились, и не думали курить в подъездах или топтаться в подворотнях.

Но скелет в шкафу стоял. О нем совершенно не думали весь год, но двадцать пятого ноября он начинал тревожно постукивать косточками, напоминая о себе. А дело было в том, что старший сын Денис был на год старше годовщины свадьбы, и потому, празднуя каждое двадцать пятое ноября, родители старательно уводили разговор в сторону от года, когда этот самый день двадцать пятого ноября случился. Год не сходился с датой рождения старшего сына. И это могло потребовать разъяснения. До поры до времени как-то удавалось обойти это скользкое место, но каждый раз в день торжества родители, в особенности, отец, заранее нервничали. Отец семейства напивался еще

с утра, чтобы к вечеру никто не мог ему предъявить недо-
уменные вопросы.

Друзей было много: некоторые, друзья давних лет, знали, что мальчик Денис рожден был вне брака, от коротко-
го бурного романа с женатым человеком, который исчез из
поля зрения еще до рождения мальчика. Другие люди,
приходившие в дом, вовсе не знали об этой тайне, — вот
этих самых людей, любителей восстановить ход исторических событий, — с выяснением точных дат посадок и вы-
ходов на свободу родителей-диссидентов, или годов окончания институтов, разводов, отъездов и смертей, —
немного побаивались.

Женившись, отец немедленно усыновил годовалого
мальчика, и один за другим появились на свет еще двое, и
жизнь пошла трудная, веселая, в большой тесноте, в безде-
нежье, но, в сущности, очень счастливая. Их последняя,
Малышка, придавала новый оттенок счастливой жизни:
она была сверхплановая, совершенно подарочная девочка,
беленький ангел, избалованный до нечеловеческого состояния...

Приближалась очередная годовщина свадьбы, и отец,
как всегда, заволновался. И надо было такому случиться,
что за неделю до события он с младшим из сыновей за-
бежал по какому-то бытовому поводу в дом к старой
приятельнице, бывшей когда-то наперсницей жены,
свидетельницей давнего романа, и выпили немного, и
расслабились. Младший сын копался в домашней библиотеке, а хозяйка дома ни с того ни с сего коснулась вдруг
этого старого нарыва. Отец заволновался, зашикал, но остановить собеседницу уже не мог — она покраснела, рас-
кочегарилась и начала вопить:

— С ума сошли! Как это можно столько лет молчать?
Мальчик от чужих узнает, расстроится. Какая травма будет! Не понимаю, чего вы боитесь?

— Да, боюсь, боюсь! И вообще замолчи, ради Бога, —
и он указал глазами на младшего, восемнадцатилетнего,

который — то ли слышал, то ли нет. Стоял у открытого книжного шкафа и листал какую-то книжную ветошь.

— Ну, нет! — вскинулась старая подруга и окликнула мальчика, — Гошка! Подойди сюда!

Гоша не подошел, но положил книгу, поднял голову.

— Знаешь ли ты, что Денис родился от другого отца, и его усыновили, когда ему был год?

Гоша ошеломленно посмотрел в сторону отца:

— Пап, и от другой матери, что ли?

— Нет, — понурился отец. — Мы с мамой поженились, когда Денису был год. Она его родила раньше...

— Вот это да! — изумился Гоша. — И никто не знает?

— Никто, — покачал головой отец.

— И мама? — спросил он.

Хозяйка захохотала, сползая со стула:

— Ну, вы... ну, вы... семья идиотов!

Засмеялся и Гоша, сообразив, что сморозил глупость. Отец налил в большую рюмку водки, выпил. Пути к отступлению теперь у него не было.

Всю неделю он плохо спал. Просыпался среди ночи, не мог заснуть, крутился, будил жену, затевал с ней разговор, а она сердилась, отмахивалась: вставать ей было рано, какие уж тут ночные разговоры...

Он наметил этот разговор на двадцать пятое, решил, что скажет сыну до прихода гостей, чтоб не было времени мусолить, чтоб сразу к плите, к столам...

Но не получилось. Денис задержался в институте, пришел, когда первые гости уже рассаживались.

Отец быстрейшим образом напился, и мать сердилась на него — мягко, ласково, посмеиваясь. Они, мало сказать, любили друг друга — они друг другу нравились: даже когда она впадала в истерику, а с ней такое случалось, и рыдала, и швыряла предметы, — он смотрел на нее с умилением: как женственна... А он, пьяный, казался ей трогательным, страшно искренним и нуждающимся в опеке...

Трое мальчиков уступили места за столом в большой комнате гостям, сами устроились на кухне, по-домашнему. К тому же они были не совсем втроем, скорее, впятером, потому что двое старших уже обзавелись девушками, и они сгрудились над кухонным столом и, опережая неторопливое застолье взрослых, ели принесенный кем-то из гостей многоярусный торт в кремовых оборках, барочный и приторный.

Отец уснул прежде, чем разошлись гости. Проснулся утром, похмельный, заставил себя встать и принялся мыть вчерашнюю посуду. Все еще спали. Первым на кухне появился Денис. Отец ждал этой минуты. Вылил в рот припрятанный на утро большой глоток водки, взбодрился и сказал сыну:

— Сядь, поговорить надо.

Денис сел. Они все были высокие, но этот, старший перемахнул за метр девяносто. Отец выглядел как-то плоховато, да и приготовление к разговору было непривычным: торжественным и скорее неприятным. Отец наклонил пустую бутылку, из нее выкатилось несколько капель, он понюхал и вздохнул.

Пока отец снимал и надевал очки, укладывал перед собой руки на столе, как школьник, кряхтел и морщился, Денис успел прикинуть, что же именно такое неприятное скажет ему сейчас отец: возможно, насчет его девушки Лены. Будет предостерегать от женитьбы. Или по поводу аспирантуры, которая была Денису предложена, но он решил идти работать, потому что было хорошее предложение...

Нет, что-то более серьезное, уж больно отец нервничает... И вдруг мелькнула ужасная догадка: родители разводятся! Точно! Не так давно у приятеля отец ушел из семьи, и мать страшно переживала, и даже совершала какие-то нелепые попытки самоубийства... И приятель сказал, что раньше это называли революцией сорок восьмого года, потому что на подходе к старости бывает у мужчин такой порыв — начать новую жизнь, завести новую семью...

Он посмотрел на отца отстраненным взглядом: отец был еще вполне ничего, русые волосы почти без седины, яркие глаза, худой, не расползшийся... И он представил себе с ним рядом какую-нибудь из молоденьких девушек, которых так много приходит в их дом... Да, возможно. Очень даже возможно... Он попробовал вообразить их дом без отца, и его насквозь прожгло.

— Денис, я давно должен был тебе сказать, но все не решался, хотя понимаю, что надо было раньше...

«Господи, мама, Малышка... Невозможно. Невозможно», — подумал Денис и понял, что сейчас расплачется, и собрал жестко рот, чтобы углы не опадали, как у обиженного ребенка.

— Эта наша годовщина, каждый год меня колотит, когда она подходит, потому что ты родился за год до нашей свадьбы...

Отец замолчал. Сын все никак не мог понять, о чем он толкует, что он так мучительно хочет ему высказать.

— Ты про что, пап? Ну, за год... о чем ты?

— Мы тогда не были женаты...

— Ну и что? Ну, не были, — недоумевал сын.

— Да мы с мамой тогда даже знакомы не были, — в отчаянии воскликнул отец, потерявший надежду на то, что когда-нибудь этот дурацкий разговор закончится.

— Да ты что? Правда? — удивился Денис.

— Ну да. Вот такие дела, понимаешь... Денис.

У Дениса отлегло от сердца: никакой революции... никакого развода...

— Пап, и это все, что ты хотел мне сказать?

Отец пошарил рукой по столу. Поболтал бутылкой, посмотрел на свет, — она была окончательно пуста.

— Ну, да...

Оставалось с Ленкой. Денис поскреб ногтями стол какую-то прилипшую крошку на столе.

— А я тоже хотел тебя спросить, это... Как тебе моя Ленка?

Отец немного подумал. Не очень она ему нравилась. Но это не имело никакого значения.

— По-моему, ничего, — покривил душой отец.

Денис кивнул:

— Ну и ладно. А то у меня было такое впечатление, что она тебе не очень...

— Да ты что, очень даже... — это была проблема воспитательная, но не из самых важных.

Тут открылась дверь и вошла четырехлетняя Малышка. На четвереньках. Она изображала собаку.

Отец и сын кинулись к ней одновременно, чтобы поднять, подхватить на руки. И стукнулись лбами. И оба засмеялись. И смеялись долго, так долго, что Малышка начала плакать:

— Вы всегда... вы всегда надо мной смеетесь... Как вам не стыдно... Вот маме скажу...

Певчая Маша

Невеста была молоденькая, маленькая, с немного крупной, от другого тела головой, однако если вглядеться, то настоящая красавица. Но лицо ее было так живо и подвижно, выражение лица столь переменчиво, — то улыбалась, то смеялась, то пела, — что вглядеться было трудно. Как только она закончила музыкальное училище и нанялась на свою первую работу в Рождественский храм, в дальнем московском пригороде, где до этого уже год пела на левом клиросе бесплатно, в виде практики, так сразу же и вышла замуж за певчего.

Когда их венчали, здешние старухи исплакались от умиления: молодые, красивые, свои, церковные, она в белом платье и в фате, а он в черном костюме, на голову выше, волосы цыганскими кольцами, длинные и, как у попа, резиночкой схвачены. А зовут — Иван да Марья. Иоанн и Мария. Для русского уха — просто сказка и музыка: как они друг к другу подходят, эти имена. И свадьбу справили прямо в церкви, в поповнике, небольшом хозяйственном строении на церковной земле. Накрыли большой стол, всего нарезали — колбасы-ветчины, сыру-селедки, огурцов-помидоров. Уже и зелень на столе, привозная, кавказская, но все же как будто весна на столе. По календарю и впрямь была весна, Фомина неделя, но в тот год тепло запаздывало, и ничего своего в Подмосковье еще не было.

Свадьба получилась как будто немного строгая — все же в церкви хорошо не погуляешь, зато пели чудесно: и стихиры пасхальные, и народные песни, и северные, и украинские, которые Иван сам знал и Машу научил. Потом Маша спела еще и какие-то чужие, на иностранном языке песни, не церковного звучания, но тоже очень красиво...

Иван переехал в машин дом, в Перловку. Своей площади у него не было, он родом был из Днепропетровска. Теперь они и на спевки, и на службы ездили вдвоем на электричке, и смотреть на них было — глазу одно удовольствие. Все их знали, все их любили. Потом Маша родила в срок, как полагается, первого мальчика, через полтора года — второго. И все оставалась маленькой, тоненькой, девчонка девчонкой. Детей они таскали с собой на службы, один в коляске, второй на руках у машиной мамы. А в хоре Иван стоит повыше, Маша ступенькой ниже, он над ней возвышается, а она к нему иногда потянется, голову крупноватую с простым пучком под платочком повернет, заулыбается, и все, кто рядом стоит, тоже улыбаются...

Приход эту семью очень любил, потому что у всех в домах были свои неурядицы и чересполосицы, и люди понимали, что все беды по делам, за грехи, а эти двое были наглядным доказательством того, что если хорошо себя вести, жить по-церковному, то и жизнь идет хорошо...

Потом Иван решил поступать в духовную академию — для семинарии он был уже стар. В академию поступить непросто, но он шел по особой статье: хорошее музыкальное образование, в хоре пел уже много лет, да и связи за эти годы завелись. Его давно звали в регенты, но он не хотел на клиросе стоять, хотел в алтаре...

Иван бросил свою основную работу учителя пения в школе, стал готовиться к поступлению. Маша радовалась, хотя и беспокоилась: матушкой быть непросто, большая ноша, а она была и молода, и слишком шустра и весела

для такого звания. Вообразила, что получит Иван приход
в хорошем месте, в маленьком городке или в большом се-
ле, где люди добрые и неиспорченные, и природа не топ-
таная, — чтобы рядом речка, лес, дом с террасой... Она так
красиво придумала, а потом испугалась: а ну как дети за-
болеют, а в деревне ни врачей, ни больниц. Спросила у
мужа, как он думает дальше жизнь планировать: в область
на приход или в городе?

Иван коротко жену обругал дурой, но она не обиделась. Ну, сказал и сказал, она про себя знала, что не дура,
а про него — что характер трудный.

Ивана в академию взяли, и он теперь переехал в обще-
житие, дома появлялся редко, был строг с Машей и детьми,
старшего Ваню, трехлетнего, даже побил, и машина мама
Вера Ивановна плакала, но ничего ему не сказала. А Маша
нисколько не расстроилась, только плечами пожала:

— Он им отец, пусть учит. Ведь с любовью же, а не
со зла.

Но Вера Ивановна не понимала, как это можно бить
ребенка с любовью, да еще за такую вздорную мелочь: тарелку с кашей перевернул!

Жизнь в Лавре накладывала новый отпечаток на Ивана: прежде он был щеголеват, одевался в хорошие костюмы с галстуками, любил цветные рубашки, а теперь, кроме черного, ничего не носил, и даже дома не снимал с себя
полуказенной одежды. Шпынял Машу за розовые блузочки и пестрые бусы, которые она любила носить. Она послушно сняла бусы и бисерные плетеные браслеты, перестала носить пышный, в цветных заколочках пучок,
вместо этого заплела волосы в косу и закрутила в скучный
бабий узел. Только глазами все сияла и улыбалась с утра до
вечера: сыновьям Ванечке и Коленьке, маме Вере Ивановне, окошку, дереву за окном, снегу и дождику. Мужа ее
постоянная улыбка раздражала, он хмурился, глядя на ее
сияние, спрашивал, чему это она так радуется, а Маша
простодушно отвечала:

— Да как же мне не радоваться, когда ты приехал! И сияла дальше.

Маша ожидала лета, каникул, надеялась, что муж поживет дома, повозится с малышами. Дети от него отвыкли за последний год, младший пугался и отворачивался, когда видел отца. Но на каникулы Иван в Перловку не поехал и крышу чинить не стал, как обещал Вере Ивановне: вместо того уехал на богомолье в дальний монастырь. Маша расстроилась, но не хотела матери показывать, что переживает, и потому все улыбалась по-прежнему, а Вере Ивановне сказала беспечно и глуповато:

— Да нам же и лучше, мамочка! Сдадим полдома дачникам, а осенью наймем рабочих и сами крышу починим, и просить никого не надо! А то ведь правда, что народ скажет: священник сам по крыше лазает?

— Да какой он священник, пока что никто... — ворчала Вера Ивановна, удивляясь на дочь: совсем глупая, что ли?

Сдали полдома дачнице, своему человеку, из прихожан храма: пожилая врач Марина Николаевна. На субботу-воскресенье к ней приезжала ее племянница Женя, тоже интеллигентная женщина. Иван, когда узнал, что сдали комнату с террасой, страшно рассердился, кричал, но дом, между прочим, был Веры Ивановны, о чем она ему и напомнила. Он собрал вещи в сумку и ушел, хлопнув дверью.

Вера Ивановна заплакала и попросила прощения у Маши, но Маша ничего не ответила, стояла у зеркала и косу расплетала и расчесывала, а потом сделала себе пучок по-старому, с заколочками.

А маленький Ваня к двери подошел и, потянувшись, крючок на гвоздь навесил.

Маша поехала к батюшке тому самому, что их венчал, — он теперь в другом храме был настоятелем, — и рассказала, как неладно дела идут в семье. Он ее поругал, что сдала комнату без спросу у мужа, велел впредь от му-

130 жа не своевольничать, а что он от них уехал на богомолье, то от того только одна польза и никакого вреда.

Осенью Иван приехал навестить жену с детьми, привез подарков, но больше духовного содержания, чем практического. Подарил икону заказную, двойную — Иоанн Воин и Мария Магдалина. Маша обрадовалась: она уже не знала, что и думать про мужа, — любил он ее или совсем разлюбил, — но подарок был со значением, это были их святые покровители, и, видно, он тоже их разлад переживал. Под вечер не уехал в Загорск, остался. А давно уже не оставался. И Маша была рада-радехонька. Она любила мужа всей душой и всем телом, и чувства ее поднимались той ночью, как волны на море, сильно и высоко, и сделала она движение между любящими как будто не запрещенное, но в их супружеском обиходе не принятое, хотя и волнующее чуть не до обморока. Иван стонал и вскрикивал, и Маша прижимала ему легонько рот пальцами, чтобы потише стонал, деток не разбудил.

Утром Иван просил Машу проводить его на электричку и по дороге сказал, что теперь она себя совершенно выдала, какая она испорченная и разгульная, а только всю их жизнь притворялась невинною, и что ни от кого не укрылось, что и детей она родила не от него, поскольку оба мальчика беленькие и голубоглазые, в то время как должны бы быть кареглазыми и темноволосыми.

Маша ничего ему не сказала, а только заплакала. Тут подошла электричка, и он уехал на ней в Лавру, учиться дальше на священника. Полтора месяца Иван не приезжал, и Маша взяла старшего Ванечку и поехала в Лавру субботним ранним утром, чтобы показаться перед мужем и ласково обратно к дому призвать. Маша приехала в середине службы, он в хоре стоял, но на нее не смотрел, хотя она приблизилась к самому клиросу. Он был очень красив, но лицо его было грозным, борода, прежде маленькая, хорошо постриженная, разрослась до груди, и он сильно похудел, — это даже под бородой было видно.

Когда служба отошла, она к нему приблизилась, а он рукой ее отвел, как занавеску, а на Ваню даже и не поглядел... Маше стало страшно от такого его жеста, а особенно от глаз, которые смотрели вперед и как будто мимо них, — как на иконе «Спас Ярое Око». Она сразу поняла, что пришла беда, но не знала, какая.

Больше Маша в академию не ездила, и он дома не бывал до весны. Весной приехал, в дом не вошел, вызвал ее на улицу и сказал, что дело его решенное: пусть сама подает заявление, что брак их недействительный, чтобы его отменили.

Маша не поняла:

— Разводиться с нами хочешь?

— Нет, какой тут развод, дети чужие, все обман был...

Маша сначала как будто улыбнулась, но сразу и заплакала:

— Ваня, да я же девушкой за тебя выходила, ты первый у меня, и единственный...

— Магдалина ты и есть, только нераскаянная... Я брака обманного не признаю, — твердо сказал Иван, а на жену даже не смотрит, все в сторону.

— Так венчанный брак, Ваня! Мы же перед Господом... — сквозь слезы лепетала Маша, но все было напрасно.

— Развенчают... Обманный брак развенчают! — сказал Иван как о решенном деле.

— А дети? — все упорствовала Маша, боясь потерять свое кривое счастье.

— Что дети? Не мои дети! Иди, делай экспертизу, тебе и анализы то же скажут, — не мои дети!

— Да сделаю я эти анализы! Ваня, наши это детки, Коля-то как на тебя похож, только светлый, а Ванечка, ты посмотри, ведь волосики у него потемнели, вырастет, как у тебя будут... — пыталась Маша развернуть разговор в хорошую сторону, но сила ей противостояла самая страшная, какая бывает: безумие. Оно было уже вполне созревшим, но пока было сдерживаемо внутри, и дикие подозрения облекались в логическую форму. Иван стал перечислять все машины прегрешения: как ходила к подруге на третий день после свадьбы, а была ли там, проверить теперь нельзя, но он-то знает, что не было ее там, и на концерт ходила два раза с мамой, только программа-то была не та, что она ему тогда объявила... Обман, всегда обман! А главное: она себя разоблачила, всю свою испорченность, когда после каникул он домой приехал, а она уж такое искусство перед ним выделывала, как последняя девка с площади...

И дальше, дальше множество всего, чего Маша не помнила, и, что главное, — ведь никогда прежде он никаких таких упреков не делал: неужто столько лет в себе держал?

Развелись и развенчались: в Патриархии Иван получил про то справку. Вера Ивановна удивлялась: таинство церковное, как это отменить можно? А крещение? А отпевание? А причастие само? Тоже можно отменить?

Маша детей на свою фамилию переписала. Как будто они ее, исключительно только ее собственные, без мужского участия рожденные! А Иван академию закончил и сподобился монашеского чина. Большая духовная карьера перед ним открывалась. Это уже через людей узналось.

Маша не столько даже горевала, сколько недоумевала, удивление пересиливало все прочие чувства. Она надела черный платочек, вроде траур, да и платочек шел ей как нельзя больше. В церкви к ней относились хорошо, хотя и сплетничали. Она теперь была не просто так, а с интересным несчастьем.

Лето было на редкость жарким, от черного платка пекло голову, и Маша недолго его проносила: надоел.

У нее было теперь две работы: в церкви и в народном хоре при Доме культуры. Ванечку готовили к школе, ему было шесть с половиной, но он был умненький, сам читать научился, хотел в школу, но с письмом справлялся очень плохо, и Маша сидела с ним в свободное время, писала палочки и крючочки. Занималась с ним также и дачница Марина Николаевна, и ее племянница Женя. А потом Женя привезла на дачу сына своих друзей из Риги, семнадцатилетнего Сережу, — он поступал в университет, но срезался, и остался пожить немного на даче, после плачевного провала. И к этому Сереже машины сыновья потянулись как к родному: все висели на нем, от себя не отпускали, а он с ними был так хорош, так весел, и они играли как ровесники — то в прятки, то еще во что...

Сережа был немного на Машу похож: тоже небольшой, светленький, тоже немного головастый, но был он похож еще больше не на теперешнюю Машу, а на ту, какой она была до замужества. Еще невинностью своей они были схожи...

В последний предотъездный вечер, когда дети были уложены и весь дом заснул, они сидели на крыльце, и возникла между ними сильная тяга, так что взялись они за руки, потом немного поцеловались, а потом в беседке на скамеечке они поцеловались погорячее, и как-то само собой, без вынашиваемых намерений, невзначай, легко и радостно обнялись крепко-крепко, и ничего плохого или стыдного — одно только счастливое прикосновение... Сережа уехал наутро, и Маша помахала ему рукой, дружески и весело. А потом оказалась беременной. Сережу она разыскивать не стала: он ни в чем не был перед ней виноват. И вообще никто ни в чем не был виноват. Маша не расстраивалась, ходила приветливая и ласковая ко всем, пела в хоре. Расстраивалась Вера Ивановна, что так трудно у Маши жизнь складывается, но ее не упрекала и ни о чем не спрашивала.

Когда живот ее стал заметен, церковная староста, строгая, но справедливая, сказала ей, что лучше бы она из хора сама ушла.

— Я уйду, — легко согласилась Маша. И пошла к батюшке: привычка у нее такая была, когда надо что-то решить, — благословение брать.

Священник был старый и невнимательный, но Маша сказала ему о своем беременном положении. Он подумал немного, оглядел ее выпуклую по-рыбьи фигуру, покивал головой и сказал:

— Пока что ходи.

Потом Маше было неприятно: ей все казалось, что за спиной шепчутся. Она даже молилась Божьей Матери, чтобы она ей Покров свой дала от чужих глаз. Один раз Маша особенно раздосадовалась — реставрировали иконостас, и два пришлых мастера стояли ну совсем уж против нее и что-то о ней говорили. И нашла на нее такая дерзость, что она подошла к ним поближе и сказала:

— Все, что вам обо мне сказали, — все правда. Муж меня с детьми бросил и ушел, может, и в монахи, а теперь я еще и беременна. Да.

Повернулась и пошла прочь.

Один из двух мастеров, что постарше, с тех пор все на нее пялился, а она отворачивалась. Такая игра как будто между ними завязалась: он ищет ее взгляда, а она смотрит рядом с ним, но мимо. Так смотрели они друг на друга месяца два, реставрационные работы уже шли к концу, как и машина беременность. Однажды, под самое Рождество, после долгой службы он подошел к ней и сказал:

— Вы мне сразу не отвечайте, завтра скажете. Я бы хотел на вас жениться. Я серьезно говорю, я это давно уже обдумал.

Маше стало вдруг смешно, и она сразу же ему ответила:

— А чего мне думать-то? Я за вас пойду.

И пошла прочь, а он так и остался стоять: то ли шутка не удалась, то ли не ожидал такого скорого решения.

Маша приехала домой поздно, Вера Ивановна ждала ее, не ложилась, она за Машу очень тревожилась. Маша ей от двери сразу и сказала:

— Мам, мне сегодня художник предложение сделал.

— Ты чаю-то попьешь, нет? — спросила мать, пропустив мимо ушей глупую шутку.

— Мам, мне предложение сделал художник, который алтарь реставрирует.

Вера Ивановна рукой махнула:

— Не хочешь чаю, так ложись. Я уже постелила.

— Ну, мам, я серьезно...

— А зовут то его как?

— А я не спросила. Завтра спрошу.

Поженились они вскоре, еще до рождения сына. Назвали Тихоном. Муж Саша оказался лучше всех на свете. Новорожденного ребенка, когда дома был, с рук не спускал, любовался, уходя на работу по два раза возвращался, чтобы еще взглянуть напоследок. Мальчики старшие сразу стали звать его отцом, а на школьных тетрадях, где отчества вообще-то не полагается, выписывали: Тишков Иван Александрович и Тишков Николай Александрович. Когда Тихон Тишков пошел в школу, у них родился еще один сын. Маша немного огорчилась: ей хотелось девочку. Но она молодая, может, родит и девочку.

А про того, первого, прошел слух, что достиг большого положения, а потом и повесился. Может, врали... Когда Маше сказали, она перекрестилась, сказала: «Царствие Небесное, коли так». И подумала:

— А ведь если б он не бросил нас таким жестоким образом, и Сашу бы не узнала... Ах, Слава Богу за все!

Сын благородных родителей

Гриша Райзман потерял глаз еще в отрочестве — дворовый несчастный случай в сочетании с неудачным медицинским вмешательством. Ему сделали глазной протез и вставили вместо живого глаза стеклянный, и было совсем незаметно, тем более что он все равно носил очки: здоровый глаз был близорук.

Больше всего на свете Гриша любил поэзию, и сам был поэт. Нельзя сказать, что это была любовь совсем без взаимности, потому что иногда стихи получались настолько хорошими, что их печатали в газете. Всю войну, от первого до последнего дня, и даже еще немного после ее окончания, Гриша прослужил военным корреспондентом в полковой газете — а не в «Красной звезде». Для понимающих людей разница ясна: полковые газетчики — на передовой.

Лучше всего Грише удавались стихи военные, и даже когда война отгремела, он все не мог сойти с этой темы, все поминал тех, «которые в Берлине сражены за две минуты до конца войны»... Демобилизовавшись, он еще долго донашивал военную форму и ходил в сапогах даже в те времена, когда все бывшие военные перешли на штиблеты или валенки. Так он и ходил по редакциям — маленький худой еврей бравого вида, в круглых очках и с папиросой между указательным и средним пальцем левой руки.

Для всех нормальных людей война кончилась, и все рвались поскорее в будущее, подальше от военных страданий, а он сердцем прикипел к дымящемуся кровавому прошлому и писал о солдатах, о лейтенантах, о переправах, о простом герое войны. И о великом вожде тоже писал, конечно.

В одной из редакций познакомился с милой девушкой Белой по прозвищу «Бела с ножками», которое получила она скорее за хороший характер, чем за стройные ножки — будь она стервой, было бы у нее прозвище «Бела с носом». Гриша влюбился в нее и женился. Бела была немного старше Гриши. Семья ее была расстреляна в Бабьем Яру. И еще говорили, что был у нее когда-то жених, но погиб на фронте, и она вышла за Гришу не от большой любви, а от симпатии и желания завести семью и родить ребенка.

У Белы была комната в Каретном переулке, и они зажили прекрасно — дружно и весело. Только с ребенком все не получалось. Прожили год, другой, и Бела пошла к врачам, провериться. Нашли, что у нее все в порядке. Предложили проверить мужа и обнаружили какой-то редкий дефект: дееспособен, но потомства иметь не может. Бела почувствовала себя обманутой, Гриша ходил понурый — хоть и ни в чем перед женой не виноват, а все равно как будто обманщик.

Прошел еще год-другой, послевоенные ожидания как-то не совсем оправдывались, жизнь не становилась ни лучше, ни веселей — если не считать, конечно, веселенькой истории с космополитами, которая глубоко смутила Гришу. Он был простой советский парень, патриот и интернационалист, а с этим космополитизмом была какая-то нестыковка между генеральной линией партии и генеральной линией его честного сердца. Он старался привести все к общему знаменателю, чтоб все сошлось к простому и верному решению. Но никак не сходилось, и он страдал. И вот в самый разгар этих трудных дней Бела села перед Гришей на стуле, положила перед собой красивые руки с маникюром и объявила, что беременна. Космополиты выскочили мигом из Гришиной головы. Бела рассказала, что у нее завелась любовная связь с одним ученым, секретным человеком, и что она хочет рожать ребенка. Лет ей было уже за тридцать — давно пора...

Горько было это услышать Грише, но он повел себя как мужчина: виду не показал, что убит таким сообщением, напротив, сдержал себя и сказал Беле, что, коли ребенок не его, пусть она считает себя свободной, он готов немедленно покинуть ее жилплощадь и желает ей счастья в новом браке...

— Нет, Гриша. Замуж я за этого человека никогда не выйду, — во-первых, он женат, во-вторых, даже если бы был свободен, все равно на еврейке он не женился бы: секретным ученым не полагается, — сказала Бела и пошевелила белыми руками на клетчатой синей скатерти.

Грише слова ее показались такими горькими и обидными, что он взял ее руки и поцеловал:

— Белка, дорогая, ты знаешь, как я тебя люблю. Если ты не собираешься замуж за того человека, пусть этот ребенок будет нашим, и забудем об этой истории, и все...

Бела помолчала, помолчала и сказала, что думала...

— Да он и будет твой...

Но гришино благородство имело свои обозначенные границы, и потому он тут же добавил:

— Да, он будет мой. Но ты понимаешь, Белочка, ребенок тоже должен знать, что он мой. И потому одно я тебе ставлю условие — чтобы этого человека ты больше не видела, не встречалась с ним, и хорошо бы, чтобы он ничего не знал о ребенке...

— Хорошо, Гриша.

Бела встала из-за стола, обняла мужа за голову и поцеловала в единственный его глаз. Так все и решилось.

Мальчик Миша получился таким родным, что дальше некуда: роднее собственного глаза. Молодой отец, в руках с роду ничего кроме карандаша и рюмки не державший, все пытался вытащить его из кроватки, но Белка вспрыгивала и выхватывала:

— Гриша! Уронишь!

И Гриша послушно вставал в изножье кроватки и читал сыну стихи — Маяковского, Багрицкого, Тихонова — на вырост. А Бела посмеивалась:

— Гриш, ты ему Чуковского лучше почитай!

Но младенчик был в таком еще нежном возрасте, что ему было совершенно все равно, под какие стихи сосать и пукать.

Рос Мишенька нормальным еврейским вундеркином. Сказки его нисколько не занимали. Литературные вкусы его определились в четырехлетнем возрасте: он предпочитал мифы и легенды Древней Греции и читать, собственно, выучился по книге Куна. От богов он быстро перешел к героям. Троянская война показалась ему гораздо более увлекательной, чем спор между богами, ей предшествующий. Подобно тому, как боги играли людьми на полях сражений, Миша стал играть в солдатики, ощущая себя верховным главнокомандующим мира.

Теперь всем детским играм он предпочитал игру в солдатики. Первой войной, разыгранной на большом обеденном столе, была Пелопоннесская. Собственно, это была не война, а войны, и он без устали разыгрывал сражения между афинянами и спартанцами, и постепенно семья перенесла обеды на маленький столик около двери, чтобы не эвакуировать войска каждый раз, когда садились обедать... Когда Бела предлагала Мишеньке убрать с обеденного стола солдатиков, Гриша махал руками:

— Бела! Оставь парня в покое!

Отец спустил с верхней полки вниз запыленную «Всемирную историю», и от греков Миша успешно перешел к Александру Македонскому, а также к Пиру, Киру и прочим Ганнибалам... К концу начальной школы Миша отыграл все крупные мировые сражения, включая и танковую операцию под Курском...

Гриша безмерно гордился сыном и одновременно очень боялся, что Бела его избалует, превратит в маменькиного сына, и потому постоянно брал его на встречи со своими однополчанами. Девятое мая было их общим праздником: люди прошлой войны с орденами и планками на пиджаках, хромой дядя Боря-биолог и однорукий мостостроитель дядя Витя Голубец, — все казались мальчику героями, и он научился гордиться своим одноглазым отцом, которого так любили друзья. Обычно встречались они в Парке культуры, шли в какое-нибудь средне-питейное место, где на столах лежали не скатерти, а липкие клеенки, пили пиво с водкой, ели раков, и Мише тоже давали кружку пива, которое он с детства привык считать самым главным мужским напитком. И он восхищался своим отцом, который — маленький, сухой и одноглазый — был среди своих товарищей не только равным, но и особо уважаемым: в те годы вся страна еще распевала военные песни, написанные на его стихи. Песни и впрямь были хорошие — с живой печалью о невернувшемся солдате, о горькой полыни на пыльной земле, о сладком дыме отечества...

Самый симпатичный из отцовских друзей, хромой Боря-биолог разрушил семейную идиллию. Однажды, в зимний будний день, около полудня он проходил по улице Горького, около гостиницы «Националь» и столкнулся нос к носу с Белой. Ее вел высокий мужчина барского вида, а она висела на его руке и щебетала радостно и звонко. Увидев Борю, отвернулась. Из черной «волги», ожидавшей вельможу, выскочил шофер и открыл дверцу. Бела шмыгнула на заднее сиденье. Пахло изменой.

Хромой Борис ночь не спал, все колебался между честной правдой и подлым молчанием. Мысль о честном молчании не пришла ему в голову, и на следующий день он встретился с Гришей в пивнушке у Белорусского вокзала и доложил о положении вещей. Встреча фронтовых друзей заняла ровно пять минут. Выслушав сообщение,

Гриша отодвинул пивную кружку и сказал громче, чем того требовали обстоятельства:

— Моя жена вне всяких подозрений, а ты, Борис, трепло и сукин сын.

И ушел, оставив Бориса как оплеванного.

Потом Гриша позвонил жене, сказал, что уезжает на несколько дней в срочную командировку. И уехал в Смоленск, к другому фронтовому другу, и провел у него три дня, умеренно выпивая, вспоминая военные истории и ни слова не обмолвившись о событии, заставившем его удрать из дома.

В ночном поезде по дороге домой Гриша все прикидывал, как жить дальше. Подозрений относительно жены у него не было — сразу оглушила уверенность, что так оно и есть: секретный этот человек, отец Миши, существует в белочкиной жизни, и ничего с этим не поделаешь. Он представил себе, как уличит ее в неверности, и как она начнет плакать, и Мишка проснется, и надо будет ему что-то врать...

Бела тоже провела три нелегких дня. Она связала случайную встречу с Борисом и срочную командировку мужа, позвонила в редакцию, где ей сказали, что ничего про командировку не знают, вероятно, уехал от какой-то другой газеты. Ее так и подмывало позвонить Борису, узнать, что он такого наговорил, но удержалась. Он мог сказать только то, что он видел, а видел он ее с любимым человеком, с которым встречалась от силы раз в год, когда он приезжал в Москву из своего секретного места. Встреча с трудом обставлялась — в утренние часы, урывком, когда отводила Мишеньку в школу, и каждый раз — как будто молния испепеляла...

Бела так любила сына и мужа, что готова была жизнь за них положить. А за этого, изредка приезжающего — бессмертную душу.

Три дня, пока Гриша отсутствовал, она маялась, роняла чашки, даже прикрикивала на Мишеньку, чтоб оставил в покое. И приняла решение — пусть будет все как есть, как Гриша захочет. Никаких сомнений, что Борька-хромой настучал, у нее не было.

Гриша приехал на четвертый день, утренним поездом. Как всегда, с подарками — привез из Смоленска большую льняную скатерть с салфетками и Мише книжку, сброшюрованную из белых листов. Неизвестно, где достал, таких в магазинах не продавали.

И все. Ни слова. На поверхности все, как прежде. В душе — обида, горечь, чувство вины.

В день рождения Гриши, девятнадцатого апреля, в день прорыва на Зееловских высотах, — оба выжили — чудо! — Боря первый раз за все годы не пришел. Бела не спросила, почему. И так было ясно.

В школьные годы Миша много болел. Обычно на третий день болезни он просматривал учебники, сильно забегая вперед. Это опережение вошло в привычку: заканчивая очередной класс и получая новые учебники на следующий год, он сразу же их прочитывал — на что уходил день-другой, после чего он мог бы перешагнуть через класс. Но школ для особо одаренных детей не было, и у Мишеньки постепенно образовалась параллельная жизнь: кружковая. Началось все с Коктебеля, куда Гриша возил семью каждый год отдыхать в писательский Дом творчества. Со времен Волошина там была художественно-писательская колония, и среди этих московских дачников был некий философ Валентин Фердинандович, любитель астрономии, который с удовольствием показывал детям звездное небо из настоящего телескопа. Мише посчастливилось попасть в этот избранный круг небесных наблюдателей — беспорядочно покрытое звездами южное небо сорганизовалось в созвездия, и бессмысленная россыпь стройно соотнеслась с мифами и легендами Древней Греции. Это было волнующее открытие — наличие такой связи, и связь эта была гораздо более сложной, чем на обеденном столе, где двигались полки противоборствующих сил, или на шахматном поле, где связи были порой очень сложными, но уловляемыми. Скорее, это было не самое открытие, а его предчувствие: так искатель воды чувствует неведомым образом, что где-то в толще земли, в укромном месте живет источник, который можно разбудить...

Вернувшись в Москву, Миша начал ходить по субботам в астрономический кружок при планетарии, и Бела, отложив хозяйственные дела, вела мальчика на Садово-Триумфальную и два часа ожидала его в вестибюле возле кассы. Два года он плавал в небесах, а потом оказалось, что самое интересное в этом занятии — математическая оценка погрешностей наблюдения. Так Миша прикоснулся к идее, которую в то время ему было не под силу сформулировать, но почувствовать ее он мог: физический мир дает повод для математических построений, а сама математика вытекает каким-то образом из физики мира.

Миша увлекся математикой, поменял планетарий на университет, стал ходить в мехматовский кружок. Кружковая математика сильно отличалась от школьной: она оказалась иерархической наукой, замечательно встроилась в мир, расположенный между мифами и легендами Древней Греции и звездным небом. Сначала открылся мир чисел, разнообразный и богатый, потом обнаружились теория множеств с ее удивительными особенностями: одно бесконечное множество почему-то могло иметь больше точек, чем другое...

В тот год Миша занял второе место на Всесоюзной математической олимпиаде. Гриша, испытывающий, как истинный гуманитарий, пугливое отвращение к математике, к таланту сына относился с уважением. Розовощекий, инфантильный и нежный мальчик разбирался в таких вещах, которые Гриша не мог осмыслить.

Когда Мише исполнилось четырнадцать лет, мама познакомила его со своим старым другом. Велела надеть новый свитер и причесаться. Миша продрал щеткой буй-

144   ные кудри. Мама надела короткое шелковое платье и старательно намазала губы красным сердечком. Прическу она сделала в парикмахерской еще накануне: волосы твердо стояли надо лбом, а с боков образовывали две полубаранки.

— Какая у тебя глупая прическа, — заметил Миша. Бела расстроилась и кинулась к зеркалу что-то поправлять.

Старый друг заехал за ними на машине с шофером. Они прибыли из другого мира — и черная сверкающая машина, и сам друг, высокий, как баскетболист, и красивый, как киноактер, с золотой звездой Героя, сверкавшей на лацкане серого пиджака... и даже шофер был необычный — тоже высокий, прямой, и с изуродованной кистью, спокойно лежавшей на оплетенном какой-то сеточкой руле. Вид у шофера был такой, что в кармане у него мог лежать пистолет.

Старый друг вышел из машины, подал руку матери и Мише. — Андрей Иванович, — представился он. Миша буркнул невразумительное: «здрась», и тот сразу же сказал:

— Очень приятно.

Андрей Иванович смотрел на него с серьезным интересом...

Шофер открыл заднюю дверку «волги», и боковым зрением Миша заметил, что в подворотне стоят четверо его главных дворовых врагов. Собственно, это традиционно считалось, что они враги: побили они его всего один раз, когда Мише было лет восемь, но именно с тех пор мама победила папу, и одного во двор Мишу больше не выпускала, а гуляла с ним исключительно в саду «Эрмитаж»... Настроение у Миши сразу поднялось: любить враги его сильнее не будут, но уважения точно прибавится. Они были из ремеслухи, эти ребята, и не знали, какой умный этот маленький еврей-очкарик. А знали бы, то еще больше презирали.

Приехали в «Националь». Швейцары и официанты улыбались Герою, как старому знакомому, распахивали перед ними двери, склонялись почтительно и немного гнусно.

Многозначительного молчания и долгих взглядов было за столом гораздо больше, чем разговоров. Зато еда запомнилась Мише во всех подробностях: салат из чистых бело-розовых крабов, черная икра серого цвета в белых масляных розочках, котлета по-киевски, брызнувшая горячим маслом при нажатии вилкой прямо Мише в лицо, и всякие мороженые-пирожные в вазочках и с вилочками вместо обычных чайных ложек...

Мамин старый знакомый, видя мишину увлеченность приемом пищи, не отвлекал его от процесса. Когда Миша все съел и откинулся на стуле, поблескивая масляной щекой, Андрей Иванович спросил его, увлекается ли он все еще... хотел сказать — солдатиками, но на ходу поправился — военной историей. Миша смутился, догадавшись про солдатиков: ему не хотелось, чтобы этот герой считал его маленьким, и он ответил уклончиво:

— Ну, есть еще много всяких других интересных вещей. Вот, астрономия, например...

Миша не знал, что сидящий напротив него человек, академик и Герой Социалистического труда, один из отцов советского ракетостроения, разглядывает его с весьма сложным чувством: когда-то он дал слово этой трогательной, влюбленной в него много лет женщине, отдать ребенка ее мужу и забыть, что он произвел его на свет, и теперь, по прошествии стольких лет, он просил, чтобы она познакомила его с этим мальчиком. Академик поглядывал искоса на смешного еврейского очкарика со следами брызнувшего на щеку масла из котлеты. Год тому назад он потерял сына — красавца, шалопая и спортсмена, взявшего из гаража отцовскую машину и разбившегося ровно через двадцать минут на мокром шоссе недалеко от Арзамаса.

Этот случайный ребенок, появлению которого он так противился, был теперь единственным побегом того самого дерева, которое должен посадить человек. Если не считать, конечно, железных ракет в небе и золотых наград, которые понесут потом на красной подушечке перед гробом.

Шофер высадил их не у самого дома, а немного не доезжая, на Петровке, и Миша пожалел, что они не остановились у подъезда. Одной рукой мама держала красную сумочку, а другой — мишину руку. Шли молча. Миша переживал впечатления. Когда уже почти подошли к дому, мама спросила:

— Скажи, Миша, а если бы оказалось, что у тебя другой отец...

— В каком смысле? — удивился Миша.

— Ну, не наш папа, а какой-то другой человек, — пояснила мама.

— Это допущение? — спросил он серьезно.

— Ну да, допущение, — глупо хихикнула мать.

— Отца я очень люблю. Но если бы я принял такое допущение, я бы любил его еще больше. И уважал...

К разговору этому они никогда больше не возвращались.

Бела была смущена — сказала лишнего, а с Мишенькой надо осторожно: странный мальчик — иногда кажется не по годам наивным, иногда... Нет, нет...

Андрей Иванович стал Мише изредка звонить. Они встречались обычно возле «Националя», обедали. Разговаривали о науке. Андрей Иванович был не простой ученый, а человек с философией, и Мише с ним было очень интересно. Он был как будто не совсем материалист — говорил о возможности описывать одно и то же явление разными способами, интересно рассуждал о квантовой физике. Однажды принес Мише книжку Шредингера — «Жизнь с точки зрения физика». Сказал, что со многим здесь не согласен, но книга стоит рассмотрения...

Когда Миша учился в девятом классе, его на Петровке сбила машина. «Скорая помощь» отвезла его в больницу Склифосовского. Позвонили домой и сообщили Беле, что у сына тяжелая черепно-мозговая травма и множественные переломы. Сначала Бела села на пол прямо возле телефона: ноги вдруг отказали. Потом она встала и позвонила Андрею Ивановичу. Когда она приехала с Гришей в больницу, ее встретил там Андрей Иванович. Он стоял перед операционной, ждал ее. Поздоровался с Гришей, который еле его заметил, отвел ее в сторону и сказал:

— Операцию уже начали, сейчас приедет главный нейрохирург страны.

И действительно, через десять минут распахнулись двери, вошел толстый лысый человек, поздоровался с Андреем Ивановичем за руку и исчез в операционной.

Два с половиной часа они молча просидели в коридоре: белая Бела в ситцевом халате, с подхваченными резинкой седеющими волосами, ставший совсем маленьким и старым Гриша и прямой Андрей Иванович с каменным лицом.

Потом нейрохирург вышел, за ним целая гурьба людей в белых халатах. Андрей Иванович встал. Бела с Гришей вжались в стулья. Нейрохирург опять пожал руку Андрей Ивановичу и сказал:

— Считайте, что пока очень повезло.

Бела, прижимая руки с облупленным лаком к груди, молитвенно припала к хирургу:

— А можно... можно на него посмотреть?

Хирург посмотрел внимательно и мрачно:

— Операция не кончена, там еще два перелома... Позже, позже...

И они ушли, двое недосягаемых, академики, герои, главные люди страны, а Бела с Гришей остались в коридоре, и тут только Гриша понял, кто этот высокий человек... И он сжался еще больше, так что дальше — только исчезнуть. Через десять минут Андрей Иванович вернулся, сел на стул рядом с Гришей, неловко потянул за рукав, взял за руку, сморщил лицо:

— У меня сын погиб в автомобильной катастрофе. На месте. Вашему Мише повезло.

А потом светским движением взял Белочкину руку, поцеловал почтительно и вышел. Бела долго и тоскливо смотрела ему вслед.

Миша выжил. Гриша был счастлив. Гриша страдал и был счастлив. Горячий вопрос пек его днем и ночью — и это был уже другой вопрос, не тот, что мучил его прежде: а знает ли Миша о тайне своего рождения?

Но мальчик был жив, и Гриша не смел задавать глупых вопросов. Они спеклись в золу — с горячим углем в сердцевине. И вокруг этого угля образовалась капсула. Так он с ней и жил, чувствуя постоянную и привычную боль, и грубую кору оболочки, и горящий уголь. Но привык.

Миша полгода провалялся — сначала в больнице, потом в санатории, потом, наконец, дома. За время болезни он вырос на двенадцать сантиметров, перерос Гришу, оброс темной бородкой и стал очень похож на фотографию белочкиного отца, погибшего в Бабьем Яру вместе с тысячами таких же, как он, портных, сапожников, адвокатов и инженеров, играющих в шахматы или в футбол, рассуждающих как об отвлеченных проблемах, так и о стоимости серебряных ложек на черном рынке, пламенных коммунистов и скрытых антисоветчиков...

Миша, пока болел, перечитал гору книг. Читать много ему не разрешали, и он изобрел интересный вид скоростного чтения: глаз шел по строкам, захватывая сразу несколько, толстой змейкой, и получалось гораздо быстрее, чем обычно. За время выздоровления отец с сыном очень сблизились на литературной почве — Миша влюбился в Хемингуэя, а отец в это время взялся переводить Гарсиа

Лорку, общим знаменателем стал испанский язык, и оба начали его учить.

Незадолго до конца третьей четверти, побрившись, Миша пришел в школу, и одноклассники — а особенно девочки — устроили по этому поводу замечательный визг. Фактически, сорвали первый урок. Но это была литература, ее вел классный руководитель Феликс Анатольевич, умница, но и он был так рад, что велел сидеть тихо, а сам спустился вниз, вышел на улицу и принес из булочной пирожных.

Родители теперь усиленно и дружно тряслись над сыном. Бела, которая упорно провожала сына в школу до пятого класса, снова рвалась сопровождать его от дверей до дверей. Он сопротивлялся, сначала мягко, потом более решительно. В конце концов, утвердилась такая схема: Миша выходил с портфелем на улицу, Бела одновременно выскакивала черным ходом, сбегала проворно с пятого этажа и кралась в отдалении, не выпуская его из виду. Так провожала она его до окончания школы.

С Андреем Ивановичем Миша обсудил свой выбор: он решил поступать на математическое отделение мехмата. Андрей Иванович советовал выбрать механическое — сам он был механиком. Мишу влекла чистая наука, прикладная математика представлялась ему иерархически более низкой... Андрей Иванович ухмылялся: он про себя давно решил, что у этого мальчика головка устроена отлично, — гений, не гений, но настоящий математический талант.

Мише предстояло поступление в университет на мехмат, куда евреев сильно не брали. Гриша отговаривал сына, советовал выбрать что-нибудь поскромнее. Но Миша, к большой гордости отца, поступил, и так никогда и не узнал, что по его поводу был сделан Андреем Ивановичем очень неприятный для него телефонный звонок.

С Андреем Ивановичем Миша встречался регулярно, но не особенно часто. Они нравились друг другу: Миша

150 ценил едкий юмор академика, умение задавать точные вопросы, был польщен дружбой столь знаменитого человека. В ту пору Андрей Иванович давно уже был рассекреченным, напротив даже, пользовался всесоюзной известностью.

Андрею Ивановичу импонировало в Мише редкое сочетание таланта и простодушия, и он со смутным чувством ловил в длинноносом еврейском отроке свои фамильные черты: раздвоенный посредине подбородок, глубоко посаженные глаза.

Дома секрета из своих встреч с академиком Миша не делал, но сам этой темы никогда не поднимал. Гриша вопросов не задавал.

В университете дела мишины шли хорошо: он уже не был, как в школе, безусловным фаворитом, на курсе училась еще пара вундеркиндов, и они ревниво приглядывались друг к другу. На третьем курсе Миша определился: его привлекла относительно новая область функционального анализа — операторные алгебры и квантовый функциональный анализ.

Рост Миши в математической сфере сопровождался и ростом физическим: обычно этот процесс останавливается у мальчиков годам к восемнадцати, а он прибавлял по три сантиметра в год до двадцати двух и из мелкого подростка превратился в высокого, несколько астенически сложенного мужчину. С годами прибавилось свободы в обращении и уверенности в себе.

Когда Миша защищал кандидатскую диссертацию, Андрей Иванович пришел на ученый совет. Молча просидел всю защиту, оценил работу, которую понял лишь в общих чертах, без деталей, отмеченных особенным профессиональным остроумием и элегантностью. Придти на банкет академик отказался, очень удивив этим Мишу. Лишь на следующий после защиты день Миша сообразил, почему тот не пришел: в сущности, это был день торжества не его, Андрея Ивановича, а родителей диссертанта. Бела Иосифовна с красным сердечком на губах, в парикмахерской прическе и Григорий Наумович в новом пиджаке цвета маренго с цветными планками военных наград на лацкане праздновали счастливейший день своей жизни. Андрей Иванович был здесь, в сущности, ни при чем.

Мишу после окончания аспирантуры оставили в университете. Он преподавал спецкурсы по своим экзотическим математикам и занимался научной работой — писал маленькие аккуратные значки, складывал их в строчки, а между ними отчетливым почерком вставлял: из равенства следует... рассмотрим отображение... дальнейшее очевидно...

Между тем у Миши появилась девушка по имени Марина — курносая толстушка, врач, веселая и простая в обращении. Миша доверчиво привел ее в дом, познакомил с родителями. Когда он пошел ее провожать, у Белы случился сердечный приступ. Может, не совсем приступ, но она рыдала и хваталась за сердце.

— Если Миша женится, я этого не переживу, — объявила она мужу.

Гриша испугался — заявление жены казалось ему безумным, но, приняв во внимание и впрямь безумную любовь жены к сыну, а также ужасное прошлое, лишившее молодую девушку в один час всех родственников, успокоил ее тем, что Миша не из породы мужчин, которые рано женятся.

Это несколько утешило Белу. Жениться Миша вообще-то и не собирался, однако, почувствовав полное нежелание матери видеть в доме представительниц женского пола, устраивал с тех пор свою личную жизнь с Мариной вне родительских стен.

Более всего Мишу интересовали маленькие значки на бумаге и огромные умозрительные пространства, которые

152 за ними стояли. Отец Гриши, гордясь малозаметными достижениями сына, был плохим собеседником. Зато с Андреем Ивановичем беседы были всегда интересными, хотя он тоже не мог полностью вникнуть в отвлеченные умственные игры Миши.

В одну из встреч произошел знаменательный разговор: давно уже овдовевший академик сообщил ему, что в прежние годы он представлял собой для женщин значительную опасность, теперь, напротив, женщины стали представлять опасность для него: количество претенденток на его осиротевшую руку все возрастает, подруги покойной жены производят на него облаву, и он собирается принять ответственное решение — жениться. Миша одобрил это намерение, равно как и единственную серьезную кандидатуру, бывшую аспирантку Андрея Ивановича, Валентину, отношения с которой, как Миша догадывался, длились с незапамятных времен... После этого разговора Валентина уже не уходила из дому, когда Миша приходил к Андрею Ивановичу — подавала чай, приносила покупное печенье и подарочные наборы с шоколадными конфетами.

В стране царил удобный застой, перемен боялись — только бы не хуже. Жили медленно и пугливо. Раз-два в год Миша публиковал свои небольшие по размеру статьи в математических журналах. Все чаще — в иностранных. Его постоянно приглашали на какие-то математические международные конгрессы и семинары, он посылал доклады и не ехал: не выпускали. Он сочинял докторскую диссертацию. Милая Марина существовала на окраине его жизни, стабильно и нетребовательно. Регулярно, раз в год она делала рывок и пыталась с Мишей расстаться. Предложения Миша все не делал и, более того, объявил Марине раз и навсегда, что пока жива мама, он жениться не может.

Расстроенный очередной отставкой, Миша звал бывших одноклассников в пивной бар, они приезжали, вырвавшись из семейных пут, проводили несколько часов в мужской компании, и душевное равновесие Миши восстанавливалось. У Миши, как и у его отца, была потребность в мужской дружбе, поддерживаемой умеренной дозой алкоголя. Гришины однополчане и Мишины одноклассники создавали надежный мужской мир, в котором огорчения, вносимые в жизнь женщинами, совершенно растворялись, по крайней мере, временно.

Марина, потосковав пару месяцев, звонила Мише, и отношения восстанавливались, каждый раз все менее радостные.

В годы, когда родители постарели, сам Миша заметно облысел, особенно со лба, а на худом теле обозначился живот, произошло очень значительное событие: после пятого или шестого разрыва Марина сообщила Мише, что беременна. Это сообщение выбило Мишу из равновесия. Он определенно не хотел ребенка. Он не хотел его настолько, что предложил Марине немедленно пожениться, если она избавится от ребенка. Она изумилась. Она не понимала, почему? А Миша не мог ей объяснить своего иррационального ужаса перед крошечным зародышем, который, родившись, начнет высасывать жизнь из родителей. Он говорил невнятные, ужасные вещи об отвратительной тайне зачатия, о своем онтологическом нежелании становиться отцом еще одному несчастному существу, обреченному на страдания и унижения... Марина, вместо того, чтобы заплакать, горько засмеялась и велела ему немедленно уходить.

Когда он ушел, Марина все же заплакала. Потом подошла к зеркалу — зрелище было плохонькое: толстая усталая женщина с вторым подбородком, на все сорок, хотя на самом деле — всего тридцать пять. Она погладила себя по животу: молодости не было, красоты не было, но реберночек-то есть — и утешилась.

Миша был вне себя. Он перестал спать, потерял аппетит. Главная и важнейшая для Миши часть мира, его взлетная площадка и чистилище — письменный стол, время от времени нежно протираемый матерью, не сдвигающей листов бумаги с места, — отвернулась от него. Он не мог работать. Надо было что-то предпринимать.

С отцом он советоваться не стал, поехал к Андрею Ивановичу.

Между Андреем Ивановичем и Мишей стояла бутылка армянского коньяка, который оба они потребляли со вкусом, но в умеренных количествах. Миша рассказал Андрею Ивановичу о своем несчастье — именно так он квалифицировал ситуацию.

Андрей Иванович налил еще по рюмке, они выпили. Он поставил рюмку и произнес одну из самых длинных фраз за все время их знакомства:

— Брак — ответственное предприятие. Он не имеет никакого отношения к тому, что в молодости мы называем любовью. У меня был очень хороший брак с моей покойной женой именно потому, что был построен не на любви. Но к детям брак тоже не имеет отношения. Хотя у нас с женой был сын, ты знаешь... Он рано погиб, а мы с женой остались близкими друзьями, партнерами в большой игре, никогда не мешали друг другу и, напротив, всегда старались помогать. Ребенок не представляется мне необходимым условием брака, а тем более его предпосылкой.

Миша слушал со вниманием, не мог понять логики этой пространной тирады, но уже испытывал некоторое облегчение. Андрей Иванович продолжал:

— Ты говоришь, что эта твоя Марина порядочный человек, любит тебя, как это у женщин принято, неглупа... Женщинам свойственно инстинктивное поведение. Пусть родит ребенка. Запретить все равно невозможно. В конце концов, можно и жениться. Не обязательно жить вместе...

— Но я не хочу ребенка! — взвыл Миша. Андрей Иванович улыбнулся:

— Миша! Мужчины редко хотят потомства. И чем выше интеллект, тем менее...

И вдруг что-то изменилось, переломилось, и стало как будто легче. Об этом можно было говорить, рассматривать эту безумную историю рационально...

— Мама сказала, что она не переживет, если я женюсь... покончит самоубийствам, сойдет с ума...

— Переживет. Родится ребенок, и она будет сходить с ума от любви, — холодно заметил Андрей Иванович.

Миша не заметил, как принял решение. Поежился, допил рюмку:

— Да как ей об этом сказать?

Андрей Иванович помолчал, постучал большими ногтями по ножке бокала:

— Ну, в конце концов, я сам могу об этом сказать Беле Иосифовне.

Свадебный ужин устраивали в доме Андрея Ивановича, в узком семейном кругу. Пригласили только мишиных родителей и свидетелей, то есть еще две пары.

Приехали на двух такси. Стол был накрыт на десять персон — остатками английского фарфора. Бокалы и рюмки успели пострадать за годы вдовства хозяина, к тому же приобретшая новый статус Валентина не знала, что идет для шампанского, что для коньяка, и поставила все вперемешку.

Елизаветинская люстра висела над большим столом карельской березы, шелковая обивка стульев обветшала и местами торчали пружины. Марина, уже изрядно пузатая, была не готова к этому неожиданному празднику: Миша не предупредил ее об этом семейном приеме.

От своей матери Марина всегда скрывала все, что можно было скрыть, включая это запоздалое замужество. Другая, совсем другая семья была у Марины. Родители всегда ссорились — мать кричала и ругалась, отец швырял чем попало, братья дрались, а по праздникам все дружно напивались, чтобы начать все с начала...

Здесь было все иначе: говорили тихими голосами, улыбались, кивали согласно головами. Но ведь Марина помнила, как приняла ее Бела Иосифовна первый раз десять лет тому назад. И теперь единственным славным лицом показалась ей Валентина, подававшая на стол. Но было непонятно, кому и кем она здесь приходится — может, прислуга?

Марине хотелось, чтобы все поскорее кончилось.

На Беле Иосифовне был ее последний костюм бордового цвета, сшитый восемь лет тому назад в литфондовском ателье. Она была возбуждена, все внутри тряслось от чувств, но она не знала, что с ней происходит: счастлива ли она или, напротив, безумно несчастна. Все было одновременно. Первый раз в жизни любимые мужчины ее жизни находились вместе, — сын, муж и отец ее ребенка. Ее слабая голова еле выдерживала это напряжение — волнующая и горестная передача дорогого мальчика в чужие руки, присутствие человека, которого она всю жизнь боготворила, подарившего ей чудо ее жизни, Мишеньку, и одновременная женитьба сына на немолодой женщине с простонародным лицом, сильно беременной, и тут же, как во сне, муж Гриша, защитник, кормилец и опора жизни... Ей казалось, что она сама выходит за кого-то замуж, и, может быть, происходит что-то еще более значительное...

После того, как выпили за молодых, прокричали «горько!», и Миша неловко поцеловал Марину, Андрей Иванович что-то тихо сказал женщине в простом платье, которая подавала на стол, а она улыбнулась и шепнула ему на ухо слишком интимным для прислуги образом, что не понравилось Беле Иосифовне, и она спросила у Миши шепотом:

— А кто эта дама в сером платье?

Марине тоже хотелось спросить у Миши, кем же ему приходится хозяин этого дома, но решила отложить на потом.

Тут встал Гриша с бокалом шампанского:

— Я предлагаю тост за советскую науку, за того, кто вывел этот корабль, небесный корабль — развил мысль Григорий Наумович, и это было очень здорово и художественно! — на такие высоты, какие никому, кроме России, достичь не удавалось! За того, кто большую часть своей жизни в безвестности трудился, не рассчитывая ни на награды, ни на славу! За служение, выше которого нет ничего на свете! За все то, что соединяет нас вместе в этот счастливый вечер!

Все выпили. И тогда встал Андрей Иванович, и тоже поднял бокал с шампанским. Он возвышался над столом, над всеми стоящими гостями на полголовы, а над Григорием Наумовичем — на полторы.

— За солдат, которые сложили головы на фронтах Великой Отечественной войны, за тех, кого всю жизнь воспевал Григорий Наумович! За Григория Наумовича, который прошел все фронтовые дороги с блокнотом и карандашом, чтобы прославить нашу Родину и ее людей, за большого поэта и благородного человека!

Марина еще раз спросила у мужа, кем приходится ему Андрей Иванович.

— Старый друг нашей семьи, — шепнул Миша.

Женитьба мало что изменила в Мишиной жизни. Он по-прежнему жил с родителями, навещал жену и маленького Мишеньку. Бела не успела полюбить внука, поскольку вскоре после свадьбы у нее случился инсульт. Еще целый год она пролежала в постели, никого не узнавая, безразличная ко всему на свете. Марина предлагала переехать с ребенком к мишиным родителям, но Миша махал руками:

— Что ты! Что ты! Это ее убьет!

И ухаживал за матерью старательно и неумело.

Андрей Иванович стал часто звонить, и они с Гришей подолгу разговаривали по телефону. Хорошего собеседника трудно встретить в жизни, а особенно в годы, когда

158 все течение нарушилось, пошло кувырком и в головах у людей хаос и суета сует.

Однажды, незадолго до ее смерти, академик навестил Белу. Она лежала в перестеленной неумелыми мужскими руками постели, в комнате пахло бедной больницей с плохим персоналом. Бела была безучастна и неподвижна. Увидев Андрея Ивановича, она встрепенулась и пошевелила обеими руками, как будто хотела их поднять.

Григорий Наумович стоял в дверях, а Миша его ласково поддерживал: единственный гришин глаз сильно сдал в последнее время. Григорий Наумович был самым молодым из них троих, но все они вступили в девятое десятилетие.

Да и Мишеньке самому было уже за сорок.

Через два года никого из стариков уже не было. И тогда Миша рассказал Марине всю эту историю. Марина плакала и не понимала, как можно было сорок лет молчать.

— Чего же тут не понимать? Благородные люди.

ОНИ ЖИЛИ
ДОЛГО...

Они жили долго...

Они были так долго старыми, что даже их шестидесятилетние дочери, Анастасия и Александра, почти не помнили их молодыми. За свою длинную жизнь они успели потерять всех родственников, друзей, соседей, — целыми домами, улицами и даже городами, что не удивительно, поскольку они пережили две революции, три войны, без счету горестей и лишений. Но они, в отличие от тех, кто умер, с годами становились только крепче.

Николай Афанасьевич и Вера Александровна, каждый по-своему, шли к вечной жизни: муж приобретал прочность и узловатость дерева и очертания птицы-ворона, носатого, неподвижного в шее. Мужское полнокровное мясо высыхало, сам он покрывался все более гречневыми пятнами, сначала на руках, а потом и по всему телу, и из бывшего блондина превратился в темнолицего, картонного цвета большого старика с коричневой зернистой лысиной. Жена старела в направлении благородного мрамора: желтоватый оттенок, имитация тепла и жизни в холодном лице, угрожающая монументальность.

Прежде врачи всегда рекомендовали Вере Александровне сбросить вес, сесть на диету — она лет пятьдесят тому назад даже ложилась для похудания в Институт питания к профессору Певзнеру, но после восьмидесяти лет про вес врачи больше не говорили. Она всегда пита-

162 лась так, как она считала нужным, если только продовольственные обстоятельства, всегда тесно связанные с политическими, это позволяли. Схема питания Веры Александровны была строгая — завтрак, обед и ужин, и никаких немецких бутербродов там не предусматривалось. Главное, чтобы продукты были качественные и еда свежей, то есть не разогретой, а только что приготовленной.

В голодные времена она проявляла большую изобретательность в составлении меню обеда при наличии двух исходных продуктов — пшена и картофеля. Николай Афанасьевич всегда снабжался по хорошей категории, поскольку стал профессором еще в конце двадцатых годов и преподавал нужный всем инженерам предмет — сопротивление материалов — в старейшем институте Москвы.

Каждый из супругов по-своему являл собой образец высокого сопротивления тех материалов, из которых были построены. Вера Александровна, со своей стороны, поддерживала это сопротивление семейных организмов с помощью правильно налаженного питания.

Давно отошли в прошлое те годы, когда она собственноручно мыла, чистила и варила — к этому теперь были приспособлены дочери. Родились они вопреки всем медицинским прогнозам после многолетнего бесплодного брака, во времена, когда бездетность перестала огорчать Веру Александровну и даже стала видеться как некоторое преимущество. Явились вдвоем, нежданно-негаданно и предоставили матери новое поле деятельности — до этого она жила мужней женой, избегая не столько работы, сколько момента заполнения анкеты, связанного с любым трудоустройством: происходила Вера Александровна из старого княжеского рода. Фамилия ее, скромная на слух, известна была каждому русскому по учебникам истории и старым названиям улиц. Николай Афанасьевич, несмотря на свою аристократическую внешность, был из крестьян Тамбовской губернии, отец погиб в империалистическую войну. Такова была анкетная правда, защитившая семью от гонений. Сам Николай Афанасьевич был человек осторожный, к тому же и хитрый: всю жизнь прикидывался, что недослышит. На службе считался чудаковатым, но специалист был превосходный, и расчеты всех сооружений периода развернутого строительства социализма обыкновенно попадали к нему на стол для проверки. Он был хорош и как теоретик, но в практических делах считался самым авторитетным...

Глубокая гармония была между супругами. В том, что делала Вера Александровна, был тот же самый почерк, что и у мужа: точность, тщательность, презрение к любой приблизительности. Пирожки у Веры Александровны были сделаны по тому же рецепту, что расчеты Николая Афанасьевича — безукоризненно.

Науки благородных девиц — домоводство и рукоделие — Вера Александровна преподавала дочерям со всеми подробностями и деталями, давно уже никем не востребованными: кому теперь было нужно знать, как делать мережку, чистить в домашних условиях фетровые шляпы и готовить профитроли превосходные из муки конфектной... Все это, конечно, шло в добавление к тем предметам, которые Александра и Анастасия проходили в обыкновенной советской школе. Значительная часть материнских познаний была преподана девочкам в те три года, что жили они в городе Куйбышеве, в эвакуации, и девочки сопровождали мать не на родственные именины и визиты, а на колонку, с детскими ведрами и бидонами: воды для всякого рода гигиенических целей требовалось много, а водопровод в зимнее время часто промерзал и городское водоснабжение нарушалось.

С самого раннего детства завелась в головах двух полуаристократических девочек некоторая шизофрения: шов между всеобщей жизнью и их домашним бытом был нестерпимо груб. Сверстники их не принимали, да и они сами всегда чувствовали полную неспособность слиться с коллективными чувствами — радости ли, гнева или энтузиазма. Это полностью компенсировалось их особым двуединством, иногда случающимся у близнецов.

Мать была с ними строга и требовательна, отца они видели мало — он всегда работал сверхсильно, сверхурочно, без выходных и праздников. Перед отцом они обе благоговели, а матери побаивались. И любили родителей безоговорочной рабской любовью.

Годам к пятнадцати способные девочки были научены полному объему дамских наук, включая и небольшой французский язык, преподанный матерью. В школе они учились очень хорошо, но Вера Александровна приняла решение, что высшего образования им не надобно: у нее самой такового не было. Когда Вера Александровна сообщила об этом мужу, он с ней не согласился. Между супругами чуть ли не впервые в жизни возникло разногласие, которое быстро выветрилось: Николай Афанасьевич привык во всем, что не касалось его профессиональной деятельности, полностью доверяться жене. А жена считала, что девочки, получив, например, профессию медицинских сестер или библиотечных работников и выйдя замуж за порядочных людей, достойно пройдут свое жизненное поприще. Ко всему прочему, она боялась пребывания на виду, в свое время даже отсоветовала Николаю Афанасьевичу идти на повышение, которое ему предлагалось. Возможно, тем спасла жизнь ему и всей семье...

— Не надо лишнего. Медсестра — хорошая профессия, во все времена нужная, не останутся без куска хлеба. И не забывай, Николай, что девочки наши — отличные хозяйки, — не без гордости добавляла Вера Александровна. — А мы стареем, и в доме будет медицинская помощь...

— Может быть, тогда уж лучше в медицинский институт? — сделал последнюю попытку Николай Афанасьевич.

— Нет, нет, это слишком тяжелая профессия, — закрыла тему Вера Александровна, и Николай Афанасьевич, требующий от своих студентов ясности мысли и логической последовательности в рассуждениях, смолчал. Жену Веру он любил больше, чем ясность мысли или логику.

Девочки, закончив школу, поступили в лучшее в Москве медицинское училище, и через три года стали медицинскими сестрами, — обе получили красные дипломы... Эти дипломы, между прочим, давали большие преимущества при поступлении в медицинский институт. Но поступили они на работу в Боткинскую больницу.

Тут открылось еще одно достоинство профессии: работа в отделениях была суточная, и расписание можно было составить таким образом, чтобы одна из дочерей всегда была под рукой у Веры Александровны — для услуг, разговоров, мелких поручений и основных обязанностей, связанных с приготовлением обеда, тщательной уборкой квартиры и непременной послеобеденной прогулкой по Староконюшенному переулку.

С некоторых пор Вера Александровна перестала выходить на улицу одна. Рослая, в большой шубе зимой и в легком труакаре летом, она плыла в сопровождении одной из двух своих незначительных дочерей, которые и ростом не вышли, и лицом были невидные, и в ее руках была одна из трех ее заслуженных сумочек, черная замшевая, коричневая кожаная или белая старая, а в руках у дочери была непременная хозяйственная сумка, авоська, в более поздние годы — пластиковый пакет, откуда торчал рыбий хвост или свекольная ботва, — какой-нибудь боевой трофей. Одеты они всегда были скромно, жесткие белые воротнички, юбки в английскую складку, но держали спины прямыми, плечи опущенными вниз — не горбиться, не горбиться! — с детства одергивала их мать, и ступни они ставили на землю неприметно-особым образом.

Пока дочерям не исполнилось тридцати, Вера Александровна считала, что они слишком инфантильны, чтобы думать о кавалерах, а когда им за тридцать перевалило, она пришла к мысли, что брак вообще не для них. Николай Афанасьевич жене никогда не возражал, а с годами он научился думать таким образом, как будто он и был Верой Александровной. Вера Александровна, со своей стороны, так чутко чувствовала все мужние движения, включая и желудочные, что успевала приказать дочери сварить ромашковый чай за десять минут до того, как он начинал испытывать тяжесть в желудке и колотье в боку...

В восемьдесят лет у Веры Александровны открылся диабет, и последние пятнадцать лет своей жизни она не употребляла сахара, что усложнило приготовление десертов: заменители сахара не выдерживали тепловой обработки, и Анастасия и Александра часами крутили мороженицу, чтобы получить продукт, лишенный сахарной вредности, но обладающий сладостью.

У Николая Афанасьевича в эти же годы нашли ишемическую болезнь сердца.

Родители решили, что в связи с ухудшением их здоровья дочки должны выйти на пенсию: по возрасту им не хватало лет пяти, но трудового стажа у Анастасии и Александры был даже избыток: он подходил к тридцати годам.

Александра вышла на пенсию, Анастасия отказалась. Вера Александровна тяжело пережила этот бунт на корабле, но пятидесятилетняя дочь упрямо держалась своего, слово, беспрекословное материнское слово первый раз в жизни оказалось бессильным. Единственное, чего удалось добиться — дочь перешла из отделения, где была работа сменная, в поликлинику, в рентгеновский кабинет, где режим работы был ежедневным, а рабочий день укороченным.

Александра, узнав о решении сестры, долго плакала: от зависти. Сама она не смогла пойти против материнского желания, и протест Анастасии, настоящая революция, на которую пошла сестра, вызвали в ее душе целую бурю чувств. Прожившие всю жизнь в добровольном подчинении, сестры почти срослись в единый организм, — или механизм, выполняющий определенную функцию, и своим неподчинением сестра ломала эту слаженную машину.

С этого времени жизнь сестер изменилась: Анастасия каждое утро в семь часов выходила из дому с бутербродами в сумке, а Александра развязывала марлевый мешочек с домашним творогом для мамы, с вечера подвешенным над раковиной, вынимала из холодильника яйцо, чтобы оно согрелось прежде опускания его в воду, и сорок минут варила овсянку, помешивая ее большой серебряной ложкой. Завтрак подавался в восемь часов тридцать минут, обед в два, и приходившая в три часа Анастасия обедала на кухне одна, в то время, когда Вера Александровна совершала свою неторопливую прогулку в сопровождении Александры. Анастасия в одиночестве с отвращением проглатывала суп, — она с детства ненавидела супы, — брала себе котлетку, разрезала надвое и устраивала бутерброд. И мама, отсутствовавшая, не знала о творившемся безобразии. Папа же пребывал этот час в послеобеденном отдыхе...

Вечерние часы Анастасия смиренно посвящала родителям: она готовила ужин, который по семейной традиции был главной трапезой дня: так установилось с тех времен, когда отец приходил с работы и в семь часов вся семья встречалась за столом. Блюд обычно было два: рыба и запеканка, ростбиф и суфле, иногда птица и что-нибудь фруктовое... Меню составляла Вера Александровна днем ранее. С середины восьмидесятых годов с продуктами опять начались сложности, но Николай Афанасьевич имел государственную поддержку в виде продуктового заказа, получаемого Александрой по пятницам в сороковом гастрономе. Раз в три дня приезжала из Подмосковья совершенно фантастическая молочница — как привет из исторического прошлого. Ей заказывали иногда и огородные овощи.

Родители держали хорошую форму. Несмотря на диабет, суровые ограничения и ежедневные уколы, Вера Александровна, потерявшая, наконец, те лишние килограммы, о которых всю жизнь говорили ей врачи, хотя и жаловалась на слабость, но каждый день выходила на прогулку, читала книги и смотрела телевизор. Отпраздновали ее девяностолетие.

Отец хуже переносил тяготы возраста, стал еще более молчалив и только отвечал на вопросы жены, сам же ни о чем не спрашивал. Но в обществе жены по-прежнему нуждался: вечерами приходил в большую комнату и садился в кресло, на свое всегдашнее место. Дремал.

На девяносто пятом году жизни у Веры Александровны началась диабетическая гангрена. Дочери делали повязки со всеми известными мазями, травами и составами. Но чернота ползла вверх, и остановить ее не удавалось. Наконец, приехавший из ведомственной поликлиники хирург объявил, что единственный шанс выжить — ампутация ноги.

Мать отвезли в больницу. Анастасия срочно уволилась и переселилась в палату. Накануне операции вечером, после клизмы, обтирания, заменившего мытье, и ночного поцелуя, Вера Александровна сказала дочери просто, без обиняков:

— Простите меня, я от вас всю жизнь скрывала наше происхождение.

И она назвала княжескую фамилию...

На Анастасию это не произвело ни малейшего впечатления:

— Да что ты говоришь? Кто бы мог подумать...

И она в десятый раз проверила, не образовалась ли коварная складочка на простыне, под ягодицами у матери: до сих пор у Веры Александровны не было никаких пролежней, но малейшая небрежность была опасна...

Александра по-прежнему оставалась при столах. Вера Александровна оказалась в больнице первый раз в жизни, если не считать родильного дома, где рожала дочерей больше шестидесяти лет тому назад...

Теперь Александра, подав обед отцу, ехала в больницу с едой для сестры и матери, завернутой в специальные шерстяные торбочки, сшитые из старых кофт в тот самый день, когда мать госпитализировали. Анастасия находилась при матери неотлучно.

Николай Афанасьевич не находил себе места: в отсутствии Веры Александровны он весь разладился, ходил из угла в угол, забывал, зачем и куда идет, потом уставал, садился в кресло, засыпал на десять минут и снова вскакивал, начинал ходить, как будто что-то искал...

Умерла Вера Александровна на десятый день после операции, может, от инфекции, может, от самой операции, но скорее всего от достижения положенного предела.

Сестры молча ехали домой, с сумкой, полной переживших маму вещей — кружка-поильник, фланелевая спальная кофта, носовые платки с мамиными инициалами, щипчики, ножницы, шпильки... Увозили и завернутое в газету собственное подкладное судно.

Отец сидел в кресле, свесив голову набок, и лысая старая голова, утонувшая в коричневом шарфе, была беззащитна, как птичье яйцо. Когда дочери вошли, он встрепенулся:

— Вас долго не было... Как мамочка?

— Все по-старому, папа.

— Пора ужинать, — заметил он.

Поужинали судаком по-польски и яблочным муссом. Сказать ему о смерти матери не смогли. Молчали. Отец после ужина попросил сделать ему ванну.

Они уже много лет мыли стариков под душем, все было продумано и учтено — специальная лесенка, чтобы поднимать их в ванну, и пластмассовый садовый стул, на который, покрыв сиденье сложенным вчетверо махровым полотенцем, их усаживали, и тазик для распаривания каменных старческих ногтей и мозолей... А он вдруг попросил ванну.

— Папочка, после ужина не очень хорошо принимать ванну, — Анастасия попыталась отклонить предложение.

— Шура, ты меня побреешь и пострижешь мне усы, — сказал он, не слыша возражения. На самом деле, никто не знал, каково состояние его слуха: иногда, казалось, он действительно ничего не слышит, но временами слышал отлично...

— Папочка, мы тебя мыли третьего дня, не помнишь? — сделала еще одну попытку Александра.

Он категорически не слышал.

— Тебе ванна не полезна, может быть, сделаем душ? — прокричала Анастасия.

— Минут через десять. Деточка, проводи меня в уборную... — как ни в чем не бывало продолжал отец.

Сестры переглянулись. Александра пошла готовить ванну, Анастасия повела отца в уборную.

Отца вымыли, побрили, подстригли ногти на руках и на ногах, укоротили усы.

Это длинное и трудоемкое мероприятие отвлекло их. Они все делали ловко, четырьмя руками, как двумя, не задумываясь над привычной процедурой.

Надели свежую пижаму, в серо-голубую полоску, дали вечерние лекарства и уложили в двуспальную постель с левой стороны: родители всю жизнь так спали — он слева, она справа.

— Ступайте, ступайте, — махнул старик в направлении двери и рассеянным жестом пошарил на тумбочке. Нащупал очки и махнул им еще раз. — Ну, ступайте...

Сестры долго сидели за столом, все никак не могли решить, как будет правильно: похоронить мать, не сказав ему об этом, было невозможно, а необходимость сообщить отцу о ее смерти была настолько мучительна и тягостна, что даже сама смерть матери куда-то отодвинулась. Они тихо, но горячо спорили о том, как сказать отцу, и говорить ли вообще, а если говорить, то когда... А если не говорить, то как долго они смогут скрывать...

День похорон еще не успели наметить, надо было все организовать, а они совсем не знали, как это делается. И никакого места на кладбище, никакой семейной могилы не было...

Они сидели допоздна: говорили, молчали, плакали... Потом легли спать — в маленькой комнате, которая до сих пор называлась детской. Спали они на узких постелях, застеленных белыми тканевыми покрывалами со многими штопками.

Встали рано, чтобы ехать в больничный морг, обо всем договариваться. Александра забыла с вечера подвесить творог, и теперь он уже не успеет приобрести нужную консистенцию... Умылась и пошла варить кашу. Отец обычно просыпался в половине восьмого, кашлял. Но было уже без четверти, а он все не выходил.

Александра постучала и вошла. Он еще не проснулся.

Он вообще больше не проснулся, и сестрам не надо было теперь тревожиться о том, как сообщить ему о смерти матери. Возможно, она сама нашла способ.

Хоронили их в один день, на новом далеком кладбище, в первые декабрьские морозы. Могилу вырыли мелко, но никто не мог надоумить сестер, что надо бы приплатить могильщикам, чтоб вынули еще сантиметров тридцать. Там, в глубине, земля не была такой промерзшей, как по верху.

Только они две и были на похоронах. Анастасия накануне позвонила к отцу в институт, но как-то неудачно. Из тех, кто знал Николая Афанасьевича, никого не нашлось. Его забыли. С соседями родители давно уже не знались.

172 Родня, как известно, вымерла... Они долго, слишком долго жили, так что успели пережить даже память о себе.

Прошло несколько тягостных, бесконечно длинных дней в пустом доме, где никому ничего не было нужно. Сестры бродили по квартире, не решаясь ничего тронуть ни в родительской, то есть в маминой комнате, ни в кабинете отца. Да и разговаривать было не о чем. Александра автоматически варила обед, автоматически его съедали, белоснежной тряпочкой смахивали пыль, собрали и постирали постельное белье, накрахмалили, погладили тяжелыми утюгами. Застелили чистым бельем родительскую постель.

Наконец, Александра понуро сказала:

— Знаешь, Ася, жаль, что мы неверующие. Пошли бы сейчас в церковь.

— Хочешь, и иди, — пожала плечами Анастасия.

— Ты думаешь, можно? — подняла голову Александра.

— Нам теперь все можно, — засмеялась Анастасия.

— А почему мама так ненавидела церковь, ты не знаешь? — посвежевшим голосом спросила Александра.

Анастасия посмотрела на сестру:

— Шура, я забыла тебе сказать: мама перед смертью открыла свое происхождение. Мы по материнской линии... — и она назвала девичью фамилию матери. — Теперь понимаешь, почему у нас в доме ни одной фотографии, ни одной бумажки. Они ужасно боялись прошлого. А церковь... не знаю. Она однажды обмолвилась, что в детстве очень любила Пасху, ходила к службе. Я думаю, она на Бога обиделась.

— За что? — изумилась.

— Не знаю я, за что... Кажется, за дело...

Прошло еще несколько дней. Настала оттепель. Все потекло, расквасилось, и настроение стало хуже прежнего. Сели обедать. Грибной суп. Судак по-польски.

— Как же мы будем теперь жить, Ася? — тихо спросила Александра.

Анастасия взяла тарелку с нетронутым супом, пошла, осторожно держа ее на вытянутых руках, в уборную, вылила суп, вернулась и поставила тарелку в мойку.

— Мы будем жить хорошо, Шура. Мы просто начнем жить. Для начала, мы перестанем готовить.

— Как это? — изумилась Александра.

— А так, — ответила Анастасия.

И они начали жить. Закрыли навсегда крышку газовой плиты и купили электрический чайник.

После многих лет скудности магазины как раз наполнились невиданными продуктами, и они покупали сыр, колбасу, заграничные паштеты в баночках, консервы и готовые салаты в кулинарии с казенным майонезом, а не с тем, который часами сбивали в эмалированной кастрюльке, покупали пирожные и мороженое, сделанное не домашним долгим способом, а фабричным, негигиеническим и нездоровым, с высоким содержанием холестерина, сахара и всего самого вредного, что бывает.

Александра пристрастилась к кофе, Анастасия покупала вино, и они каждый вечер выпивали по бокалу, с бутербродами.

Через полгода после смерти родителей Анастасия принесла сестре письмо от родственников из Франции: она разыскала мамину родню, которая успела бежать из России во время революции. Оказалось, что у мамы была родная сестра-близнец Анна, и она была еще жива, обитала в русском пансионе под Парижем. И обнаружилось множество двоюродных братьев и сестер, племянников, разнообразной родни, и сестры занялись генеалогическим расследованием, и это занятие завело их так далеко, что в середине следующего года они выправили себе заграничные паспорта и выехали по приглашению кузена Федора на свидание с родственниками в Париж. Правда,

174 мамина сестра Анна умерла, не дожив двух месяцев до приезда племянниц.

Срослась семейная ткань. Анастасия и Александра разглядывали фотографии, на которых целый выводок нарядных детей и подростков праздновал начало многообещающей жизни, познакомились с портретами предков. Бабушка их, как выяснилось, в молодости была фрейлина, всю жизнь дружила с государыней. В середине лета семнадцатого года она уехала в Швейцарию со всеми детьми, кроме Верочки, потому что у нее была корь, и ее переселили к бездетной крестной, чтобы уберечь других детей от заразы. Их уберегли. Дедушку убили во время революции.

Никто не знал, как прожила Вера Александровна годы ранней юности, пока не встретила Николая Афанасьевича... Зато теперь сестры узнали, как прочие члены семьи выживали в Швейцарии, Франции, Италии... Семью разнесло по всему миру, и теперь они съезжались, чтобы порадоваться встрече с настоящими русскими родственниками, носителями той старой культуры, от которой все уже были отлучены. Какая русская речь, какой милый старомодный французский, какие манеры, какое воспитание... Скромность и достоинство — настоящие русские аристократы.

Два месяца спустя, перед самым отъездом, некий дальний родственник, седьмая вода на киселе, вдовец, отставной бухгалтер фирмы «Рено» сделал Александре Николаевне предложение. Она его приняла.

Они живут теперь в хорошем пригороде Парижа. Сестра Анастасия поселилась с ними. Их старомодного, но уверенного французского, полученного от матери, вполне хватает для небольшого общения с прислугой и приказчиками в магазинах и с теми из родственников, кто уже утратил русский язык. Василий Михайлович, муж Александры, даже и не знает, какие прекрасные кулинарки его жена и свояченица. Обычно они обедают в ресторане, но сестры предпочитают сэндвичи.

Достойно удивления только одно: почему Василий Михайлович выбрал из двух сестер Александру, а не Анастасию... У сестер хорошее здоровье и имеются шансы прожить новой жизнью не один десяток лет...

...И умерли в один день

Не декоративный завиток биографии, не случайная прихоть судьбы, не дорожная авария, на месте убивающая сразу мать-отца-двух детей и бабушку впридачу, а исполнение таинственного и фундаментального закона, который редко замечается по замусоренности жизни и по всеобщему сопротивлению верности и любви... Это правильно, праведно и справедливо, — размышляла Любовь Алексеевна Голубева, врач-кардиолог с тридцатилетним стажем над этим поразительным случаем...

В отделении третью неделю лежала интеллигентная пожилая дама с пушистой головой, не достигшей еще полной белизны, в красивых очках на цепочке, в клетчатом халате — Перловская Алла Аркадьевна. Ее муж, круглый старичок с неизменно радостным лицом, лысый, розовый, с малахольной улыбкой, по имени Роман Борисович сначала просиживал часами под дверью реанимации, а когда Аллу Аркадьевну перевели в палату, он не пропускал ни минуты из разрешенного к посещениям времени, приходил с хозяйственной сумкой, наполненной мелкими баночками точно к началу приемного часа. И ел тут же, на больничной тумбочке, рядом с женой. Тихо-тихо переговаривались, почти неслышимо, и время от времени еще тише смеялись, глядя друг другу в глаза. Соседки тоже посмеивались: забавно было, что он приносит сумку продуктов и тут же, не отходя от ложа больной, большую часть и съедает. Не понимали они, что был он голоден, потому что не умел есть в одиночку, без жены.

Три раза заходила к Любови Алексеевне их дочь — уверенная красавица в смешной шляпке, которую она несла на себе с задором и вызовом. Не с улицы — директор частной школы, где учился внук Любови Алексеевны. Интересовалась ходом лечения. Мать перенесла инфаркт и теперь поправлялась.

Алла Аркадьевна умерла неожиданно, ночью, накануне выписки — тромбоз сонной артерии, не имеющий прямого отношения к ее основному заболеванию. Отделение было небольшое, со старым костяком человек в десять, со своими правилами, заведенными покойным Андросовым таким несгибаемым образом, что приходящие новые люди, — и врачи, и санитарки, — либо порядок этот принимали, начинали дорожить этим особым местом и не покидали его до пенсии, либо уходили, не выдерживая повышенных требований. И смерть пациента, не такое уж редкое событие в жизни кардиологического отделения, принималась сотрудниками хоть и профессионально, но почтительно, с сочувствием к родственникам, по-андросовски. Так было здесь поставлено.

Итак, умерла Алла Аркадьевна столь стремительно, сказавши одно только слово «Ромочка», что дежурный врач даже не успел к ней, живой, прикоснуться. Первой, еще до пятиминутки, Любови Алексеевне рассказала об этом санитарка Варя. Она работала в отделении чуть не с рождения, знала в старой больнице каждый угол-закоулок, кошку-собаку, и это отделение было ее родным домом... Она была некрасивая, с родимым пятном в пол-лица, уже немолодая богомолка, сохранившаяся с прежних времен, а не вновь образовавшаяся. Была у нее своя тайная жизненная роль, о которой Любови Алексеевне было известно: Варя подавала заупокойные записочки по всем больничным покойникам, а некоторым, избранным, в старые времена заказывала и отпевание.

Новую покойницу уже отвезли в морг, на свидание с последним специалистом, с патологоанатомом. Варя перестелила постель — освободилось место, и старшая медсестра уже звонила сообщить об этом: к ним в отделение стояла очередь.

Посетители тем временем ожидали исполнения одиннадцати часов, когда охранник открывал для них дверь. Роман Борисович поставил сумку на скамью, вынув из нее две голубых синтетических бахилы разового пользования, которые он аккуратнейшим образом пользовал третью неделю, нагнулся, чтобы натянуть их на сандалии, и ткнулся лицом в пол.

Дочери позвонили в девять утра с сообщением о смерти матери. Она просила отцу не звонить, собралась и к нему поехала — перехватить его, не дать услышать ужасную весть из чужих уст, по телефону. Но отца дома уже не было, он уехал раньше, чем обычно. Тогда дочь поехала прямиком в больницу, но расстояния были большие — с одного края Москвы на другой, по утреннему времени, с пробками, и приехала дочь в начале двенадцатого, с опозданием: отец лежал в морге, рядом со своей драгоценной женой, так и не узнав о ее смерти.

Ошеломленная дочь сидела в кабинете у Любови Алексеевны и все повторяла: в один день, в один день...

Любовь Алексеевна велела принести чаю. Не было в эту минуту более близкого человека для дочери, чем эта врачиха, и она лепетала про золотую свадьбу, которую они с братом в прошлом году им устраивали, про любовь, которая не проходила у них, и какие они в молодости были красивые, а потом уменьшились, съежились, а любовь, а любовь только росла.

— Папочка всегда был немного смешной, но рыцарь! Великий рыцарь! Он к женщинам относился с большим почтением, не почему-либо, а потому что они все как будто немного родственницы его Аллочке... Они поженились девственниками и в жизни не посмотрели в сторону, — вот так, Любовь Алексеевна... И умерли в один день... И не узнали о смерти другого...

Любовь Алексеевна пришла на похороны. Супруги были не очень старые — ей семьдесят два, ему — семьдесят четыре. Могли бы еще прожить до глубокой старости. Хоронили их в одной могиле, в светлый день конца лета. В предутренние часы был сильный дождь, и теперь пар шел от земли, а поверху стоял легкий туман, смягчая солнечный свет.

Народу, изумленному редкостным событием двойной смерти, пришло много: родня, соседи по дому, в котором прожили сорок лет, сослуживцы-бухгалтеры. Все были ошарашены и приподняты — удивительные были похороны: с оттенком праздника и победы...

Супруги лежали рядом, в одинаковых гробах, и голова Романа Борисовича была как будто немного повернута в сторону жены... Дочь была с мужем и сын с женой, и при каждой паре — по мальчику с девочкой, и разноцветных астр было множество, — про другие цветы никто почему-то и не вспомнил: пушистые, игольчатые, мелкие и огромные, размером с георгин, всех возможных оттенков, и лежали они ковром по двум гробам и выплескивались наружу...

Санитарка Варя тоже пришла на похороны. Больше всего в жизни она любила смерть. С детства ее притягивало в ту сторону. Маленькой была, хоронила кошек и воробьев. Она много про это знала такого, что рассказать не смогла бы, но сердцем чувствовала: не зря ее все время нанимали в сиделки к умирающим. Стояла она рядом с Любовью Алексеевной Голубевой, которую уважала почти как Андросова. У Любови Алексеевны тоже был букет астр — чернильно-лиловых и белых вперемешку.

«А хорошие покойнички», — подумала Варя. Хотя и отметила, что венчиков бумажных на лобиках у них не лежало.

180   И тут вдруг солнце прорвало туман, и прямо над головами повисла радуга — не цельная дуга, от края до края неба, а только половина: в высоте неба она рассеивалась. И обрывалась.

«Господи, дорогу в небо повесили, — изумилась Варя. — Верно, очень хорошие покойнички...»

А потом Варя пригляделась к радуге и изумилась еще больше: она была не обычная, а двойная, как будто одна из ярких полос, а к ней прилеплена еще другая, подобная, но из полосок бледных, почти не различимых...

Показать Любови Алексеевне или нет? Вдруг не заметит, а потом будет над ней посмеиваться... Но Любовь Алексеевна уже сама подняла голову и смотрела на радугу. И все, кто там были, увидели...

Последняя неделя

Был понедельник. Она пришла вечером, довольно поздно. Села на кухне, на своем обычном месте, на диване, в углу, у стены. Мрачней, чем обычно. Сидит и молчит.

Я ей говорю:

— Что-нибудь случилось, Васька?

— Ничего не случилось. Просто очень тошно. На проект смотреть не могу. На еду тоже. На Верку. Вообще глаза ни на что не глядят.

Смотрит исподлобья, из-под густых бровей, тяжким взглядом широко расставленных глаз. Лицо не то чтоб особенно красивое, но единственное и незабываемое: глубоко утопленная переносица, короткий нос, высокие скулы. Что-то от палеоазиатских народов, от сибирских предков.

— Может, разомнем? — десять лет я задаю этот вопрос вот в такие минуты. Она трудный ребенок. Ей двадцать пять, но она все еще трудный ребенок, много раз раненный — в раннем детстве, в среднем детстве, в отрочестве... За десять лет, что она ко мне ходит, она мне все рассказала сама. Предысторию, историю, постисторию...

Один знакомый из города Судака привел ко мне пятнадцатилетнюю девочку, дочь его покойной подруги, чтобы я отвела ее креститься. В те годы все было трудно: до-

182 стать кусок мяса, врача, билет в театр или на поезд, креститься. А у меня все было — продавец в подвале мясного магазина, врач-педиатр, билетерша по всем направлениям, и даже священник.

Знакомый был проездом, в тот же день уезжал из Москвы, оставил мне девочку вместе с этим поручением, мелькнул в дверях и побежал на поезд. Девочка осталась.

Я спросила тогда, как ее зовут.

— Васька, — она ответила.

Я не очень удивилась ее мужской кличке, потому что она несомненно была породы тех девочек, которым бы очень хотелось родиться мальчиками. Звали ее Василиса, как выяснилось спустя несколько недель, при крещении.

В тот день она просидела допоздна, и пришла в следующий, и стала ходить, сидеть в кухне с чашкой чая. Странная такая девочка. Если ее спросить о чем-нибудь, ответит. Не спрашивать — молчит. Но молчит тяжко, наполняя немотой все пространство. И даже воздух густел вокруг нее. В ее присутствии я чаще, чем обычно, роняла предметы и била чашки. Но к ней самой это никак не относилось: когда она что-то делала, все было ловко, с умом и с собранной силой, и она даже любила всякую тяжелую работу — делать ремонт, мыть окна, окапывать деревья. И профессию выбрала очень правильную — ландшафтная архитектура...

И вот мы разбираем текущий момент. Я психотерапевт-самоучка. Даже какая-то собственная методика выработалась на такие разговоры. Такое назначение. У меня это глубоко в крови — я недавно узнала, что моя родная пра-пра-пра — не знаю сколько — бабушка приходилась родной сестрой Малки Натанзон из Одессы, которая была матерью Зигмунда Фрейда.

Значит, так: с учебой все хорошо, Васька выдюжила тяжелейший институт, архитектурный. Поступила, с великими трудами проучилась пять лет, остался только диплом. С ребенком тоже все отлично, не правда ли? Ребенок у нас получился случайно, при невыясненных обстоятельствах: с вечера вся студенческая компания напилась так, что утром Васька так и не смогла вспомнить, с кем согрешила. Но мы его родили, вытянули. Родители, то есть отец и мачеха, очень помогли. Сейчас Верке четыре года, и она, в отличие от самой Васьки, легкое и солнечное существо. Значит, так: с Веркой тоже все отлично. Хреново у нас с личной жизнью. Ее нет. Но тебе двадцать пять, да? А мне сорок, и ты видишь, какие руины, и никаких перспектив, да? На самом деле ей мои руины очень нравятся, я это знаю... А у тебя как раз что-то затеплилось. Тот парень из Бологого, с которым ты познакомилась в поезде по дороге из Москвы в Питер, хоть и не приехал пока, но звонит... Да?

— Последний раз позвонил, час разговаривали, он сказал, что едет завтра, и пропал. А потом позвонил через три дня, оказалось, что попал в катастрофу, побился. Обещал приехать, когда гипс снимут, и месяц уже не звонит... — уточняет Васька.

Я это знаю.

— Позвонит, — говорю я уверенно. — Такие, как ты, штучный товар, не каждому по плечу...

Это я ей по плечо... Она рослая, большая, почти красивая. Во всяком случае, у нее очень значительная внешность, и глаза огромные, серые, с синим переливом, когда в настроении...

А наследственность — ужасная. Мать умерла совсем молодой, и неизвестно, от рака или от водки, потому что было и то, и другое. Но в ту сторону мы давно уже решили не смотреть, считать, что все уже исчерпано, понято, прожито, прощено...

Что прощено? Кому прощено? Почему? Потому что двенадцатилетняя Васька ушла от матери к отцу за полгода до ее смерти, не выдержала пьянства и умирания. Уш-

184 ла встретиться с отцом в воскресенье и не вернулась. Мать осталась тогда с младшей сестрой, восьмилетней, и та была с ней до самого конца... А Васька три года после смерти матери не могла спать, не взявши кого-нибудь за руку. Чаще всего это была рука ее мачехи Тани, ангел небесный эта Таня, своих детей двое, от первого брака и маленький, от Васькиного отца, работа совсем не бабья, физик, ученая женщина, и эта двенадцатилетняя больная девочка, психопатка, ночами не спит... к ней все покойная мать приходит, то в виде кошки, то из черной головки богини Нефертити вылезает... Поспит пятнадцать минут, и кричит...

Мы это с Васькой разобрали подробно и очень жестко: это она себе простить не может, что от матери ушла, все горе и всю работу на сестру оставила — восьмилетняя Зойка общую уборку в коммунальной квартире делала, — а Васька к отцу сбежала...

Стоп, стоп, стоп, Василиса! Но ведь Зойка и не могла к отцу сбежать. Не было у нее отца. Он застрелился, этот молоденький мальчик, от которого она родилась... Геологическая партия, в которой были родители, и этот мальчишка случился... Так спутались или по великой любви? Никто точно не знает, что и как, но мальчишка застрелился, а Зойка родилась, и отец ушел... Ты не хуже сестры, у тебя были другие обстоятельства...

Десять лет мы к этому время от времени возвращаемся. Этот вполне объяснимый поступок измученной двенадцатилетней девочки стал ее болезнью, и она то затаивается, то вылезает, как экзема.

Мы все разобрали в очередной раз.

— Вот видишь, Васька, у тебя все в порядке. Причин для депрессии сегодня у нас нет. Остались только чисто медицинские обстоятельства, всякая биохимия в крови, в головке, в железах. Я считаю, что надо идти к психиатру. Чего ты пугаешься? Помнишь Толю Крестовского, на последнем дне рождения, высокий такой седой парень... он давний приятель, психиатр. Я ему завтра позвоню, и ты поезжай. Никто тебя ни в какую психушку не закатает... Совсем свой человек. Решили?

Час ночи. Предложить остаться или дать денег на такси? Дома опять будут недовольны, что я ее у себя оставила. Там утром Верку в детский сад вести. Таня, ангел, все за Ваську сделает. Но пусть лучше она будет при доме, при семье, в кругу своих обязанностей, — колготки ребенку постирает, за картошкой сходит. Сделает усилие...

Даю денег на такси. Бледная, измученная, несчастная Васька уезжает...

Во вторник утром я позвонила Толе. Рассказала об обстоятельствах. Он покряхтел, покашлял в трубку. Задал несколько вопросов. Я ему изложила свои соображения про депрессию. Он еще раз покряхтел и назначил встречу на утро среды. У меня было опасение, что Васька к нему не пойдет. Но она пошла.

Он сам позвонил мне в среду вечером.

— Доктор ты хренов, — сказал он мне. — У девочки твоей маниакально-депрессивный психоз, никакая не депрессия. Строго говоря, я должен был ее немедленно госпитализировать. Она в острой фазе. Но у нее там какие-то обстоятельства, диплом, ребенок... Я выписал ей галопиридол. Сильнее ничего нет. Немедленно надо начинать курс, и через три дня пусть ко мне заедет.

— Через три дня суббота, — быстро посчитала я.

— Да я работаю всегда, и по субботам тоже. Пусть утром в субботу и приезжает, — хмуро сказал Толя. — Запущенный случай...

В четверг утром Васька дала рецепт Тане, — та работала недалеко от аптеки, где продавали эти самые психотропные лекарства, их не в каждой аптеке держали...

В четверг Таня купила таблетки. Но после работы она встречалась со своими институтскими друзьями и пришла

186 поздно: дверь в Васькину комнату была закрыта, спала она или нет, трудно было сказать, но Таня не стала ее беспокоить.

В пятницу утром Таня перед работой отвела Веру в садик. Ваську не будила, пусть выспится. Васька, проснувшись, никаких таблеток на столе в кухне не увидела, выпила чашку чаю и поплелась в институт. Я в тот день ей не позвонила, замоталась во всяких делах.

В субботу я позвонила около двенадцати, подошел Васькин отец. Я спросила Ваську.

— Ее больше нет, — сказал он обычным своим голосом. — Она только что выбросилась в окно. За ней еще не приехали...

Они жили в новом доме, на одиннадцатом этаже.

Потом были похороны, самые страшные из всех похорон, которые мне пришлось пережить. Отпевал ее тот же самый священник, что и крестил. Самоубийц у нас не отпевают, в наказание за самовольность, что ли. Но отец Александр взял это на себя: девочка ведь была больна, это болезнь ее убила...

Все были так потрясены, что почти и не плакали. Потом приехали в эту новую квартиру, не совсем еще обжитую. Привезли бабушку, чтоб была. Увезли дочку, чтоб не было. Застолье было молчаливым. Телефон зазвонил посреди многолюдной тишины. Сестра Зоя подошла к телефону. После смерти матери Васьки они ведь и Зойку забрали, приняли в дом. Великие люди, Васькин отец и его жена Таня. Зойка стояла с трубкой в руке, прислонившись к стене. Молчала, а потом сказала.

— Василисы больше нет. Ее сегодня похоронили.

Потом она медленно опустила трубку, тупо посмотрела на телефон.

— Кто звонил?

И тогда Зойка схватила аппарат и яростно швырнула его об пол.

— Звонил этот парень из Бологого. Он приехал.
И тут все завыли.

Прошло двадцать лет. Умерли мои родители, первый муж,
множество друзей ушло. А я все вспоминаю тот понедельник: если бы я оставила ее тогда ночевать...

Большая дама
с маленькой собачкой

Про Татьяну Сергеевну ходили разнообразные слухи, от достоверных, можно сказать, документированных, до самых невероятных. Наиболее фантастическим выглядел ее роман с Александром Блоком: по самым приблизительным расчетам ей должно было быть лет двенадцать, когда он умер. Но она только улыбалась очень красиво загнутыми вверх уголками рта и говорила:

— Моя славная биография до сих пор не дает покоя сплетникам. А про Александра Невского вам не говорили?

Но никогда никаких предъявленных ей сведений не отрицала. Кроме одного: ей очень не нравилось, когда ее подозревали в шашнях с одной неприятной организацией, упоминание которой способно было испортить настроение. Это она отрицала твердо, с возмущением, краснея темным цветом, как это водится у брюнеток.

В ней чувствовалось присутствие татарской крови: карие глаза враскос, длинные плавные брови, некоторая излишняя скуластость очень красивого лица. Но фигура была не татарская — казачья. По материнской линии она происходила от донских казаков, а эта была порода, известная красотой, смелостью, и примесью — через черкесских жен — кавказской горской крови. Оттуда и унаследовала Татьяна Сергеевна свою лошадиную — в смысле самом похвальном — фигуру: довольно массивный верх, длинную спину, чудную шею с изгибом, сухие ноги с фигурными лодыжками. Прямо над бровями свисающая челка подчеркивала сходство.

Она уже вышла на пенсию — с должности заведующей труппой знаменитого столичного театра — но все жила интересами театрального мира, который из-под своей власти никого не отпускает. Муж ее, ведущий актер, продолжал работать, и потому она все еще имела в театре некоторое влияние — и через мужа, очень известного, и через директора театра и заведующего постановочной частью. К ней в театре не были равнодушны — кто-то ненавидел, кто-то обожал, но все считались с ней и чуть-чуть побаивались даже теперь, когда она вышла на пенсию.

Татьяна Сергеевна была неудавшейся актрисой: взяли ее в театр за редкую красоту, после слабенькой театральной студии, сразу же дали хорошую роль второго плана, которую она провалила, но без особого размаха. Тихо провалила. Потом у нее начался роман с тогдашним главным режиссером, и она, на втором году работы в театре, получила роль, о которой можно было всю жизнь мечтать — Ларису в «Бесприданнице». Тут уж провал был громким, заметным, и она его остро переживала. Но переживала недолго. Величие ее натуры проявилось самым неожиданным образом: она пришла к главному, роман с которым, кстати говоря, продолжался еще несколько лет, закурила, вставив папиросу «Беломор» в середину красного рта, помолчала выразительно, — так, что главный успел подумать, почему эта женщина, столь артистически талантливая в жизни, совершенно бездарна на сцене, — и сказала:

— Дорогой мой! Самолюбивая женщина не может быть плохой актрисой. Но я могу быть полезна в театре. Из труппы я ухожу, но подумайте о том, в какой роли я могу здесь оставаться.

Он поцеловал ей руку и произнес немедленно:

— Заведующей труппой, Туся.

Тем более, что он давно уже хотел избавиться от тогдашнего заведующего, бывшего актера, старого идиота, исключительно не подходящего для руководства чем бы то ни было.

— Именно, — кивнула Татьяна Сергеевна. Туся, то есть.

Ух, как она взяла дело в свои руки! Актеры просто взвыли от ее пунктуальности, требовательности и высокомерной дистанционности, — ни с кем она не дружила, ко всем обращалась как будто уважительно, но очень холодно, и имела удивительную особенность: перед премьершами не ползала на брюхе, как водится, а старалась обеспечить им самые лучшие условия и выполнить капризы. Это, возможно, больше всего и раздражало трудовых середняков — ее спокойное знание, кто чего заслуживает. То есть, она сама определяла и утверждала право на привилегию. И если считала, что актер того заслуживает, то готова была в гастрольной поездке самолично проверять, достаточно ли хорошо подготовлен номер для звезды первой величины. И меру она ввела свою собственную: одного народного артиста не очень уважала, поселяла его в номер, какие давали заслуженным, а другого, заслуженного, наоборот, выделяла какими-то тонкими поощрениями. И со временем труппа подчинилась ее личному табелю об их актерских рангах, потому что будучи бездарной актрисой, она была тончайшим ценителем чужих талантов... И замуж она вышла за талантливейшего молодого актера, которому до самой смерти покровительствовал главный режиссер. Тот самый... Но все это произошло давно-давно, еще до войны.

Вскоре после выхода Татьяны Сергеевны на пенсию к дому прибилась молодая девушка. Случайным образом, через собачку Чучу. Дело было в том, что муж Татьяны Сергеевны, к тому времени уже получивший народного, обожал жену. Всячески баловал и, когда она вышла на пенсию, подарил ей щенка для развлечения. Чуча была черненькая, длинная и веселая девочка, находящаяся в близком родстве со знаменитой Кляксой знаменитого Карандаша.

Татьяна Сергеевна, обладающая незаурядными организаторскими способностями, распространяла свои связи во все стороны света, и, как только появилась собака, возникла необходимость в своем ветеринаре. Появился ветеринар, а вслед за ним и его дочка, которую Татьяна Сергеевна стала называть Веточка, потому что она была очень худенькая, и к тому же ветеринарская дочь.

Веточке Татьяна Сергеевна покровительствовала, но одновременно и использовала в своих целях: то посылала ее с письмом на телеграф, то просила отнести по адресу билеты. Словом, использовала ее как толкового курьера в самых разных направлениях. Татьяна Сергеевна, кроме того, что была красавицей, первенствовала в столице по части нарядов и одевалась с большим азартом. Круг тех, кого надо было «перешибить», был не так уж велик, но никакая заметная премьера без Татьяны Сергеевны не обходилась, и к каждой требовался свой «выход», что-то особое и эффектное... Был у Татьяны Сергеевны целый штат поставщиков и поставщиц из продавцов комиссионок, перекупщиков, фарцы. Что-то приносили, оставляли, иногда просили пристроить. И образовался у Татьяны Сергеевны «чуланчик», в который допускались те, кому она покровительствовала. Веточку довольно часто просили именно отнести кому-то туфли, отдать деньги или, наоборот, что-то срочно доставить Татьяне Сергеевне. Разумеется, все это были бесплатные услуги, но Татьяна Сергеевна тоже умела быть полезной: одаривала Веточку билетами, сувенирами, пила с ней чай и рассказывала интересные истории из актерской жизни. К слову сказать, эта самая Веточка бросила вскоре ветеринарное училище и поступила на филфак...

Старая домработница Татьяна, про которую сама Татьяна Сергеевна говорила, что прислуга перенимает у хозяев

192 все недостатки, но никогда — достоинства, не годилась для
такого рода деятельности: она страдала географическим
идиотизмом в столь сильной степени, что способна была
потеряться даже по дороге на Палашевский рынок, куда
ходила два раза в неделю с незапамятных времен, и для курьерской службы совершенно не годилась. Сама Татьяна
Сергеевна никогда не ходила пешком, панически боясь за-
блудиться. К тому же домработница была неряхой, о чем со
смехом говорила хозяйка: Танька вся в меня, убираться не
умеет, я за ней ее тряпки подбираю... А сама сбрасывала
свою дорогостоящую одежду на пол возле кровати...

Зато Татьяна Сергеевна, проживши всю жизнь в теат-
ральном мире, ненавидела коварство, и очень ценила преданность. Впрочем, про нее саму говорили, что она великая интриганка. Домработница Татьяна была не просто
предана, она полностью принадлежала хозяйке.

Довольно странную роль отводила она молодой де-
вушке Веточке, — не то воспитанницы, не то прислуги.
Ветеринар не так уж был рад этой странной дружбе дочери со светской дамой. Сам он в первые годы жизни Чучи
бывал в доме Татьяны Сергеевны довольно редко: собачка
была здоровая, он сделал ей положенные прививки и навещал изредка, для порядка.

А Веточка таскалась как на работу: Татьяна Сергеевна
звонила, и девочка уносилась. И чего общего у восемнад-
цатилетней скромной девочки из обыкновенной семьи и
старой львицы?

Девочка тем временем делалась с виду все менее скромной. В доме у Татьяны Сергеевны ей перепало несколько
удивительных вещей: настоящие джинсы за небольшую
цену, — размер был такой маленький, что хорошего поку-
пателя не находилось, — куртка из искусственной кожи с
клетчатым воротником, «снятая» ловким фарцовщиком с
японской туристки мелкого калибра. Родители несколько
удивлялись, но деньги давали: они были не бедными людьми, а дочка — единственная.

Иногда, когда Татьяне Сергеевне нездоровилось, Веточка выходила погулять с Чучей. Домработнице собачка не доверялась.

— Они же обе потеряются! — смеялась Татьяна Сергеевна и прижимала к груди лохматую собачью голову. Ела Чуча из хозяйской тарелки, спала с ней в одной постели, а к Павлу Алексеевичу относилась с тихим, но постоянным раздражением. Ничего не ценила Татьяна Сергеевна так высоко, как верность и преданность, которые Чуча без устали изъявляла.

Среди многих поставщиков, навещавших Татьяну Сергеевну, был и «книжник Юрик», немолодой заика со странными повадками. Когда Веточка однажды высказала свое недоумение по поводу его кокетства, Татьяна Сергеевна сразу же все объяснила:

— Веточка, он нормальный гомосексуалист, ничего в нем странного. Понимает в книгах, ходит в консерваторию, водится со всем этим кругом. Я с ним в театре познакомилась, он был дружок одного нашего. Он мне всех русских классиков в марксовских изданиях принес, «Брокгауза и Эфрона» приволок, весь серебряный век собрал... Павел Алексеевич ему книги по истории заказывает. Неоценимый человек.

Прошло года четыре, а, может, шесть. Веточка закончила филфак, Татьяна Сергеевна устроила ее на работу, по своему профилю: завлитом в новый театр. Теперь Веточка не только исполняла старую курьерскую службу — отвезти, привезти, купить по дороге «Беломор» или пачку творогу — они подолгу беседовали о театре, о театральной истории давнего и вчерашнего времени. Теперь и с Павлом Алексеевичем она беседовала: Татьяна Сергеевна так повысила ее статус! Он оказался человеком затейливым, тайный славянофил и монархист. У Веточки к тому времени появились и свои собственные тайные знакомые, но совершенно противоположного направления — диссидентского. Она как будто немного переросла свое детское

194 увлечение старой актрисой, относилась к ней критически, без былого детского обожания, но отношения их тем не менее оставались близкими и сердечными. Вскоре у Татьяны Сергеевны нашли болезнь, и теперь она, закуривая очередную папиросу, приговаривала:

— Сердцу моему «Беломор» гораздо нужнее, чем нитроглицерин. А еще нужнее дружба.

В шестьдесят пятом году Веточка вышла замуж, а Чуча заболела диабетом. На свадьбу Татьяна Сергеевна не пошла, но подарила бриллиантовое кольцо — старинное, с ясным белым камнем посередке и множеством мелкой осыпи вокруг. Чучу же посадили на уколы, по три раза в день.

Выйдя замуж, Веточка переселилась к мужу, на Петровку, в десяти минутах ходьбы от памятника Долгорукому, на которого смотрели окна квартиры Татьяны Сергеевны. Теперь Веточка получила ключи от квартиры старых артистов и по утрам, когда они еще не вставали, заходила и тихонько делала Чуче первый утренний укол. Умная собака, услышав щелчок замка, выпрыгивала из хозяйской постели, шла к Веточке и становилась к ней боком. Для дневного и вечернего укола приходила медсестра.

Здоровье у Татьяны Сергеевны и Чучи ухудшалось. Домработница Татьяна тоже еле таскала ноги и стала еще более бестолковой, чем прежде. Татьяна Сергеевна совершенно перестала выходить из дому: ни на премьеры, ни на концерты. Ноги отекали, стало трудно ходить. Она перестала красить волосы, подводить глаза, и только красной помадой, французской, из старых запасов, небрежно, иногда немного промахиваясь, проводила по губам. Ее знаменитые на всю Москву домашние кофты, сшитые из парчи, дерюги, среднеазиатских ручной работы шелков и даже гобеленов, износились, потерлись на груди, но это ее совершенно перестало занимать. Пожалуй, более всего ее огорчала болезнь Чучи, и даже не сама по себе болезнь, а глупая засевшая в голову идея, что она не переживет ее смерти. Веточка тоже стала бояться собачьей смерти. Отец-ветеринар часто навещал собаку, морщился, брал у нее анализы крови и мочи. И ничего хорошего не обещал.

Однажды, когда Веточка пришла утром делать укол, она обнаружила мертвую Чучу на коврике возле двери — собака с нечеловеческой деликатностью ушла из хозяйской постели, чтобы не тревожить любимую Татьяну Сергеевну фактом собственной смерти. Веточка взяла в ванной полотенце, завернула Чучу и унесла.

Татьяна Сергеевна приняла смерть любимицы гораздо спокойнее, чем ожидалось. Веточке она была благодарна, что та избавила ее от тягостного вида мертвой собаки и прощания. Спросила, что они с ней сделали, и Веточка рассказала, что похоронили ее на своей даче, в самом дальнем углу их маленького участка, под березой, и положили небольшой круглый камень.

— Беленький? — спросила Татьяна Сергеевна.

Веточка кивнула — камень действительно был светлым, почти белым.

Павел Алексеевич собирался на гастроли в Одессу. Детство Татьяны Сергеевны прошло в этом чудесном городе, и она решила поехать с мужем. Он страшно обрадовался: у него болела душа за стареющую Тусю.

Последние годы вдруг стала заметна разница в возрасте супругов, — всего-то пять лет. Мужская молодость, длящаяся у красавцев-мужчин, каким был Павел Алексеевич, чуть ли не до конца жизни, тайно раздражала Татьяну Сергеевну, и он, чувствуя это, немного стал ей подыгрывать, нагоняя себе возрасту — завязывая ботинки, театрально покряхтывал, часто говорил об усталости, сидел подле жены с томиком Ключевского в руках, отказывался от всяких предложений. Правду сказать, она всегда была главным режиссером их совместной жизни, он и не умел самостоятельно развлекаться. Какие еще актеру развлечения — каждый день всех развлекает!

Татьяна Сергеевна никуда не выезжала из Москвы уже лет десять. Последние четыре года она не выходила даже из дому. Пробовала, не получалось. Как выйдет, сразу начинается страшное сердцебиение. А теперь — решилась. По многим причинам: в доме было пусто без Чучи, да и Одессу вдруг безумно захотелось повидать.

Начала сборы — как в давние времена, когда совершала с театром гастрольные поездки. Вызвала для помощи Веточку. Достали чемодан, клетчатый, матерчатый, когда-то модный.

А она даже и не знает, что с тех пор уже появились новейшие, с внутренней матерчатой перегородкой, с тайными ремнями для удержания выглаженной одежды в неизменном состоянии, — подумала Веточка, но не сказала.

Накануне одна из последних сохранившихся поставщиц принесла Татьяне Сергеевне длинную шелковую юбку цвета вялой травы, и теперь она прикладывала к ней блузки и раздражалась, что ни одна ей не подходит. Потом вспомнила — повела Веточку в спальню, велела достать из нижнего ящика шкафа отрез чесучи, который хранился с незапамятных времен. Должен подойти. И действительно, он подошел — серовато-белый, с зеленой вышитой каймой.

— У вас машинка в доме есть? — спросила Татьяна Сергеевна, любуясь правильным сочетанием двух тканей.

— Есть, — ответила Веточка, и мысли не допуская о том, что последует дальше.

— Значит, сегодня надо сшить, чтобы завтра утром я могла бы в ней ехать.

Веточка села на подвернувшийся табуретик карельской березы.

— Да я шить не умею! Я в жизни к машинке не прикасалась! — воскликнула она в отчаянии.

— Веточка, нет никакого выхода. У тебя хорошие руки, хорошая головка, подумаешь, — большое дело! — блузку сшить.

Она кривила душой, она отлично знала, что именно блузку сшить — большое профессиональное дело. Но в театральных мастерских, которые всегда были к ее услугам, уже никого не было, а уезжали они завтра утром.

Сначала Веточка наотрез отказывалась, потом, уступая, уже говорила о том, что ей в жизни не скроить, не вшить рукава, не прометать петли.

— Ничего страшного. Я сейчас распорю старую блузку, она хорошо сидит. Совсем простая блузка, никакого особенного фасона. Ты приложишь ее на ткань, булавками приколешь и точно вырежешь. Петли не прометывай, просто пришей кнопки, — и она открыла перламутровый ларчик, достала бумажку с пристегнутыми к ней металлическими кнопками. — Рукава, черт с тобой, можешь не вшивать. Пусть будет безрукавая.

— Да не смогу я, Татьяна Сергеевна, не умею я шить, — все пыталась отразить безумный напор хрупкая Веточка.

Татьяна Сергеевна с решительным лицом сдернула с вешалки красную шелковую блузку и приказала:

— Пори!

— Да я и пороть не умею! — пискнула Веточка.

Татьяна Сергеевна достала ножницы, и стала вырезать блузку из ее швов, натягивая ткань под самые лезвия ножниц.

— Умею, не умею! Когда надо, каждый сумеет!

Она швырнула Веточке импровизированную выкройку:

— На швы по сантиметру прибавишь! Рукав, если не сможешь, не вшивай.

Когда Веточка уходила, подбадриваемая Татьяной Сергеевной, растерянная, униженная этим глупым барским приказом, и уже взялась за дверной замок, Татьяна Сергеевна вдруг замерла в раздумье, так что Веточке даже показалось, что она сейчас засмеется, раздумает, скажет, что пошутила, и не надо никакой белой блузочки с зеленой каемочкой... Но нет, поворот был совсем иной.

— Подожди минуточку, — и Татьяна Сергеевна вернулась в спальню, вынесла на вытянутых белых руках кусок простого черного штапеля и сказала тихо и просительно:

— И еще одну блузку надо, черную. Но эту — с длинными рукавами, пожалуйста...

Веточка даже ничего не ответила, пошла пешком домой, представляя себе, что ей сейчас скажет муж, человек исключительно покладистый, но загорающийся раздражением вот в этой самой единственной точке — на Татьяне Сергеевне...

Всю ночь Веточка кромсала, сметывала и строчила. У нее были самые приблизительные представления об этом ремесле, но, к счастью, машинка у свекрови была умнейшая: старый Зингер, послушный, чуткий, несложный. Шаг иглы регулировался простым поворотом маленького колесика, и шла она мягко, не собирая ткани. Веточке пришлось, конечно, кое-что и подпороть, и потом строчить снова, но к половине четвертого утра вся кайма на блузочке легла как надо, кнопки пришиты были соответственно, тоже не с первого раза, и она с удовольствием смотрела на свою работу. Спать от азарта не хотелось. Она взяла черный штапель и подумала, — все-таки дура я, надо было с простой, с черной начинать...

И вторая работа пошла быстрее первой, так что к утру были готовы обе, — и белая, и черная. Черная была с рукавами. Правда, рукава заканчивались не манжетами, а были по-деревенски просто подрублены.

«Сойдет», — разрешила себе Веточка.

Она даже успела час поспать перед тем, как идти относить работу.

Татьяна Сергеевна встретила ее торжественно. Она приняла из рук сверток с блузками, и, не разворачивая, сказала:

— Что ж, Веточка, ты верный человек. Зачтется.

И они уехали с Павлом Алексеевичем в Одессу. Их там торжественно, с цветами встретили, отвезли в гостиницу, и они вышли пройтись по Приморскому бульвару, который Татьяна Сергеевна так любила с детства. Она была в зеленой юбке и в вышитой блузке. Отошли от гостиницы всего метров на десять, и она упала вперед лицом и мгновенно умерла.

В Одессе была суматоха, жара, гастрольные спектакли, которые никто не отменял. Павел Алексеевич плакал с утра до вечера, а вечером гримировался и выходил на сцену. Татьяну Сергеевну в свинцовом гробу отправили поездом в Москву. Похороны были в Москве, а отпевание в храме Ильи Обыденного.

Пришла вся артистическая Москва, дамы в черном, некоторые в шляпах, поглядывали друг на друга, кто в чем пришел. Стали прощаться. Веточка подошла к гробу и заглянула в маленькое мутное окошечко. Красивого лица видно не было, ничего видно не было, кроме кусочка черного штапеля от той блузки...

Менаж а труа

Овдовела Алиса очень рано, в двадцать семь лет, и с тех пор несла свою осыпающуюся красоту невостребованной. Так случилось, что после смерти мужа она осталась в семье его первой жены Фриды и их сына Бореньки.

Их общий муж, — сначала Фридин, а потом Алисин, — писатель Беньямин Х., пишущий на языке идиш, был человек-энтузиаст. Восторженное состояние было присуще ему, как нос, рот, два уха. Многие по этой причине считали его идиотом, но таковым он не был — просто он так страстно, истово и яростно любил жить, что люди более умеренные раздражались. Помимо радости жизни, у него еще было особое дарование: он любил литературу. Русскую, французскую, польскую, финскую — любую, которая попадалась в руки. Он читал и все прочитанное помнил. И писал на языке идиш. Прочтет пьесу Ибсена, и напишет похожую на языке идиш. Прочтет дагестанского поэта, и тоже немного похоже напишет на еврейском. До войны было еще можно писать на идиш, хотя и немодно.

Первая жена Фрида тоже любила литературу, но была менее восторженна: у нее были любимые авторы, не все подряд, а языка идиш она знать не желала, хотя и знала в силу происхождения. Собственно, они и сошлись на литературной почве: оба ходили в поэтическую студию при молодежной газете в городе Харькове. От этой любви к литературе родился Боренька в двадцать четвертом году, а в тридцать третьем отца ребенка настигло новое чувство, о чем он написал множество стихотворений на языке идиш, совершенно неизвестном изумительной Алисе, которая из всех иностранных языков знала втайне только какой-то чухонский, ибо родом была из Ингерманландии, ныне Ленинградская область.

Отсюда следует, что пленилась она не талантом писателя, а чем-то иным, более существенным, и стремительно вышла замуж за разведенца, бросившего прежнюю жену и сына. Кроме мужа, Алиса любила животных, особенно пушистых кошек и домашних птиц, среди которых предпочитала канареек, и вышивание. Она прелестно вышивала очень сложные картины — аппликации. Теперь таких никто уже не делает, потому что старомодными они были еще до той войны.

Оставшаяся не у дел в семейном смысле Фрида с сыном уехала в Москву к брату Семену, занимавшему большой пост в каком-то министерстве, не то лесном, не то угольном и устроилась, благодаря брату, на работу. Она была женщина передовая, ревность считала мещанским атавизмом и подавила ее железной рукой практически в самом зачатке. Они жили с Боренькой бедной, но культурной жизнью: много читали, ходили в театры, на концерты и на диспуты.

С бывшим мужем Фрида состояла в оживленной переписке, муж писал ей письма на идиш, она отвечала на русском. Разъехавшись по разным городам, благодаря постоянной переписке они делались друг другу все ближе... Духовная близость выше физической — уверилась Фрида. Хотя материальное она ставила выше духовного, твердо зная, где базис, а где надстройка, но в своем личном случае, вопреки логике, предпочитала доставшееся ей духовное утраченному телесному... Похоже, муж с ней был согласен: иначе не писал бы ей столь длинных и подробных писем.

Сын Боря приписывал слова привета. Как и родители, он рос книгочеем и любителем всяческой словесности, особенно в письменном виде.

В тридцать пятом году бывший муж Беньямин написал Фриде очень горькое письмо о непонимании происходящего. Энтузиазм его поколебался. Его откуда-то выгнали и куда-то не взяли. К тому же, он где-то не совсем удачно выступил, неправильно был понят, и долгое время приставал ко всем, кто соглашался его слушать, с объяснением произошедшего недоразумения. Он тряс чудесными кудрями, зачесанными назад и спадавшими художественно набок, вопрошающе раскидывал совершенной красоты руки, но люди шарахались, никто не хотел его выслушать и понять правильно. Фрида, конечно, могла. Но уж никак не Алиса — она была слишком молода и красива для понимания чего бы то ни было, к тому же не еврейка. А нееврейка не может понять трепет иудейской души. Тем более, что Алиса была женщина северная, с очень ей подходящей профессией белошвейки, и даже была дочерью белошвейки, имевшей свое собственное небольшое дело в Петербурге в те времена, когда кружева исподнего еще не вошли в противоречие с грубым сукном эпохи. Корни алисины были, таким образом, совершенно буржуазные, но красота ее от этого обстоятельства не проигрывала. Скорее, наоборот.

Итак, Алиса не понимала языка, на котором писал ее муж, не понимала сложности отношений, в которые он был вовлечен, но она очень его любила: он был красив, добр, весел, совершенно ничего от нее не требовал и, теряя день ото дня могучий дар радования жизни, в ней одной, в гладкой поверхности и сладкой изнанке ее молодой красоты получал последние, но неопровержимые подтверждения своему иссякающему оптимизму.

Когда атмосфера в Харькове стала непереносимой, писатель поехал в Москву, чтобы посоветоваться о даль-

нейшей жизни с Фридой и даже, может быть, с ее высоко-
поставленным братом Семеном.

Любящая Алиса одного его не отпустила, решили
ехать вдвоем. И в конце мая тридцать пятого года Беньямин позвонил в звонок избитой ногами двери в Варсонофьевском переулке. Четыре раза. Открыл дверь сын Боренька. Бросились друг другу в объятия.

— Кто там? — кричала из комнаты Фрида, которая вечерние часы жизни проводила с книгой в руках. Желатель-
но, не отрывая зада от потрескавшейся кожи дивана.

— Папочка приехал! — восторженно орал Боренька,
не обращая ни малейшего внимания на красотку, выгля-
дывающую из-за плеча отца.

— Фриделе, это мы приехали, — провозгласил бывший муж.

Фрида, мгновенно подавив мещанский атавизм,
взбрыкнувший в сердце при виде белокурой головы в ду-
рацкой черной шляпке, выглядывавшей из-за спины Беньямина, вскочила с дивана, роняя книги: она любила читать несколько книг одновременно...

— Ой, у меня как раз есть банка тушенки, — взяла себя в руки бывшая жена. Она все-таки была человек из так
и не наступившего будущего.

Первые два дня Фрида спала валетом с сыном на его
подростковой кровати, уступив диван гостям, потом пе-
редвинули шкаф, разгородив большую комнату надвое,
купили раскладушку и зажили одной семьей.

Писатель с гаснущим энтузиазмом ходил по знакомым, сплошь писателям и актерам, надеясь понять, какая
такая произошла ошибка и отчего столь прекрасно заду-
манная жизнь пошла в неправильном направлении.

И снова, как в Харькове, люди стали его избегать, все
торопились, и у него создавалось впечатление, что все они
знают нечто важное, о чем ему не говорят... Но, главное,
эти самые люди, которые не хотели с ним разговаривать,
исчезали... Кое-как пережился год.

204 Пьесы, рассказы и стихи давно уже не принимали в редакциях, и он чувствовал себя все хуже и хуже, поседел, постарел и выглядел не на свои боевые пятьдесят, а на все семьдесят: болело сердце, отнимались то руки, то ноги, а в зиму тридцать седьмого года выпали ни с того ни с сего совершенно здоровые зубы.

Высокопоставленный Семен отказался встречаться с Беньямином, которого и прежде считал балаболом, а теперь, когда он так бесцеремонно вторгся в жизнь оставленной им семьи, и вовсе не желал его видеть. Брат Семен был с принципами, которых не хватало другим.

В марте Беньямин слег. Жены ухаживали за ним. Пришел доктор, послушал сердце и велел немедленно вызвать «скорую помощь». Для госпитализации. Но сделал укол. Жены решили вызвать «скорую» завтра утром, но среди ночи опять начался приступ. «Скорая» приехала и увезла его в Первую Градскую больницу.

Фрида с Алисой еще не успели лечь спать, как приехала еще одна машина, а в ней двое в военном, двое в штатском. Жены объявили, что Беньямин только что увезен в больницу. Тогда четверо сделали вялый обыск, забрали все рукописи, нанеся неопределимый урон еврейской литературе, и ушли. Арестовать его не успели: он сбежал от них в недосягаемые места — умер в самый час их прихода, не доехав до больницы. Веселый мальчик Боря, унаследовавший, как все считали, отцовский дар беспричинной радости, с той ночи так крепко замолчал, что кроме «да» и «нет» ничего от него не слыхали.

Шкаф на место так и не вернули: Алиса жила теперь за шкафом одна, без писателя, и обе они стали вдовами. Вдовство в каком-то смысле уравняло обеих женщин в их правах на мужа, но по древнему закону, о котором давно уже знать не знали, а он неотменимо действовал, ответственность за младшую приняла на себя старшая. Фрида ходила на службу. Алиса убирала комнату, варила суп и вышивала.

Фрида легче переносила утрату: все-таки муж от нее уходил постепенно — сначала к другой женщине, но и то не целиком, а частично, — душевная связь и понимание оставались крепкими, даже, может, более крепкими, чем прежде, — а уж потом, когда Фрида привыкла к его частичному отсутствию, или неполному присутствию, — он исчез окончательно.

Вечером после ужина Фрида ложилась с потрепанным томиком Анатоля Франса на раскладушку, — диван остался за Алисой, — Алиса присаживалась рядом с вышиванием. Фрида зачитывала Алисе самые замечательные пассажи из «Восстания ангелов», а Алиса вдруг замирала с иглой, не прокусившей насквозь ткань, и вытирала слабую северную слезу — вот и Беньямин тоже любил ей вдруг прочитать что-то вслух! Если Фрида замечала такое, она приподнималась на локте, и свободной рукой гладила молодую женщину по светлым, с деревенским желтым оттенком волосам. И тогда Алиса прижимала к себе Фридину тяжелую руку и тонко посапывала, как спящий ребенок.

Фридина жалость в Алисе была двойная: она еще немного жалела ее от имени Беньямина, и Алиса в этой жалости нуждалась. Боря, напротив, отшатнулся от матери и даже по волосам себя погладить не давал — стал дикий и чужой.

Однажды Фрида проснулась ночью от тихого детского сопения и поняла, что Алиса за шкафом плачет. Она проскользнула в закуток, села на диван, и Алиса взяла ее руку и приложила к своему лбу.

— Ты что, заболела, Алиса? — Фрида не умела говорить шепотом, она только приглушила свой ораторский голос. — Может, чаю согреть?

— Холодно, — прошептала Алиса. Фрида, топая большими босыми ногами, пошла к своей раскладушке, взяла одеяло и, покрыв его поверх Алисиного, легла рядом. Они долго целовались. Фрида гладила худые плечи бедной

206 Алисы, а потом немного покусала ее детское ухо с синей сережкой. Так Беньямин любил когда-то покусывать женские уши...

Вскоре после смерти Беньямина Алисе несказанно повезло, ее взяли в Большой театр в пошивочную мастерскую. Там было несколько старых мастериц, но одна умерла, вторая вышла на пенсию, и Алиса оказалась примой в изготовлении пачек. Лучшая из солисток сразу же распознала в ней большого мастера. Алиса получила хорошее жалование.

Постепенно в доме завелись две кошки, несколько цветов в горшках и занавески, которые Фрида отрицала как явление буржуазное. От Алисы исходило тихое тепло и кошачий уют. Боря приходил из школы, Алиса прибегала из театра — рядом, пешком десять минут всего — расстилала красивыми руками наскоро вышитую уже здесь, в Москве, скатерку, ставила перед Борей одну из двух — Фрида была воинственно и принципиально бесхозяйственна — имеющихся в доме фарфоровых тарелок и кормила своего пасынка, чем могла, любуясь со спины его затылком: вылитый отец...

Два семейных фотопортрета — Беньямин с Фридой в двадцать восьмом году и Беньямин с Алисой в тридцать четвертом подтверждали сходство сына с отцом и в других ракурсах.

Почти год женщины прожили, утешая и поддерживая друг друга и воспитывая Борю, который в этом нисколько не нуждался и даже противился.

Брат Фриды Семен, остро возненавидевший Беньямина за его бесстыжее вторжение в старую семью с новой женой, перестал навещать сестру, считая ее рохлей и тютей. Теперь он снова потеплел к сестре, зашел в Варсонофьевский переулок. У него было намерение вышвырнуть эту нахальную приживалку, но, увидев Алису, расчувствовался. Она показалась ему очень нежной и трогательной. Он даже произвел какие-то нехитрые жесты ухаживания, но Алиса смотрела на него испуганными и почтительны-ми глазами, так что он решил зайти еще раз более подго-товленным, с конфетами, например. Фрида уловила тай-ное намерение брата и рассердилась. Когда он ушел, упрекнула ни в чем не повинную Алису в кокетстве, и та заплакала. И еще горше плакала ночью, и Фрида ее хоро-шо утешила. Обе они уже знали, в какое преступное мес-то их занесло, но покойный муж каким-то успокоитель-ным образом присутствовал между ними: он ведь их обеих любил...

Фрида, зная слабости брата, была уверена, что Семен вот-вот появится с каким-нибудь подношением вроде коробки конфет и ждала его с заготовленным отпором. Но вместо него прибежала его жена Анна Филипповна с сообщением, что Семена арестовали. Еще через два дня забрали и Анну Филипповну. Двух Фридиных племян-ниц, десятилетнюю Нину и шестилетнюю Лиду, а также сестру Анны Филипповны, слабоумную Катю, тоже увезли. Брат оказался причастным к какому-то ужасно-му заговору и находился в тюрьме. Квартира стояла опе-чатанной.

Фрида забегала, захлопотала. Хотела разыскать пле-мянниц и забрать к себе — уверена была, что их помести-ли в детский дом. Бегала Фрида почти две недели, но, видно, так всем надоела, что девочек не выпутала, а сама пропала. Забрали ее прямо из того учреждения, где обива-ла пороги, чтобы найти племянниц.

Боря еще не успел определить в своем сокрушенном мире ни масштаба, ни смысла этих событий, — несосто-явшегося ареста и смерти отца, — как произошло совсем уж невместимое: арест матери.

В один день все поменялось, от прошлой жизни оста-лась одна плачущая Алиса. Боря проплакал с ней целый вечер, потом заснул крепким сном, а утром, проснувшись, решительно поменял свою жизнь. Начал с того, что ушел из школы и устроился учеником слесаря на изоляторный завод, а через два месяца его зачислили на рабфак. Ему было пятнадцать лет, ростом он был высок, хотя худ, узкоплеч и с виду нескладен, но руки были вставлены правильно, и голова работала тоже правильно: понял, что задача его — выживание.

Любовь к словесности решил отложить до лучших времен, а пока получить профессию слесаря и зарабатывать деньги, чтобы помочь матери выжить. Алиса сразу почувствовала, кто в жизни главный, и с облегчением уступила мальчику общее руководство. Единственное, на чем Алисе удалось настоять — самой наводить все справки об арестованных. Чтоб мальчику целее быть.

Новость, однако, пришла из газет: закончился процесс, по которому привлекался Семен, трех главных заговорщиков приговорили к высшей мере, остальные получили по двадцать пять лет. Через две недели Алисе сообщили, что Фрида и Анна Филипповна находятся в Казахстане, под Бугульмой, в лагере ЧСИР — членов семей изменников родины.

Алиса стала собирать посылку, а еще через месяц пришло от Фриды первое письмо из Казахстана.

По ночам Алиса больше не плакала, да и утешать ее было некому — полночи шила, выполняла частные заказы, которые брала в театре, а потом спала коротким сном. Вставала рано, потому что Боря в шесть часов уже выходил из дому, и она кормила его перед уходом.

Алиса, от рождения привязанная к жизни слабыми нитями, болевшая все детство неопределенной болезнью, от которой медленно умирала, но, в конце концов, выздоровела, в эти годы окончательно разлюбила жить. Вечерняя, в минуту засыпания мысль о том, что можно однажды уснуть и не проснуться, была из самых заветных. Умерла бы, умерла бы — и даже способ выбрала. Женский, красивый: с моста — она представляла себе любимый Матвеевский мост на Крюковом канале — маленький прыжок, короткий полет, и в воду. И вода уносит ее далеко, далеко, где все совершенно нечувствительно... Она была обижена на мужа, который ее бросил здесь одну, на Фриду, оставившую ее одиноко доживать всю неудавшуюся, совершенно не нужную ей жизнь.

Только Боря держал ее здесь, в Варсонофьевском переулке. Мрачного мальчика надо было кормить по утрам и вечерам, стирать рубашки и гладить их маленьким белошвейным утюжком, и перешивать ему одежду из сохранившейся отцовской, и напоминать, чтоб сходил в баню... Никак нельзя было его совсем одного оставить. Она лелеяла вечернюю мысль о Матвеевском мосте, решила, что дождется возвращения Фриды, сдаст на руки сына и уедет, уедет... улетит, уплывет.

Полтора года, с ареста матери до начала войны, Боря находился в перемежающейся лихорадке разлада: вся страна жила бодрой и героической жизнью, и отцовская кровь энтузиаста и жизнелюба звала его быть в гуще радости, труда, вечного мая, а обстоятельства семейной жизни — смерть отца, столь похожая на бегство, арест дяди Семена и матери, нелепость и чудовищность ошибок — выбрасывали его на обочину всеобщего праздника, делали его виноватым без всякой вины.

Начавшаяся внезапно война освободила его от этого непереносимого груза, и двадцать четвертого июня, легкий и счастливый, проведший двое суток в военкомате, добиваясь отправки на фронт — молодой, восемнадцати лет не достигший, необученный, кое-как обмундированный, как и все остальные мальчики, набившиеся в вагон с зарешеченными окнами, использовавшийся за неделю до этого для перевозки заключенных, он ехал на фронт. Но не доехал. Состав разбомбили под Оршей, и прямое попадание авиационной бомбы избавило Борю от геройской смерти, крови и грязи войны, от окружения, плена, концлагеря, выстрела в затылок.

В эти первые недели войны стояла такая жестокая неразбериха, что известие о его гибели Алиса получила только через два месяца. До Фриды это сообщение дошло к началу ноября.

Точно так же, как держало Алису на земле присутствие рядом Бори, стало держать его отсутствие. Теперь ей надо было дождаться Фриду. И Алиса, превозмогая отвращение к жизни, жила, чтобы сохранить Фриде ее дом, ее комнату и книги, диван и фотографии на стене. Но в минуту засыпания, не позволяя себе воплотиться в завершенную мысль, мелькал туманно и призывно Матвеевский мост на Крюковом канале возле Новой Голландии.

Театр эвакуировали в Куйбышев. Алиса осталась в городе. Ей опять повезло с работой — устроилась в госпитале, развернутом при медицинском институте. Теперь она была кастеляншей, заведовала бельем — рваными простынями, желтыми от автоклавирования халатами, пододеяльниками и наволочками, кальсонами и рубахами. И была сыта больничной кашей и супом, а хлеб сушила с солью и отправляла Фриде в фанерных посылках до пяти килограммов весу.

Благодаря этим посылкам Фрида дотянула до сорок четвертого года — пятилетний срок, полученный за неудачное родство, закончился. Вернуться в Москву ей не разрешили. Оставили на поселении под Бугульмой. Только в конце сорок шестого года Алиса смогла добраться до Фриды. В седом, беззубом, с темным лицом существе в ватных штанах и телогрейке Алиса не сразу узнала подругу. Алиса совсем не изменилась: та же детская худоба, природная бледность и деревенская желтизна волос. Фрида прижала ее к груди. Алиса, наконец, заплакала. Фрида ее утешала.

Фриде было сорок шесть, Алиса была на десять лет моложе. Обе потеряли все, кроме друг друга.

Алиса хотела переселиться в Казахстан, поближе к подруге. Фрида ей запретила. Только в пятьдесят первом году Фриде удалось перебраться в центральную Россию, в чудесный город Ярославль. Теперь Фрида работала на шинном заводе, и Алиса приезжала к ней каждую неделю.

В пятьдесят четвертом году Фрида вернулась в свою комнату в Варсонофьевский переулок. На третий день после возвращения Алиса повела Фриду в Большой Театр, где Алиса снова работала, на «Лебединое озеро». Танцевала молодая солистка Майя Плисецкая, на ней была пачка, сшитая костлявыми ручками Алисы...

К этому времени стало известно, что Семена расстреляли, а Анна Филипповна умерла от язвенного кровотечения. Неугомонная Фрида, приехав домой, начала с того, чем кончила пятнадцать лет тому назад: поплелась на Лубянку — все рядом, хорошими ногами пять минут ходу — наводить справки о племянницах. Вскоре одна из них, младшая Лида, обнаружилась в Новосибирске. Собрали ей денег на билет, она приехала. Оказалась совсем чужая, грубая и неумная. Да и тетка, лагерная кошелка, Лиде не понравилась. Так что разъехались, как и не встречались.

Фрида с Алисой увеличили портрет Бениамина и повесили над кроватью. Боречкиной хорошей фотографии не сохранилось. Последняя была еще школьная, там ему было пятнадцать лет и видно, как он похож на отца. Но она была любительская и такого плохого качества, что увеличить ее отказались.

У Фриды были больные ноги, даже инвалидность дали. Она ходила, прихрамывая на обе, и Алиса, когда могла, выходила с ней и вела под руку. А тяжелые сумки всегда несла Фрида. Готовила еду, конечно, Алиса. Фрида часто читала ей вслух. Алиса была по-прежнему хрупким существом и нуждалась в утешении. А Фрида нуждалась в том, чтобы кого-нибудь утешать.

Последний костюм их общего мужа, темносиний в полоску, Алиса перешила Фриде — жакет и юбка с двумя

212 вставками из другой, но похожей материи — по объему не проходило. В этом костюме Фриду и похоронили в шестьдесят седьмом году. На следующий день после похорон Алиса уехала в Ленинград. И исчезла...

Писательская дочь

Был дом, какого не было ни у кого. Там были стеллажи с выдвижными стеклами, золотые корешки, альбомы, бумажные собрания, многие с отмененной буквой «ять», — среди них, как впоследствии выяснилось, Мережковский и Карамзин, гравюры на стенах, картины, потертые ковры, мебель красного дерева, тяжелые столовые приборы на круглом столе с частоколом ножек, способных разбегаться и превращать стол в огромный овальный, и люстра с синей стеклянной грушей в окружении хрустальных слез и запах мастики, пирога и крымских трав, стоящих в глиняных горшочках на полках под потолком, и две девочки, столь же диковинные, как и весь дом, и няня Дуся, приземистая, с бородавкой, в фартуке с протершимся брюхом, и мать девочек — писательница, лауреат Сталинской премии, с мышиными глазами, желчная, умная и страстная. Назовем ее Элеонора. Главный роман ее, посвященный молодой партизанке, погибшей от рук фашистов, был включен в школьную программу, по нему писали сочинения и изложения.

Мелкий крючок был модулем, по которому была построена Элеонора: он просматривался в загнутых вверх чуть ниже ушей жидких патлочках, в розовом носике, в манере подгибать последнюю фалангу пальцев, в рисунке ушной раковины. Крючок присутствовал во всем ее стро-

214 ении. Возможно, не только тела... В ней не было ни тени миловидности, женственности в привычном понимании слова, но была острота и притягательность, объяснить которые пытались многие мужчины, на ее крючок клюнувшие. Впрочем, они пытались расшифровать тайну ее притягательности уже «postfactum», когда бурный роман заканчивался. Заканчивался не в ее пользу — всегда. Если не считать трех ее внебрачных детей, про которых трудно было сказать, что же они собой представляют: победу страсти над мещанскими понятиями униженной советской жизни, знак женского поражения или героический подвиг, а, может, хитрый расчет, никогда не оправдавшийся... Первый ребенок Элеоноры умер во младенчестве, еще до войны. Известно, что был мальчик. Девочки, Саша и Маша, каждая с романтической предысторией, со скандальной прелюдией, рождены были от разных мужчин. Старшая, отца не помнившая, родилась в первый год войны. Младшая запомнила, как однажды высокий седой человек принес большой мяч, играл с ней, а потом мяч закатился под кровать, и он полез его доставать, и две длинные ноги пришедшего протянулись через всю комнату — от стены до стены, как ей показалось.

Когда он ушел, нянька безжалостно сказала трехлетней: Маша, запомни, это был твой отец. И Маша запомнила. Нянька, как выяснилось с годами, оказалась права в своей простонародной жестокости. Это был единственный приход седого мужчины в дом. Не ляпни тогда нянька по бабьей болтливости, может, и вовсе не запомнила бы девочка жесткого лица своего знаменитого отца. Он был палаческой породы, которой развелось от советской власти множество, коммунист и алкоголик, похоже, что с остатком совести, и покончил с собой через некоторый критический срок после смерти Сталина. Интересная небольшая задачка, которую уже никто не разрешит: потому был пьяница, что были в нем остатки совести, или, наоборот, пьянство и связанные с ним страдания не давали окончательно разрушиться эфемерному предмету, называемому совестью. Говорили, что попался на улице кто-то из тех, кого он посадил, уличил негромко, при случайной встрече, и какая-то вернувшаяся из ссылки вдова чуть ли не плюнула в лицо... И он пришел домой, выпил последнюю в своей жизни бутылку водки и застрелился в кабинете государственной дачи, которую выдали ему за верную службу.

И тогда гордая Элеонора надела черный костюм, сшитый в лучшем московском ателье, закрытом, конечно, и повела маленькую дочь постоять ко гробу, возле которого стояли законные дети и законная жена. Дерзость необыкновенная со стороны бывшей любовницы, хоть и лауреатки Сталинской премии. Как ни верти, она была человеком больших дарований и крупных жестов. Машу тоже вырядили в черное, и из всех детей самоубийцы она единственная была похожа на него как две капли воды — восточным разрезом глаз и их льдистым оттенком, острым подбородком и острыми ушами, которые она еще не научилась укрывать волосами.

Между первой встречей, с мячом, и последней, с гробом, была еще одна встреча, промежуточная. Три девочка — Саша, Маша и их незначительная подружка Воробьева шли по тропинке на задах писательского дачного городка, а навстречу им шел высокий человек. Солнечный свет бликовал на его голове, и сестры вяло спорили: седой он или лысый? Поравнявшись, замолчали.

— Седой! — заключила подружка. Сестры шли молча, не глядя друг на друга, как будто вовсе забыли о причине спора. Наконец, Маша, кривя рот не то в улыбке, не то в горестной гримасе, тихо сказала:

— По-моему, это был мой отец.

— Мне тоже показалось... — отозвалась сестра.

Неписательская девочка-подружка, из мира публики, машина одноклассница Женя Воробьева, ужаснулась — как? Отец родной прошел мимо своей дочери, не узнав?

Девочки дружили с первого класса, и Воробьева всегда чувствовала, что Маша чем-то особенная, отличается от всех других, и особенность эта была возвышающая. Дело было отчасти в их особом доме, и в знаменитой маме, в шофере Николае Николаевиче, который возил семью на писательскую дачу. Но не только, далеко не только в этом. Было еще нечто неуловимое, склоняющее незамысловатую девочку к обожанию Маши. И оно оказалось вот чем — ужасным и таинственным, в голове не умещающимся обстоятельством: у нее была биография, в то время как у других никаких биографий не было. Мало ли у кого в классе не было отцов — но прочие отцы просто погибли на фронте или пропали без вести. Здесь — другой, особый случай... машин. И семейная триада, основа мира — папа, мама и я — оказалась повержена этим особым случаем...

Но как захватывающе — страшно и прекрасно — иметь отцом таинственного незнакомца, тем не менее известного всей стране по портретам, с сияющей на солнце головой, высокого и острого, от ушей до коленей, а не полноватого, среднего с натяжкой роста папу, рассказывающего анекдоты про то, как приходит муж с работы, и дольше всех хохочущего над собственными рассказами...

В молчании вернулись на дачу. Расселись у стола на веранде. Играть ни во что не хотелось. Воробьева высыпала из мешочка пронумерованные бочонки лото и начала их перебирать.

— Положи на место, что ты все трогаешь, Воробей? — прошипела Маша.

Девочка замерла в удивлении, зажав в пальцах два бочонка с 11 и 37.

— Ты, Воробей, все лапаешь и лапаешь своими руками! Положи на место и ничего здесь не трогай! Зачем только тебя пригласили! — Маша покраснела, рот криво дернулся.

Бочонки выпали из рук подружки. Она сгорбилась, закрыла лицо руками.

— Ты что, Маш, взбесилась? Чего такое она лапает? — удивилась Саша. Девочка эта была ей совершенно неинтересна, и защищала она не чужую подружку, а справедливость.

Маша сжала кулачки и замахала яростно и беспорядочно.

— Пусть убирается! Пусть уходит, откуда пришла! Почему она все время за мной таскается! Всегда таскается!

Маша сбросила со стола лото, бочонки с веселым стуком раскатились по веранде, картонные карточки шлепнулись и распались красивым веером. Маша, визжа, вскочила и начала топтать ногами картонки. Воробьева смотрела на ее искаженную красоту, хотела уйти, но не могла встать — была как в обмороке.

Распахнулась дверь — в дверях стояла маленькая, заряженная огромным гневом Элеонора:

— Что здесь происходит? Что за вопли? Что вы кричите? Я прошу только одного! Тишины! Что вы здесь устраиваете! Я работаю! Неужели вы не можете понять? Я работаю! Сумасшедший дом!

Они стояли друг против друга, дочь и мать, и вопили, и махали кулачками, не слыша друг друга и меняясь в цвете: белокожая дочь наливалась клубничным, смуглая мать — вишневым... Саша стояла между ними белая и неподвижная, как стена. Вопли довольно музыкально, в терцию, поднимались все выше и выше, и когда подниматься уж было некуда, Саша схватила большой белый кувшин с несвежим букетом полевых цветов и швырнула его между ними. Он глухо раскололся, запахло протухшей водой, и все замолчали.

Воробьева, пятясь, тихо ушла с веранды.

Потом девочки разъехались по лагерям. Первый раз в жизни. Маша и Саша в Артек, а Воробьева — в обыкновенный пионерский лагерь подмосковного завода, где простым инженером работал ее отец. Мама у Воробьевой тоже была простая: врач в поликлинике...

Все пионерские лагеря были на первый взгляд одинаковы: линейки, подъем и спуск флага, белый верх, черный низ, штапельный треугольник красного галстука, пионерские костры и бодрая песня «Взвейтесь кострами, синие ночи, мы пионеры — дети рабочих...»

Но дети рабочих и простых инженеров, в отличие от пионеров артековских, отборных и качественных, пользовались коммунистическими благами попроще и подешевле. Вместо моря им предлагалась маленькая речка Серебрянка, бывшая Поганка, хлеба по два куска к обеду и сахара — по два куска к завтраку, а не кто сколько захочет, как в Артеке. Спали поотрядно, по двадцать человек в палате. Зато погода в то лето в Подмосковье была прекрасная, свежие саморастущие сосны на территории заводского лагеря были ничуть не хуже бочковых пальм, понатыканных на аллеях Артека, и Женя Воробьева первые два дня лагерной жизни чувствовала себя отлично. Единственное, что омрачало ее девичью жизнь, была деревянная уборная, в которой на длинной доске было вырезано восемь круглых дыр, но никаких перегородок между ними не было. И она все никак не могла остаться одна, а ей для исполнения естественной нужды требовалось почему-то благородное одиночество. На третий день она даже сбежала во время мертвого часа с территории лагеря в близлежащий лесок, чтобы, там, на природе, подчиниться неизбежному закону природы. Но ее побег был немедленно обнаружен, по лагерю подняли сигнал тревоги, и она была изъята из-под кустика с большим позором. Больше она таких попыток не делала, но и рассталась с мечтой освободить свой застенчивый кишечник, который все отказывался работать при стечении народа, хотя и женского.

Живот сильно болел, есть она совсем перестала, а за два дня до окончания смены она потеряла сознание, и ее отправили в Можайскую больницу, где ей сделали полостную операцию, и она выздоровела довольно скоро, так что на занятия в школу опоздала всего на десять дней.

Артековский загар еще не сошел с Маши, когда бледная Воробьева появилась на занятиях. Маша ждала возвращения подруги с нетерпением, переполненная рассказами о пионерском лете. Воробьева слушала со вниманием восторженные рассказы об острых радостях и наслаждениях Артека, об испанской девочке Терезе, дочери политэмигрантов, и о другой девочке, дедушка которой сидит в американской тюрьме, потому что борется за мир, и про письма, которые они писали всем отрядом в дружественную Болгарию, в такой же пионерский лагерь, но на другом берегу Черного моря. Маша даже хотела отвести Воробьеву в кабинет географии, чтобы показать, где именно находится город Варна, в котором дружественные болгарские девочки отвечали им на приветственное письмо. Воробьева не удивлялась интересности машиной жизни, это было естественно и в своем роде даже справедливо, что Маше все это доставалось. Единственный вопрос, который хотела бы задать Воробьева — была ли у них уборная общая или разделенная на кабинки. Но постеснялась.

Еще Маша, закатывая глаза и начиная вдруг немного шепелявить, рассказывала о вожатом Аркадии, студенте дипломатического института, куда берут не всех подряд, а только детей дипломатов, и этот самый Аркадий прожил все детство во Франции, потому что он из дипломатической семьи. И мелькнуло в воробьевской голове, что и Маша, уж на что высоко стоит, но и над ней кто-то возвышается, и она смотрит на вожатого Аркадия снизу вверх, с почтением, за его дипломатическое детство, проистекшее в городе Париже. Маша опять позвала Воробьеву заглянуть на перемене в географический кабинет, до которого они вообще-то не доросли, так как только еще перешли в четвертый класс и географии еще не проходили. И действительно, они поднялись на третий этаж, постояли там перед большой картой, и Маша нашла и показала подружке и город Варну на берегу Черного моря, и город Париж посреди неинтересной суши, а потом шепнула:

— Вырасту, тоже поеду в Париж.

Наглость и заведомая ложь были в таком заявлении. Воробьева даже хотела ей сказать, чтоб не завиралась, но потом промолчала: от Маши всего можно было ожидать.

Вообще Воробьева чувствовала свою неполноценность рядом с Машей, хотя Маша училась неважно, а Воробьева была почти отличница. Но дело было в тонком обстоятельстве, что, кроме знаменитой мамы, особенного дома, дачи, машины с шофером и еще бессчетного множества очень значительных мелочей, Маша, несмотря на десятилетний возраст, была идейная и партийная, а Воробьева в себе этого совершенно не ощущала, и все не могла забыть, как Маша горько плакала в прошлом году, когда объявили о смерти товарища Сталина, как густо текли слезы в щели между розовыми пальцами, сцепленными на лице, как сотрясались крылышки черного фартука, в то время как сама Воробьева страдала только от глубокого одиночества, от своей черствости и грубости. Тогда нашелся только один человек, кроме Воробьевой, который не горевал вместе со всей страной, — старик-сосед Конопляников, который напился и орал в коридоре «Подох! Подох кровопийца! Поди, думал, смерти на него не найдется!»

С самого дня смерти товарища Сталина пил сосед подряд несколько дней, а потом помер от водки, и его долго не могли похоронить, и в квартире пахло мертвым телом. Тогда Воробьева и почуяла в первый раз этот запах, от которого внутри все немело.

Девочки бурно дружили на уроках и на переменах, иногда вместе делали уроки, ходили на каток, Маша — в толстом свитере и красной нейлоновой куртке, Воробьева — в лохматом лыжном костюме. Хотя Воробьева на своих прочных ножках каталась лучше, чем Машка на своих спичинках, все мальчишки приставали к Маше и ставили ей подножки, чтобы она падала, а потом они ее поднимали, как будто невзначай лапая ее за толстый свитер. Воробьева не обижалась. Они возвращались с катка — обычно Воробьева сначала провожала до подъезда Машу, а потом шла домой: Элеонора Яковлевна просила доводить Машу до дверей, потому что беспокоилась. Летом Воробьеву иногда приглашали на писательскую дачу, и она проводила там несколько дней, объедая клубнику с грядок, взлелеянных няней Дусей, и читая лохматые книги, совершенно не похожие на те, что выдавали в школьной библиотеке. Их было множество. Воробьева лежала в гамаке и читала никому не известного Лескова. У Элеоноры была потрясающая библиотека, даже на даче...

С самого начала седьмого класса Маша стала готовиться к поступлению в комсомол. Ей туда очень хотелось, а Воробьева как будто хотела уклониться, но Маша укоряла ее в мещанстве и обывательстве, и Воробьева никак не могла объяснить ей — и даже себе самой — что против коммунизма она никак не возражает, скорее, противится ее оперированный кишечник...

В конце седьмого класса Маша открыла подруге под свежее «честное комсомольское» большой секрет: сестра Саша, не достигшая и шестнадцатилетия, завела себе настоящий роман с одним мальчиком, десятиклассником не из обыкновенной, а особой художественной школы. Они, можно сказать, поженились, потому что когда мама уезжает в поездки, он живет у них дома, ночует прямо в их бывшей детской, а Машу переселяют на это время в гостиную. И еще: Саша перестала ходить в школу, курит в открытую и, когда мамы нет, надевает ее шубу из опоссума. Кто был тот опоссум, Воробьева не знала.

Отношения у сестер в это время сильно испортились, они шумно ссорились, ругались. Маша рыдала, потом сестра ее жалела и приглашала к своим гостям, которых было множество, и это были взрослые молодые люди, художники из последнего класса художественной школы, которые скоро должны были поступать кто в Полиграф, кто в Строгановку, кто собирался в питерскую «Муху».

Молодые люди были как на подбор — все красивые, одетые особенным образом, в свитерах, в шарфах, но лучше всех был сашин Стасик. У него был вельветовый пиджак. Девушки тогда ходили в «фестивальных» юбках, утянутые в талии и распространяющие вокруг себя насборенное пространство. В моду вошли нижние юбки. У Маши была толстая нижняя юбка из поролона — ей мама привезла из Венгрии, а талия у Маши была сорок семь сантиметров, чего практически на свете не бывает. Маша была похожа на абажур, только лампочка маленькой головы на тонком шнуре шеи помещалась не внутри, а снаружи. Пили сухое вино и танцевали.

Особенно прекрасные вечеринки удавались в те дни, когда Элеонора уезжала по своим писательским делам за границу. Никто никуда в те годы не ездил, кроме особо избранных. В один из таких дней пригласили и Воробьеву. Она тоже нацепила широкую юбку, перетянулась в поясе лаковым ремнем и села в угол. Разговаривали о Хрущеве. Его ругали, над ним смеялись, а Маша со всеми дерзко спорила, говоря, что отдельный руководитель может и ошибаться, но есть генеральная линия партии, а партия не ошибается. Женя молча удивлялась, до чего же Маша независимая — что думает, то и говорит. Несмотря на то, что не только поддержки в этом кругу блестящих молодых людей не имеет, но даже несколько смешно выглядит...

В другом углу бывшей детской шел разговор о Магритте, и там тоже был один красавец, не хуже сашиного Стаса, по прозвищу Безе, который кипятился, все говорил всем насупротив и всех ругал за тотальную необразованность и невключенность куда-то...

Саша, взрослая, кудрявая, сияла несказанной белизной кожи, шея и плечи казались бы мраморными, если бы она хоть на минуту могла остановиться. Но она вместе со своим телесным мрамором все время была в движении — танцевала, прыгала, зависала на своем вельветовом красавце, они целовались при всех, не скрываясь, а потом вышли, и Женя, зайдя минут через пять в ванную высморкаться — потому что стеснялась при гостях — увидела их там и чуть в обморок не упала: они делали такое, что бедняга понеслась в уборную, потому что ее чуть не вырвало. И тут, в уборной, действительно, вырвало...

«Если бы моя мама только узнала о том, что я видела...» — в ужасе думала Женя, но от страха даже додумать свою мысль не могла. Что было бы...

Стянула с вешалки мамино ратиновое пальто, которое ей выдавалось в ответственных случаях, понеслась домой, переживая увиденное, и долго плакала в подушку перед тем, как уснуть...

Маша обожала Маяковского, читала его километрами и лично знала Лилю Брик. Разумеется, через Элеонору. Воробьева, со своей стороны, обожала Пастернака, довоенный ветхий сборник которого нашла в машином шкафу. Когда потрясенная Воробьева рассказала Маше о своем открытии, та пожала плечами и сказала, что Бориса Леонидовича она тоже знает, он их сосед по даче.

— Он что, жив еще? — изумилась Воробьева, убежденная, что все великие писатели давно умерли.

— Возле магазина живет, — равнодушно ответила Маша и добавила, — У них с мамой как-то отношения разладились. Раньше они общались, а после Сталинской премии перестали. Он человек старомодный, буржуазный. Знаешь, но Маяковского он очень любил...

Маяковский вызывал у Воробьевой стойкое отвращение, все коммунистическое и революционное связано было с иррациональным образом с дощатой доской о восьми очках, о чем она Маше, стесняясь, не сообщала. Маша и так давно уже высказалась, что ее, воробьевское, мещанство непереносимо...

Детская дружба продолжалась скорее по инерции, у Воробьевой появилась внешкольная подруга, умная, старшая, и прежнее восхищение выродилось в чувство обыденной привязанности, и Маша как-то сказала Элеоноре, спросившей, отчего Воробья так давно не видно:

— Воробей мне изменяет с какой-то посторонней мышью. Да бог с ней...

Действительно, Маше было не до Воробьевой.

Машина жизнь, казавшая Воробьевой такой интересной, на самом деле только начинала медленный разбег. Сестра ее Саша уже летела по высокой орбите: вышла в шестнадцать лет замуж за красавца Стасика, родила дочь, назвала ее, к недоумению матери, Дусей, в честь старой няньки, страстно возилась с нею полгода, а потом сбежала от растерянного Стасика, оставив Дусю на попечение его осчастливленных родителей. У Саши образовалась новая любовь такой великой силы, что перед ней ничто не могло устоять. Эта новая любовь через некоторое время разлетелась в прах от последующей, более великой.

Элеонора неодобрительно следила за жизненными перипетиями старшей дочери, но, отдавая себе отчет в том, откуда у дочери взялся этот вулканический темперамент, старалась себя сдерживать и не устраивать бурных скандалов каждый раз, когда хотелось... Так что случающиеся между ней и старшей дочерью истерические дуэли могли бы быть и чаще...

Саша годами не жила дома — то снимала какую-то комнату в коммуналке, то выходила замуж на несколько лет в Тбилиси, потом укрывалась в какой-то вологодской деревне со ссыльным диссидентом, училась актерскому мастерству, увлекалась последовательно керамикой, астрологией, в случайном припадке выучила французский язык, сделала прекрасные переводы одного из «проклятых поэтов» и даже, не без поддержки матери, издала эти переводы в новосибирском издательстве, написала и сама множество стихов. Из беломраморной округлой красавицы превратилась в ободранную кошку, все еще очень красивую, и все это время пила — немного, много, очень много...

Умная Элеонора всю жизнь говорила про Сашу одну и ту же глупость: она загубила себя, бросив школу и выйдя замуж за Стасика...

Маша тоже ушла из школы после девятого класса, но не во имя какого-нибудь идиота, а по соображениям «жизнеустроительства»: она решила поступать на филфак в университет, а конкурс там был очень высокий. Элеонора отличалась коммунистической принципиальностью и никогда бы не стала просить за дочку: она принадлежала к последнему поколению «честных коммунистов», презирала блат, всякого рода воровство и корыстолюбие и достойным считала лишь то, что государство добровольно дарило за верную службу... Маша перевелась в вечернюю школу и устроилась на работу, чтобы заработать «производственный стаж», — он давал большие преимущества при поступлении.

Воробьева пошла по другому пути: занималась как сумасшедшая, чтобы высидеть своим твердым задом золотую, — ну, хоть серебряную, — медаль, которая тоже давала преимущества при поступлении. Ходила на курсы подготовки в медицинский — конкурс там был не меньше, чем на филфак.

Встречались теперь девочки редко, но одна встреча осталась в памяти у Воробьевой на всю жизнь. Предварительно они долго сговаривались, и все не получалось, наконец, условились, что Воробьева придет в воскресенье утром. Воробьева прибежала с брикетом мороженого.

— Машка спит, — хмуро объявила Элеонора, открыв дверь. Воробьева зорким глазом заметила на старинном комоде в прихожей лиловый зонт с ручкой из слоновой кости и вытертую дамскую сумку недостоверных времен.

Маша не спала, она выползла из ванной с белесым сонным лицом, в махровом халате, подгребая тонкими ногами...

— Иди ко мне в комнату, Воробей! — хмуро сказала подруге.

Элеонора что-то проворчала, Маша огрызнулась.

— Анна Андреевна у нас гостит. Обычно она здесь недалеко, на Ордынке останавливается, но там сейчас ремонт, — буркнула Маша. — Ну что, рассказывай, как там у тебя...

Пока Воробьева рассказала о небогатых школьных новостях, Маша с садистическим выражением лица терзала прыщ на лбу: из маленького и незаметного он сделался значительным и налился краснотой.

— Завтракать, Маша! И Воробья зови! — крикнула Элеонора из далекой дали огромной квартиры.

Воробьева с детства любила их дом. Она провела в нем столько часов и дней, что в лицо знала чайные ложки с витыми темными ручками, простую керамическую посуду из Прибалтики и парадные чашки из горки, коллекционные, собранные по одной, а не какие-нибудь пошлые сервизы, плетеную серебряную хлебницу с серебряной же салфеткой, вделанной в нее навсегда, сахарницу в виде сундучка, масленку с крышкой барашком, сырные фарфоровые доски, развешенные по кухонной стене. Она лучше Маши помнила, откуда Элеонора что привезла за последние десять лет. Ковер, похожий на половик, был родом из Закарпатья, медный кувшин с крышкой приехал из Самарканда, и даже в уборной висела большая ковровая сумка из туркменского города Мары, предназначенная для иных нужд, но хранившая теперь туалетную бумагу...

Воробьева вслед за Машей вошла в кухню. Элеонора стояла у плиты, спиной. Варила кофе в медной джезве. А за столом сидела упомянутая Анна Андреевна... Она была Ахматова. Большая, в лиловом балахоне, с седыми, вверх поднятыми волосами. Неопрятная, лицо покрыто какими-то нарочитыми, уж слишком густыми морщинами, на ногтях облупленные остатки маникюра — величественная, как Кавказские горы, красивая не по-человечески, а как море или небо, спокойная, как бронзовый памятник.

Элеонора налила ей кофе в золотую чашку, и Воробьева, наконец, поняла, зачем и для кого делают на свете эти бессмысленные и дорогостоящие вещи...

— Доброе утро, — сказала Ахматова не поздоровавшимся девочкам...

В шестьдесят шестом году Маша окончила университет и вышла замуж за знаменитого английского поэта. В Советском Союзе была встреча с прогрессивными западными писателями, и он был приглашен. Элеонора взяла с собой дочь на эту встречу.

Англичанин влюбился без памяти в сорокакилограммовую угловатую Машу и незамедлительно — ускоренным образом преодолев безумные формальности — на ней женился. Свадьба, — вернее свадебный обед, заказанный на восемь персон, — состоялась в фешенебельном ресторане гостиницы «Националь». Муж возвышался над женой на полторы головы. На Маше было привезенное им специально для свадьбы платье — розовое, в клеточку, с оборкой, совершенно детское, чуть ли не со слюнявчиком. Молодожены непрерывно хохотали, переглядывались, перемигивались, всем видом давая понять, что им нет дела до окружающих. Это было не так уж и сложно, поскольку Элеонора, прилично знавшая немецкий и несколько французский, совсем не понимала по-английски... Присутствовала также няня, наряженная в голубую деревенскую блузку и синюю шерстяную — несмотря на жару — кофту, и Воробьева.

Две персоны из восьми не явились: сестра Саша, но не от зависти, а по той причине, что с вечера напилась и к обеду не поднялась. Вторым отсутствующим был машин близкий друг, тоже писательский человек, за которого она почти уж собралась замуж до того, как появился англичанин. Маше почему-то хотелось, чтобы он был свидетелем на бракосочетании, присутствовал на ее свадьбе и тем самым дал знак, сколь высоки и бескорыстны были их отношения... Но он не явился в ЗАГС, и в качестве свидетеля выступал шофер Николай Николаевич. Он поставил свою подпись, но садиться за стол с хозяевами категорически отказался. Воробьева присутствовала на свадьбе, как свидетель со стороны невесты. Маша выбрала ее как человека надежного, верного и не владеющего английским языком. Маша все то время, которое потребовалось для оформления брака, тщательно оберегала своего роскошного Майкла от любых лишних общений. В тот же вечер Майкл улетел в Лондон. Маша осталась ждать визы.

Маша нацелилась на Лондон. Майкл позвонил ей и сообщил, что ему надо собирать материал для книги об англо-немецких отношениях во время Второй мировой войны. И едут они, таким образом, в Берлин. Маша долго рыдала — она закончила филфак, романо-германское отделение как специалист по английской литературе, обожала Диккенса, а тут вдруг противная Германия, да еще и Западная, Маша с этими немцами, развязавшими войну, их фашизмом и лагерями...

Спустя три месяца Машу провожали с Белорусского вокзала в Западный Берлин. Вокзальные проводы были немноголюдны: радостно-горестная Элеонора, — она горячо любила младшую дочь и расставалась с ней трудно, — Саша с бутылкой шампанского, и уже слегка заправленная, вцепившаяся в своего нового возлюбленного, знаменитого на всю страну футболиста, шофер Николай Николаевич, поднесший два машиных чемодана, и верная Воробьева с букетом в руке. Выпили шампанского, Маша поднялась на подножку вагона и, счастливо улыбаясь, махнула рукой с воробьевским букетом:

— Не переживайте! Всюду жизнь!

Все засмеялись — шутка была хороша! Улыбнулась даже Воробьева, которая была уже почти законченным доктором, сильно поумнела и на все — даже на подругу детства Машу — смотрела новыми, медицинскими глазами. Относительно Маши и ее мамы она тоже приобрела новую точку зрения, описанную известным анекдотом тех лет о несовместимости трех качеств в человеке: ума, честности и партийности. В уме ни Элеоноре, ни Маше отказать она не могла, — слишком много книг стояло на книжных полках в их доме, — в бытовой порядочности тем более...

«Ханжи и лицемеры», — подумала Женя.

Поезд ушел в самый недоступный для простого советского человека город — в Западный Берлин.

Вышли на привокзальную площадь. Элеонора поцеловала Сашу, кивнула футболисту, неожиданно пожала руку Воробьевой и сказала ей:

— А ты звони иногда, Женя...

Верный Николай Николаевич открыл заднюю дверцу старой «волги». Большая слава Элеоноры давно прошла, ее книги уже не включали в школьные программы, хотя они и лежали во всех книжных магазинах нашей необъятной родины.

Элеонора подняла полу пушистой, давно не новой шубы и уселась.

«А, это, наверное, и есть опоссум», — догадалась Воробьева.

Следующая встреча подруг произошла в шестьдесят восьмом, вскоре после пражских событий. Воробьева за это время успела стать педиатром, была в ординатуре на кафедре гематологии и вышла замуж за врача. Маша приехала к Воробьевой, в квартиру к родителям ее мужа, куда Женя переселилась из своей коммуналки.

Маша изменилась почти до неузнаваемости: пострижена под мальчика, со смешным чубчиком, одета как школьник, в тупорылые ботиночки и детские джинсики, которые даже ей, при полном отсутствии чего-либо, кроме костей, были тесны.

— Боже, Машка, как ты похудела! — воскликнула располневшая за то же время Женя.

— Стиль «гаврош», который так любит мой муж. На диете сижу, — Маша усмехнулась, и в улыбке проскочила легкая кривизна.

Она привезла целый ворох подарков: все Жене было маловато, но налезало, и Маша сказала, что эти вещи должны держать ее в форме, не давать расползаться. Для убедительности она сунула палец между поясом и телом, но оттянуть ничего не удалось:

— Это детский размер, все женские размеры начинаются у нас с восьмого, это меньше, чем наш сорок четвертый, а я уже полгода покупаю мальчиковые вещи на двенадцать лет.

Маша уже начала догадываться, откуда у Майкла такие минималистские вкусы, но она все откладывала и отодвигала назревающее открытие.

— Ну, рассказывай, какие новости, — попросила Маша с таким выражением лица, с каким взрослые обращаются к детям.

— Наши в Прагу вошли, — пожала плечами Воробьева. — Каких тебе новостей? Кто женился, кто развелся?

Маша посмотрела на Воробьеву с серьезностью. Не ожидала.

— Женька, с каких это пор тебя стала интересовать политика?

— Нет, Маш, меня она как не интересовала, так и не интересует. Меня детская гематология интересует. А политика эта ужасная. У нас было опасение, что сейчас большая война начнется...

— Ну, это нет, — объяснила Маша как человек, приехавший непосредственно оттуда, где решается вопрос, кто и когда начинает... — А вот удар по коммунистическому движению наши нанесли непоправимый. Во всем мире такое негодование, такая потеря престижа. Надо было как-то по-умному манипулировать, а их венгерские события ничему не научили.

— Ты о чем, Маш? Как это манипулировать? — удивилась Воробьева.

«Нет, ничего не понимает. Никогда ничего не понимала», — подумала Маша и объяснила:

— Мы с Майклом все это время провели в Мюнхене, где собирались бежавшие из Праги писатели, ученые, деятели культуры. Среди них было много левых, социалистов, антифашистски настроенных — они больше никогда не будут поддерживать мировой процесс.

— Какой процесс? — робко вставила Воробьева.

— Коммунистический, — убежденно произнесла Маша. — Они потеряны для коммунистического движения. Ты, конечно, не знаешь, но скажу тебе по секрету, что в Италии, например, половина коммунистов вышла из партии, во Франции то же самое. Майкл, конечно, не член партии, он художник, он носитель идей, ты себе не представляешь даже, как он знаменит на Западе, молодежь от него просто без ума. Все эти рок-музыканты, они же за ним просто бегают, ловят каждое его слово. Мы были в Париже в дни студенческой революции, Майкл был там один из ведущих лидеров, я имею в виду, конечно, идеологическую сторону... Это по своей сути антибуржуазное движение...

Тут пришел муж Гриша и принес бутылку коньяку. Подарок пациента.

— А вы знаете, что это вообще не коньяк? — задала Маша провокационный вопрос.

Гриша открыл, понюхал:

— Коньяк. Без вопросов. Хороший армянский коньяк.

Маша засмеялась:

— Коньяк — такой город во Франции. Там производят напиток, называемый коньяк. А все прочее — не коньяк. И Кагор тоже название городка, а вовсе не крепленое вино, производимое в Крыму.

У Гриши был золотой характер:

— Иди, Женька, приготовь нам поесть чего-нибудь, а мы пока выпьем этого неопределенного напитка, который вроде бы и не коньяк даже.

«Ужасно, — думала Маша. — Хороший, кажется, человек, а ведь и в голову не приходит, как он унижает свою жену, отсылая ее на кухню готовить еду. Майкл никогда не позволяет себе такого...»

Ей, бедняге, еще предстояло узнать, что Майкл, будучи человеком современным, позволяет себе нечто другое, что ей понравится еще меньше, чем жарить мужу картошку...

Расстались подруги с ощущением, что навсегда. До Жени Воробьевой доходили какие-то смутные слухи о большой машиной жизни: она написала книгу о рабочем движении после шестьдесят восьмого года, развелась с мужем, который бросил ее ради молодого человека, — что с трудом помещалось в воробьином сознании, — жила не то в Африке, не то в Южной Америке, а, может, и там, и там. Пару раз приезжала в Москву навещать Элеонору, но Воробью больше не звонила. Воробьева не обижалась и считала это естественным: разные орбиты.

Но семь лет спустя вдруг позвонила:

— Воробей! Саша умерла. От цирроза печени. Завтра похороны. Отпевание на Преображенке, в Никольской церкви в одиннадцать, потом поедем хоронить в Переделкино.

Маша плакала. Заплакала и Воробьева: Саша была такая красивая, и тоже особенная — свободная и талантливая...

Воробьева первый раз в жизни пришла на отпевание. Не то что у нее никто прежде не умирал, но жили и умирали в большинстве своем без церкви.

Там было великое множество народу, как на театральной премьере, — интеллигентные, красиво одетые люди, женщины в шубах. У гроба стояла маленькая Элеонора в старой шубе из опоссума с воспаленно-красным лицом и синевато-белая Маша в черной вязаной шапочке. Между ними — высокая девушка, похожая на Сашу, но даже еще лучше.

Увидев Воробья, Маша кинулась к ней, обхватила руками:

— Воробей, дорогой мой Воробей, как же я тебя ждала! Ты себе не представляешь, как ты мне нужна. Я и сама не представляла...

Они брызнули друг на друга слезами, а потом Воробьева посмотрела в гроб: желтая старушка с маленьким крючковатым носом нисколько не была Сашей... Настоящая Саша называлась теперь Дусей, но лицо имела строже и ростом была выше.

Вышел маленький священник, совсем маленький, лысый и похожий на Николая Чудотворца.

Они стояли, обнявшись, слепившись в горести — Элеонора, давно уже предчувствовавшая конец, именно такой — позорный, как она это понимала, Маша, не подготовленная к этому событию, несмотря на все телефонные сухие отчеты матери: «умирает», «погибает», «уходит». Красивая юная Дуся напомнила Жене Сашу как раз в том самом возрасте — ей лет пятнадцать-шестнадцать, и Стасика, и сцену в ванной... И Воробьева остро вдруг почувствовала, как глубоко и по-сестрински привязана она к нелепой Машке, трогательной, все еще похожей на красивого мальчика, но уже начавшей подсыхать...

В Переделкино гроб несли на руках к могиле многие мужчины, сменяясь. Был лютый мороз, они все были без шапок, в банных клубах их собственного дыхания.

— Все ее любили, — шепнула Воробьева Маше.

— Я думаю, это половина тех, кто ее любил, — строго ответила Маша.

Маша провела в Москве неделю. Воробьева снова сидела в Элеонориной квартире. Она вернулась туда после стольких лет, как в родной дом. Элеонора поставила перед

234 ней одну из коллекционных чашек, из горки, и вообще была ласкова. Спросила, знает ли она Коварского.

— Я работаю у Коварского-младшего, — ответила Воробьева.

— Говорят, что он не хуже отца, — неуверенно сказала Элеонора.

Воробьева согласилась.

— У внучки моего близкого друга подозревают лейкоз. Можно ли... — начала Элеонора.

— У меня кандидатская была по лейкозу. Это моя специализация, детский лейкоз. Конечно, любая консультация... Если хотите, можно и к Коварскому-старшему...

Маша уехала, и теперь подруги изредка обменивались письмами, какая-то слабая ниточка восстановилась. Жила Маша теперь в Лондоне, в трехэтажной классической квартире, которую купил ей бывший муж в скромном, но не плохом районе. Сам он остался в прежнем, большом доме в Кенсингтоне, принадлежавшем еще его прадеду-юристу. Жизнь Машина после развода пошла под горку: в ней было все меньше блеска, общения со знаменитостями, разъездов по мировым столицам, презентаций и приемов — все это, как и старый дом с садом, осталось у Майкла. Зато у Маши была работа — она стала крупным специалистом по рабочему движению, была знатоком троцкизма, принадлежала к левой интеллектуальной среде и даже имела репутацию серьезного эксперта по коммунизму. Она пользовалась некоторым успехом у мужчин своего круга, но внешность ее — мальчишеская стройность, очаровательная угловатость движений, чудесный овал лица и раскосые светлые глаза — скорее подходила тому артистически-художественному кругу, который она покинула, нежели теперешнему. У нее было несколько незначительных романов, которые приносили больше разочарований, чем радостей. Пожалуй, самой лучшей и длительной из всех ее связей была итальянская: на протяжении шести лет она приезжала в один и тот же маленький городок под Неаполем, где к ее услугам была гостиница, зонтик на пляже и маленький ресторанчик вместе с его владельцем, сорокалетним Луиджи, который жил в зимние месяцы, когда бизнес останавливался, в двадцати километрах от моря, в незначительном городке с женой и дочками, а в летнее время ублажал заезжих гостей неаполитанской пиццей и всем тем, что было в его распоряжении. Эти двухнедельные поездки в Италию давали Маше большой заряд здоровья, потому что в Англии ей во всех отношениях не хватало тепла. Потом Луиджи исчез, и когда Маша спросила у нового владельца, куда же он делся, тот развел руками:

— Я купил у него дело, он взял деньги и уехал. Посмотрите, какую террасу я пристроил. Хотите, это будет ваше постоянное место?

Но постоянным местом был Лондон, а в нем накатывала депрессия, особенно весной и осенью. Маша стала чаще наведываться в Москву.

В восемьдесят пятом Элеонора разбила ее сердце — вышла замуж. Это было нелепо, глупо, даже стыдно. Ей было без малого семьдесят, и хотя она все еще сохраняла стройность и подвижность, была совершенная старуха.

Маша была оскорблена тем, что мать ее ни о чем не предупредила. Когда Маша приехала, Элеонора встретила ее в Шереметьево и рассказала о своем замужестве по дороге домой. Второй удар постиг Машу уже дома: мамин муж занял ее комнату под рабочий кабинет, и Элеонора постелила ей в гостиной. Наутро Маша собрала вещи и съехала к Воробьевой, они с мужем к тому времени родили ребенка и построили кооперативную квартиру.

Десять дней Маша мрачно просидела на Тимирязевке, раза три вышла из дому, почти никому не звонила. Травма была глубочайшая. Пожалуй, только история с Майклом подействовала на нее так сокрушительно.

Элеонора два раза звонила Воробьевой, но Маша увиделась с матерью лишь перед отъездом, на нейтральной

236 территории: в дом, оскверненный непристойным замужеством, Маша не пошла.

Нейтральным местом было кафе в гостинице «Националь». Они сидели за столиком, маленькая прямая Элеонора и сгорбившаяся, потерявшая свою всегдашнюю струну Маша, перед ними стояли две чашки кофе, берлинское печенье и бутылка «Боржоми». Элеонора сказала Маше, что вышла замуж за человека, которого любила много лет, что он овдовел и теперь, впервые в жизни, она живет вместе с мужчиной, которого любит, что она совершенно счастлива, что оба они в таком возрасте, что о долгом счастье речи быть не может, но она дорожит каждым оставшимся днем и ни одного из них не хочет потерять. Она просила прощения, что совершила бестактность, предоставив Юрию Ивановичу ее комнату, что готова просить его временно перебраться со своими занятиями в гостиную, потому что, как ты сама, Маша, можешь понять, в маленькой, бывшей няниной, она не может поселить бывшего генерала, — Элеонора улыбнулась случайной шутке, — а спальня имеет у нас другое назначение.

В голосе ее звучало женское торжество, как будто этого замшелого генерала она отбила непосредственно у дочери. Маша уловила эту ноту, и особенно намек на его пребывание в спальне.

«Господи, она со мной что, соревнуется?» — думала Маша.

Ей хотелось, как это было принято прежде, в детстве, когда они жили втроем, заорать, завизжать, швырнуть об пол чашку, и, будь они дома, может, это бы и произошло, а потом бы они обе рыдали, гладили друга по голове и плакали в глубоком примирении и внутреннем согласии...

— Я все поняла, мама, — сказала Маша, вставая. — Я больше никогда не приеду в Москву.

Тогда Элеонора достала кошелек и элегантно махнула официанту. Откуда взялось? Она была совершенно западная женщина, эта несгибаемая коммунистка.

Нетронутый заказ стоял на столе. Официант не видел позывных, и Элеонора держала руку поднятой, слегка шевеля пальцами. Руки у них были совершенно одинаковые — очень тонкие пальцы с большими, выпуклыми ногтями, слегка загибающимися внутрь.

Но Маша приехала. Через три года, после смерти генерала. Позвонила Элеонора, сообщила, что похоронила мужа, и просит Машу приехать повидаться. Маша ответила, что подумает, и на следующий же день договорилась о переносе курса, который читала в Лондонском университете, и купила билет на первый же рейс. Позвонила Воробьевой, попросила встретить. Воробьева встретила и отвезла домой. Она была такая умница, эта Воробьева, — ни о чем не спрашивала, радовалась встрече. Спросила, хочет ли Маша, чтобы она поднялась с ней вместе.

— Да, хочу, очень хочу. Я же ее не предупредила, что еду. Она и не ждет.

Элеонора обрадовалась, но как-то затуманенно. Она была в довольно замызганном халате, и такого никто еще не видывал. Дом был полон фотографиями генерала. Сама же Элеонора была какой-то расслабленной, она мягко улыбалась, и чуть ли не первой фразой было:

— Ты подумай, деточка, ты приехала как раз на сороковой день.

Сроду она не называла Машу деточкой: всегда «Машкой». Но Маша не испытала на этот раз ничего, кроме горькой жалости. И теперь ей было совершенно все равно, где ей постелят, — в бывшей детской, в бывшей няниной или в гостиной.

Потом Маша приезжала еще два раза. В последний раз, приехав, призналась Воробьевой, что лежала два месяца в лондонской клинике после неудавшегося суицида.

Воробьева — врач! — не разнюнилась, не раскрякалась, даже бровью не повела.

— Ну, слава Богу, все позади! Это ведь многие переживают. А желание это, я думаю, всех время от времени посещает.

— Наверное. Но у меня нет никаких других желаний, кроме этого, — усмехнулась Маша.

— Маш! Да это обыкновенная депрессия, надо пить...

— Ага, прозак. Я его пуд выпила. В Лондоне жить невозможно, проклятый город. У меня много знакомых, даже друзей, но когда нужно поговорить, тебе вежливо предлагают придти во вторник на будущей неделе. Это самое холодное место на свете. Холодная пустыня! Англичане вообще не общаются, они только обмениваются фразами, одинаковыми, как пятаки. И рабочее движение... Мне все это надоело, надоело! У меня были идеалы, которые сегодня всем смешны. Вся моя жизнь — коту под хвост! Понимаешь: жизнь кончилась, а я жива... Это бывает! И Цветаева! И Маяковский! И мой отец!

«Сейчас будет истерика», — подумала Воробьева. Но ошиблась: никакой истерики не последовало. Маша осеклась и тихо спросила:

— А ты думаешь, грех?

Воробьева задумалась. Она была слишком профессиональна и добросовестна, чтобы думать о грехе. В ее отделении часто умирали дети от лейкоза, она видела их матерей, которые до последней минуты надеялись на чудо. Воробьева думала не о грехе, а об Элеоноре. И сказала:

— Нет. Не думаю. Я думаю, что лично ты не имеешь права это сделать, пока жива Элеонора. Пусть уйдет она, а потом ты будешь делать, что сочтешь нужным. Признаюсь тебе честно, мне кажется, что в некоторых обстоятельствах человек имеет на это право. Как и на эфтаназию. Только не ты и не сейчас...

— Но ты понимаешь, ее почти нет. Ты помнишь маму? Она же была потрясающий человек, умна, остроумна, талантлива! Я знаю, я знаю! Ее время прошло, и никто, кроме старого генерала, давно уже не считает ее большим писателем. Но я была знакома со многими выдающимися людьми нашего времени, я даже не буду тебе перечислять, кто пил в нашем лондонском доме! Она была крупный человек! Блестящий! Масштабный! А эта слабоумная старушка в грязном халате, которая спрашивает меня по десять раз одно и то же, просто не она!

— Она, — жестко сказала Воробьева. — И пока она жива, ты не имеешь на это права. Есть природная очередность. Это закон, который иногда нарушается, и это ужасно, я это постоянно вижу. Ты должна с этим подождать.

— Я подумаю, — ответила Маша устало.

Она уехала через неделю, а еще через неделю пришло известие об ее смерти. Самоубийство.

Хоронили в Москве, по ее распоряжению. Она написала завещание, и все было оформлено с тщательностью и соблюдением всех формальностей. Почему-то она распорядилась, чтобы ее отпевали в том же храме, что и Сашу. Верующей она нисколько не была, но нянька Дуся самовольно крестила обеих девочек в младенчестве.

Привезла гроб ее английская подруга. Гроб был сигарообразный, маленький, как будто детский. Церковные старухи, с их живым интересом к смерти, его изучали, щупали, некоторые одобряли, другие высказались, что сделан не по-православному.

Народу пришло много, но не так много, как на отпевание ее сестры Саши. Элеонора стояла возле гроба маленькой куклой, почему-то была нарумянена, с наведенными бровями — чего давно уже не делала. Внучка Дуся держала ее за плечи, и видно было, как ей все это тяжело. Также было видно, что она на второй половине беременности. Воробьева стояла рядом, с валидолом, тазепамом и камфарой. Но ничего не понадобилось.

На поминках Воробьева в первый раз общалась с Дусей: она была до невероятия похожа на мать, делала такие же смешные движения пальчиками, так же потряхивала кудрявой головой. Свою покойную мать она знала плохо, потому что родители отца, которые и были ее настоящими родителями, всячески старались, чтобы девочка с матерью не общалась: боялись дурного влияния.

240 И теперь, по прошествии многих лет, Дуся об этом очень горевала.

Оказалось также, что Дуся уже несколько лет живет с мужем на той самой писательской даче, в которой когда-то жила вся семья. Элеонора заселила их туда вскоре после своего замужества, когда перестала ею пользоваться, получив вместе с генералом и дачу, гораздо более роскошную, но в другом направлении от Москвы.

Теперь Дуся собиралась перевезти бабушку на дачу, потому что там гораздо лучше, чем в городе, и у нее не будет там никаких травматических ассоциаций. И для будущего ребенка тоже дачная жизнь полезней, чем городская.

Пока Дуся все это тихо излагала Воробьевой, Элеонора встала и властным голосом сказала, обращаясь к Дусе:

— Маша, я очень устала, отведи меня пожалуйста в спальню.

«Ну и хорошо, пусть считает, что это Маша», — подумала Воробьева, — Дуся будет за ней ухаживать, закроет ей глаза.

Но хорошо не получилось. Там, свыше, распорядились иначе: Элеонора прожила на старой даче меньше года. Она даже как-то окрепла, выходила гулять на дачную улицу, доходила до угла, навещала свою старую подругу, они разговаривали, вспоминали о прошлом, обсуждали дела и отношения людей, которых давно уже не было. Однажды вечером она собралась к подруге отнести ей какую-то книгу. Дуся просила не выходить вечером, но Элеонора, обычно покладистая, вдруг заартачилась, надела пальто, взяла палку. Дуся хотела ее проводить, но проснулся малыш, раскричался, и она кинулась к нему.

Через два часа Элеонора не вернулась, и Дуся позвонила ее подруге. Та удивилась, сказала, что Элеонора не приходила. Дуся побежала искать бабушку, и нашла ее в дренажной канаве возле дома подруги. Элеонора была мертва.

На следующий день Дуся позвонила Воробьевой и сообщила о смерти бабушки. Воробьева долго молчала, а потом задала дурацкий вопрос:

— А какую книгу она несла?

— Мережковского, — ответила удивленная вопросом Дуся.

Хоронили в Переделкино. Потом пришли на старую дачу. Выпили по рюмке водки. Поминающих было совсем мало. Прощались с Элеонорой, с местом, где когда-то так славно веселились. Дача была государственная, литфондовская, и вскоре Дуся должна была уступить ее другому писателю, стоящему на очереди.

Еще через год Дуся позвонила и сказала, что разбирала детские фотографии Маши и Саши, и там есть несколько, где присутствует Воробьева. Хотела отдать на память.

Воробьева приехала в старую квартиру. Открыла Дуся. Из-за нее выглядывал беленький мальчик, совершенно не похожий на женщин этой несчастной семьи. Дуся опять была беременна. Из маленькой комнаты выглянул Дусин муж Саша, большой, бородатый, с ясной улыбкой. Махнул приветственно рукой, подхватил малыша и исчез.

«Хорошо бы мальчик», — подумала Воробьева, глядя на Дусин живот.

Фотографии были любительские, линялые. Дуся разложила их на столе в гостиной. Кажется, фотографировал Николай Николаевич, шофер. Воробьева испытывала острое и смутное чувство, которое никак не могла определить. И дело было не в фотографиях.

Дело было в этом доме — в нем все было совершенно неизменно: стояли книжные шкафы с выдвижными стеклами полок, золотые корешки, альбомы, бумажные собрания, многие с отмененной буквой «ять», — среди них Мережковский и Карамзин, гравюры на стенах, картины, потертые ковры, мебель красного дерева, тяжелые столовые приборы на круглом столе с частоколом ножек, спо-

242 собных разбегаться и превращать стол в огромный, овальный, и люстра с синей стеклянной грушей в окружении хрустальных слез. Вспомнилась и няня Дуся, приземистая, с бородавкой, в фартуке с протершимся брюхом. Но не было тех людей, люди здесь жили другие. Это было как в странном сне, когда тебе показывают привычную, давно знакомую картину, но с неуловимыми изменениями, и эти изменения тревожат, внушают недоверие к реальности и подозрение, не сон ли это.

Воробьева оглядела комнату — нет, не сон. Реальность, подкрепленная даже следом прежних запахов. Музей памяти: у покойной Элеоноры был исключительный вкус. Эти вещи постарели на полвека, они стали еще породистей, еще дороже. Бессмертный хлам. Прощайте, все прощайте...

ДОРОЖНЫЙ АНГЕЛ

Дорожный ангел

Елена, добрая моя тетка, всегда выползает из своей комнаты, когда я ухожу. Толстое лицо как будто в клеточку: морщинки лежат и вдоль, и поперек. Улыбается. Левая рука поднята, а правая опущена вниз, и кисть немного внутрь загнута — после инсульта.

— Ступай, ступай с Богом! Ангела-Хранителя тебе на дорожку!

И крестит меня особым крестом: правую руку левой поднимает.

Первый священник, строгий, к которому она обратилась после болезни, не разрешил креститься левой, сказал: «Дурному кресту бесы радуются». Второй, добрый, разрешил: «Крестись, как можешь». А третий, умный, попросил показать больную правую руку, заметил, что все пальцы в горстку собраны и говорит: «А левой рукой правую поднять можешь?»

— Могу, — ответила Елена.

Так она теперь и крестится, и на всех домашних кладет свой особый крест и Ангела Дорожного призывает. Про других точно не знаю, но мой Дорожный всегда со мной. Во всех поездках оберегает и много интересного и важного показывает.

Утка

Первое дорожное впечатление: переезжаем с дачи в город. Утенок, которого мне купили в начале лета, вырос в настоящую утку. Я боюсь, что ее оставят на даче вместе с качелями и жестяной ванночкой, и прошу, чтобы взяли в Москву. Все уговаривают меня: ей в Москве будет плохо... Я реву, потому что воображение и проснувшаяся практическая сметка подсказывают мне, что здесь ей будет еще хуже — дачная хозяйка ее съест.

Прадед вступается за меня и мою утку. Грузовик с брезентовым верхом уже загружен вещами. В оставшемся перед задним бортом пространстве вмещается кушетка, на которой восседаем мы — мама, папа и я. Прадед — в кабине шофера. На его коленях — завернутая в газету и втиснутая в авоську утка. Ее веселая головка торчит из авоськи. На переезде выясняется, что утка сбила лапками газету и гадит, не переставая, на прадедушкины полотняные штаны. Пока ждем очереди на переезд, папа покупает газету, мама перепеленывает утку, и совместными усилиями снова засовывают ее в авоську. И всем ужасно весело. Теперь прадед высовывает руку с качающейся на ходу авоськой в окно. Утка в авоське летит по воздуху, и всем весело. Чудесное дорожное приключение...

Когда приехали в Москву, и утка, и прадед были в полубессознательном состоянии: у старика закоченела рука, у утки заволоклись глаза. Бабушка, перевезенная домой на электричке еще накануне, накапала прадедушке камфары, а утку отправила в дровяной сарай. Там она теперь и живет.

Мы с прадедушкой ходим ее кормить три раза в день. После дневного сна прадедушка обычно пьет чай и ест кусок пирога размером со спичечный коробок. Ежедневная смешная перебранка: прадед хочет отнести утке чай с пирогом, бабушка сердится, но не по-настоящему:

— Что вы, папа? Покрошите ей в чай кусок хлеба, зачем ей пирог?

— Так маленький же кусочек... — просит прадед, и бабушка отрезает.

А зимой сбили замок с дровяного сарая и утку украли. Наверное, мальчишки. Наверняка съели. И зачем только прадед вез ее в авоське из Кратова? Год сорок восьмой.

Гудаутские груши

Наш хозяин Хута Курсуа глухо кашлял за стеной, и мамины глаза круглели от страха: у меня, десятилетней, не так давно зарубцевались очаги, и тут снова туберкулез по соседству... Этот Хута был красивый худой человек, ласковый с постояльцами и свирепый с женой. Но человеческое окружение меня мало интересовало: в тот год я впервые увидела море, и весь месяц переживала эту встречу. Днем я полоскалась в прибрежной полосе, хотя мама научила меня плавать чуть ли не в первый день, а ночью мне снилось все то же бултыхание в соленой воде, но даже еще более сладостное...

К осени мама обыкновенно впадала в хозяйственную горячку, — что-то солила, сушила, варила, а на этот раз хозяйственная страсть ее воплотилась в чемодане из фанерных планок, который она заказала у рыночного продавца. Он долго пытался ей объяснить, что таких больших чемоданов, как ей нужно, не бывает, пусть возьмет два поменьше, но мама уперлась на своем. И получила, в конце концов, этот самый, огромный. Поставленный на попа́, он доставал до маминого плеча. Правда, роста она была маленького.

Чемодан предназначался для груш. Мы с мамой обожали груши. Здесь, в Гудаутах, в конце августа, был грушевый рай. Мама любила те груши, которые были на один градус от распада: они проминались под пальцами, при надкусывании истекали густым медовым соком, призывающим всех ос округи. А запах от них шел мощный, как паровозный гудок.

Паровоз, кстати, проходил между городом и пляжем, возле самого моря, и в памяти моей сохранилась эта счастливая триада детства: море, новое и молодое благодаря недавнему знакомству, поезд, идущий над пляжем, и груша, плавящаяся в руках. И все это в мире, где еще жива мама, и ест одну за другой груши, а потом бежит в море, чтобы смыть грушевый сок, затекший в складку между грудями, наполнявшими шерстяной американский купальник, который я донашивала в отрочестве...

Накануне отъезда мы пошли в соседский сад покупать груши. Мама заранее договорилась с хозяйкой, и та обещала снять зимние груши Бера.

Мама принесла чемодан и торжественно поставила его перед хозяйкой:

— Вот. Не помнутся груши?

— Груша как камень, будет как мед. Слушай меня...

Они и вправду были как камень — зеленоватые, с тяжелыми задами и тонкими шеями.

— Бера-дюшес, никто таких груш не имеет, мой дед садовник у князя был, сам сажал, — и она сделала величественный жест в сторону сада.

В саду серьезные кавказские дети работали — снимали для нас груши. Мальчик лет четырнадцати в красной рубашке стоял на лестнице. Нежным круговым движением он отвинчивал грушу от ветки, как перегоревшую электрическую лампочку, и передавал в руки моей ровесницы, с которой мы переглядывались из-за забора весь месяц, но так и не познакомились.

Грушевая хозяйка заботливо заворачивала каждую грушу в четвертинку газеты и укладывала по одной на дно чемодана. Мы помогали.

— Вы у Курсуа живете, да? — она прекрасно знала, что мы живем у Курсуа. Но это было только зачало, как в старинных сказках. — У менгрелов нельзя квартиру снимать, грязный народ, культуры не понимает, горцы... но абхазы еще хуже, совсем дикие, как похороны у них, не поют, — воют, как шакалы... И еда у них хуже, чем сванская... сванов не знаете, и дай Бог не знать, бандиты, грабители... хуже чеченцев... — с газетным свертком с грубых руках она склонялась над чемоданом, шевеля своим грушевидным задом, — но чеченцев теперь нет, выселили всех, слава Богу, еще бы выселили армян, хорошо было, торгуют, все торгуют, богатые, и все торгуют, не могут остановиться, такой жадный народ, армяшки соленые... нет на них турок, — она вдруг озарилась улыбкой, махнула рукой, — азербайджанцы у нас есть, они совсем как турки, злобные, ленивые, у нас, слава Богу, мало живут, воры все, хуже цыган... а важные какие, тьфу! Особенно бакинские азербайджанцы, злые, как собаки... Хуже собак... Я правду говорю, мамой клянусь! И армяне, которые из Баку, такие же, как азербайджанцы... А тбилисские армяне, — она сокрушенно махнула рукой, поправила фартук, натянутый на животе, — я их к себе не пускаю, лучше уж евреи... У меня в том году такие евреи жили, не приведи Бог, откуда такие берутся... хуже здешних... А грузины приезжали, ой, такую грязь развели, все варили, жарили, две женщины из кухни не выходили, куру щиплют, перья летят во все стороны, и поют... чего поют? — Она наморщила лоб, обдумывая мысль, — имеретинцы! Что с них возьмешь? Крестьяне, да? Никакой культуры, виноград грязными ногами топчут... А мнение о себе!

Мы с мамой переглядывались. Мама сжала губы и надула щеки — умирала от смеха. Чемодан наполнился до половины, но речь хозяйки все не кончалась. Груши тоже не кончались, и не кончались кавказские народы...

Длинные серьги с красными кораллами мелко позвякивали в ушах. Мне она казалась старой — лет сорок или шестьдесят — и очень страшной: большие, в темной кожистой оправе глаза и золотые зубы.

— Что грузины? — продолжала она. — Пыль в глаза! Дым! Вай! Вай! — один пустой разговор! Пустой народ! А, что грузины? Тут аджарцы есть, в Батуми, так они — смех, а не народ! — хуже всех живут, мамалыгу одну едят, а тоже... О себе много думают!

Заполнялись последние ряды. Один ряд груш она укладывала основанием вниз, следующий вниз вершинкой. Кавказские народы — аварцы, осетины, балкарцы, ингуши и другие, нам не ведомые, расставлены были по местам, по нисходящей лестнице, где каждый вновь упоминаемый был еще хуже предыдущих.

Груши кончились одновременно с народами. От земли чемодан не отрывался. Ручка отлетела от него в первую же минуту. Выкатили из сарая шаткую тележку на двух колесах, кликнули Хуту, который давно стоял у забора с видом случайного присутствия, и он помог взгромоздить чемодан, превратившийся уже в сундук.

Мама, расплачиваясь за свою алчность к грушам, претерпела с чемоданом большие мученья: пока доставляли на вокзал, втаскивали в вагон, размещали в отсеке плацкартного вагона, забитого такими же курортниками, как мы, с фруктовыми чемоданами, среди которых наш был чемодан-царь.

Он лежал на боку, занимая все пространство между нижними полками, и мама извинялась перед всеми пассажирами за неудобство, была растеряна и даже несколько заискивала.

В Москве нас встречал папа, и он тоже высказал маме все, что полагается. Двое носильщиков и папа с трудом вознесли чемодан на багажник старого «москвича», и мама тоже толкала чемодан сбоку.

Груши медленно дозревали на шкафах, завернутые в газеты на неведомом кавказском языке, и в комнате до зи-

252 мы пахло грушами. Они постепенно доходили, и даже после Нового Года еще оставалось несколько красавиц.

До сих пор вкус и запах груш вызывает в памяти этот рассказ о дружбе народов. Кстати, мы так и не узнали, кто же была по национальности та женщина из Гудаут.

Карпаты, Ужгород

Первая в жизни командировка оказалась очень удачной: Карпаты. Там, на винных заводах и плодово-овощных фабриках я должна была собирать научный материал для диссертационной работы. Еще не вполне было ясно, о чем будет диссертация, но определенно было одно: я, свежая аспирантка, через три года стану кандидатом наук в интереснейшей области — генетика популяций.

Я уже начала наблюдать популяции, которых вокруг было навалом — западняне, русские, украинцы, венгры, чехи, евреи, поляки... Но в научном отношении меня интересовали исключительно мухи. Плодовые мушки дрозофилы. Именно с них я и начала.

Я приезжала на заводы — в Стрый, Дрогобыч, Ужгород, Мукачев. Не помню уже, в какой последовательности. Показывала командировочное удостоверение, которое долго рассматривал усатый человек в вышитой рубашке или толстая тетка с волосяной башней на макушке. Чаще — усатый. Они сразу понимали, что я из ОБХСС, и хочу им заморочить голову этим бланком Академии Наук.

— Мухи, говорите? Дык нема у нас мух! — и глаз зажигался новым подозрением: если не ОБХСС, то санэпидстанция...

Но я была молода, энергична, обладала обаянием столичного жителя, да еще из Академии Наук, — впро-

254 чем, это мы еще проверим! — и собой недурна. Во всяком случае, один усатый сказал другому «Яка гарна жидовочка!». И я захохотала. Не то что бы я не знала, как просеивали здешнее население, чтобы вытравить пару лишних популяций — евреев, цыган, — но была свободна и весела.

Мух я собирала в пробирку с кормом, затыкала клочком серой ваты и отправляла с проводником в Москву. Там их встречал мой коллега, отвозил в лабораторию, перетряхивал в другую пробирку, а в той, моей, уже лежали отложенные яички... Для науки.

Я сидела на горке над городом Ужгородом, и зеленые Карпаты ласково и округло простирались во все стороны, и небо было ясным, образцово-синим, с одним декоративным облачком прямо над головой.

Сначала возник звук — тревожный и жалящий, и не сразу понятно было, откуда он несется. А потом я увидела самолеты. Они шли тройками, но троек было так много, что, мне показалось, они заняли полнеба. Они летели в Чехословакию, — и я поняла, что началась война.

Они пронеслись надо мной, унося за собой звук, которого было даже больше, чем самолетов. Карпаты об этом ничего не знали: ничего не шелохнулось в их спокойной округлости, и ясная зелень не затуманилась.

С сорок пятого года прошло двадцать три года. Та война началась с захвата Польши, эта — с Чехословакии, — вот оно что.

«Надо быстро идти на вокзал, покупать билет», — думала я, но встать не могла. Я остро ощущала, что все переломилось, что уже не важны дрозофилы, что через несколько минут из серебристых самолетиков посыплются бомбы на Прагу, и все здешнее благолепие — мираж прошлого мира...

Я все сидела, и снова раздался самолетный звук: они возвращались. Как выяснилось впоследствии, не отбомбившись.

Когда я вернулась в Москву, моя подруга Наташа уже была арестована. Она вышла на Красную площадь с коляской, в которой спал трехмесячный сын Оська, вместе с семью такими же безумцами и маленьким плакатиком «За свободу нашу и вашу». И просидела пять лет в тюремной психиатрической больнице. Что же до меня, диссертацию я не защитила.

За что и для чего...

Ангелы, вероятно, иногда засыпают. Или отвлекаются на посторонние дела. А, возможно, встречаются просто нерадивые. Так или иначе, в Страстную субботу произошло ужасное несчастье: очень пожилая дама — семидесяти пяти лет — стояла в густой очереди на автобусной остановке с аккуратной сумкой, в которую были упакованы кулич и пасха, и ожидала автобуса. Она была дочерью известного русского поэта серебряного века, вдовой известного художника, матерью многих детей, бабушка и даже прабабушка большого выводка молодняка. Огромный круг ее друзей и почитателей звал ее НК — по инициалам.

НК была высоким во всех отношениях человеком, и ее невозможно было унизить ни одним из тех способов, на которые была так изобретательна наша власть. Ее переселили из квартиры в центре, в которой она прожила несколько десятилетий, на дальнюю окраину, но она не изменила ни одной из своих привычек, в частности, освящать куличи в церкви Иоанна Воина, неподалеку от своего прежнего дома.

В ней не было ничего старушечьего и подчеркнуто-церковного: ни платочка, ни согнутых плеч. В большой изношенной шубе, в черной беретке, она терпеливо ожидала автобуса и едва заметно шевелила губами, дочитывая про себя утреннее правило.

Подошел автобус. Она стояла среди первых, но ее оттеснили. Оберегая сумку, она отступила, потом рванулась к подножке. Шофер уже закрыл двери, но люди держали задвигающиеся створки, чтобы втиснуться, и она тоже ухватилась свободной рукой за дверь, и даже успела поставить ногу на подножку, но автобус рванул, кто-то сбросил ее руку, нога заскользила прямо под колесо, и автобус проехал по ее длинной и сильной ноге.

Во время Пасхальной заутрени НК отходила от наркоза. Ногу ампутировали. Утром пришли первые посетители — старшая дочь и любимая невестка. НК была очень бледна и спокойна. Она уже приняла происшедшее несчастье, а две женщины, возле нее сидящие, еще не успели понять этого и найти слова утешения. Они скорбно молчали, сказавши «Христос воскресе» и трижды с ней поцеловавшись. НК тоже молчала. Потом улыбнулась и сказала:

— А разговеться принесли?

Невестка радостно блеснула глазами:

— Конечно!

И выложила на тумбочку маленький кулич с красной свечкой на маковке.

— И все? — удивилась старая дама. Руки смирно лежали поверх одеяла, правая на левой, и мерцало обручальное кольцо и большой сердоликовый перстень. Их не смогли снять перед операцией — въелись.

Невестка вынула из сумки шкалик коньяка. Все заулыбались.

Посторонних в послеоперационной палате не было. Невестка и дочь встали и тихо пропели пасхальные стихиры. У них были хорошие голоса и навык к пению.

Накрыли на тумбочке пасхальный стол. Съели по куску ветчины и выпили по глотку коньяка.

Я навестила НК, когда она уже выписалась из больницы. Она боком сидела на лавочке, сделанной когда-то ее мужем. Культя лежала перед ней, а второй ногой, длинной и очень красивой, она опиралась о пол.

Она положила руку на остаток ноги, похлопала по ней и сказала ясным голосом:

— Я все думаю, Женя, для чего мне это?

Я не сразу поняла, о чем она говорит... Она продолжала:

— Не сразу сообразила. Теперь знаю: я всю жизнь слишком много бегала да прыгала. А теперь вот мне сказали: посиди и подумай...

А я сидела и думала: почти все знакомые мне люди на ее месте сказали бы — за что мне это?

Она прожила после этого еще лет пятнадцать. Ей сделали протез, она ездила еще в Крым, навестила двоюродную сестру в Швейцарии и внука в Швеции. Я не знаю, что за уроки она вынесла из своего несчастья. Но всех, кто ее знал в те годы, она научила ставить этот вопрос: для чего?

Несмотря на ее полную примиренность с Господом Богом и с посылаемыми испытаниями, я все же продолжаю думать, что иногда дорожные ангелы отворачиваются или отвлекаются на посторонние дела.

Затычка

Куда делась затычка от ванной, трудно предположить. Но она пропала. Я пошла и купила — две штуки. Одну отнесла в ванную, а вторую — про запас. Та, что про запас, осталась в сумке. И болталась на дне ее и попадалась под руку несвоевременно и неуместно: хочешь достать носовой платок или зажигалку, а попадается затычка. Достану эту резиновую дуру на цепочке и думаю: не забыть ее дома из сумки выложить. И забываю. Месяц, второй...

Иду я по своей Красноармейской улице, а навстречу несется Никита, тощий, лысый, беззубый. Из тюрьмы он давным-давно вышел, а печать лагерная — несмываемая. Пожилой человек, из очень профессорской среды.

И сам был бы профессором, если бы не ориентация, за которую сажали...

— Привет! Привет! — улыбнулись друг другу.

— Послушай, ты не знаешь, где тут у вас магазин сантехники? — спрашивает.

Я соображаю. Пожалуй, ближайший на рынке. А он продолжает:

— Понимаешь, приятель уехал, квартиру оставил мне на месяц...

И про это я знаю: с тех пор, как он вышел последний раз, он все хлопочет о жилплощади, которую у него отобрали за время посадок. Какая-то сердобольная приятельница его к себе прописала, выйдя за него фиктивно замуж, но без проживания. И живет он по знакомым, то здесь, то там. Бывший физик, светлая голова.

— Мне затычка для ванной нужна, понимаешь? Ну, затычка, — и он сделал выразительный жест своими профессорскими пальцами.

Я лезу в сумку, и она сразу же мне попадается, круглая, резиновая, на железной цепочке. Но я медлю, предвкушая эффект. Наконец, вынимаю.

— Она?

Немая сцена.

Я давно это про себя знаю: никакой заслуги моей здесь нет, просто я на это место назначена. Я радуюсь, когда меня ставят в нужное время и в нужное место с затычкой в руке. Но в данном случае я не знаю, кто тут руководил: мой личный ангел или никитин?

Страшная дорожная история

Шел год восьмидесятый или восемьдесят первый прошлого века. Если заглянуть в газеты тех лет, можно установить время с точностью до дня и даже до часа. Я возвращалась из Тбилиси, где театр, в котором я работала, был на гастролях. Труппа работала там еще две недели, а я рвалась домой: дети оставлены были на хорошую подругу, и я беспокоилась не столько за детей, сколько за нее — для женщины немолодой, беспокойной и бездетной два довольно маленьких мальчика в самом боевом возрасте были большим испытанием.

Грузинский приятель вез меня в тбилисский аэропорт, в кармане у меня был билет, мы не опаздывали, напротив, выехали с запасом времени. Но уже в дороге я забеспокоилась: нас обгоняли стаи милицейских машин, какая-то недобрая суета царила на дороге, а, приехав в аэропорт, мы обнаружили, что аэропорт перекрыт. Люди с автоматами стояли на въезде, на вопросы не отвечали и только жестами показывали, чтоб убирались.

Дато вышел из машины и вклинился в группу таких же, как мы, не допущенных к аэропорту пассажиров. Вернулся он через десять минут — событие было чрезвычайным: несколько молодых людей угнали самолет. Или хотели угнать. Но их посадили. Или не посадили. Но посадят... Еще в толпе говорили, что угонщики не простые люди, а высокопоставленные... Или дети высокопоставленных.

Шел час за часом — мрачное возбуждение висело в воздухе.

Пассажиры прибывали, толпа взволнованных людей росла, слухи ходили самые фантастические, подробности — невероятные. Наконец, операция закончилась, кавалькада милицейских и военных машин выехала из аэропорта, пассажиры хлынули внутрь и заполнили зал до отказа. По радио объявляли что-то по-грузински. Дато пошел выяснять, когда будет следующий московский рейс. Вернулся он страшно довольный: про московский ничего не известно, задерживают на неопределенное время, но через двадцать минут вылетает самолет на Воронеж, и он купил мне билет на Воронеж. Я была в восторге. Когда находишься в Тбилиси, то Воронеж кажется почти пригородом Москвы...

Самолет взлетел из ясного осеннего Тбилиси и приземлился через три с половиной часа в зимнем Воронеже. Вышли на трап в бурлящую белую кашу. Холод был такой, что плащ, вдохнув холодного воздуха, взлетел железным парусом у меня за спиной, и только спортивная сумка, висевшая на плече, придерживала его.

В здании аэропорта все пассажиры ринулись к кассе — в Москву, в Москву! Билетов не продавали никуда: аэропорт был уже закрыт из-за бурана. Но очередь стояла стеной. Да и куда было деваться: все лавки были заняты сидящими, все полы — лежащими. Впереди меня стояла большая грузинская семья в трауре — у них был свой особый резон улететь как можно скорее. За моей спиной стояли два грузина простецкого вида в больших кепках и в мохеровых шарфах. Они отошли, потом пришли снова и встали передо мной. Во мне взыграло чувство мелочной справедливости, и я попросила их встать позади. Но галантные грузины остались в Тбилиси, в театральных залах, а этот махнул рукой и сказал: «Стоишь, и стой»...

Я что-то вякнула про детей, которые одни дома... Никакого внимания. Отодвинули меня и встали впереди.

Разозлившись, я вышла из очереди и пошла к стоянке такси, чтобы ехать на железнодорожный вокзал и попытаться там сесть на проходящий поезд. Я была не первая такая умная, и на такси тоже стояла длинная очередь. Подъехал какой-то левак, выбрал меня из очереди и повез на вокзал. Ехали долго — парень оказался из области и по дороге заблудился.

На вокзале было все то же самое: толпы людей у закрытой кассы, толпы на перроне — ожидали проходящего поезда и намеревались подсесть к проводнику без билета, за живые деньги. С живыми деньгами было у меня не так чтобы очень хорошо, в обрез на билет.

Подошел какой-то южный поезд, в сторону Москвы. Открылись двери, выскочило несколько человек. Двери тут же и закрылись. Проводников видно не было, а те, что появлялись, сразу же исчезали под напором жаждущих. Очевидно, они уже забили все свободные места. Я уныло шла вдоль поезда — мне казалось, что я слышу стук костяшек в коленях — а, может, это каблуки смерзшихся кожаных туфель били о бетонное покрытие: щелк-щелк! Ветер поменялся — он больше не рвался во все стороны, как в аэропорте, он теперь дул сильно и целеустремленно мне в лицо. Боже, как же мне хотелось уже сидеть дома, пить чай с подругой Ирой и дорогими моими мальчиками. И понес меня черт в Тбилиси!

Вагонная дверь приоткрылась, черная кепка высунулась из щели:

— Эй, девушка! Иди сюда!

Не раздумывая ни минуты, я вцепилась в железный поручень. Меня втащили в вагон и раздвинули передо мной купейную дверь. Я в обледеневшем плаще плюхнулась прямо на одеяло.

Это были мои обидчики, грузины в кепках.

— Спасибо, — сказала я неживыми губами, сбросила сумку и задышала в окоченевшие руки...

Поезд тем временем тронулся. Тот грузин, что повыше, задвинул дверь и защелкнул замок.

Интересно, как я буду выпутываться, — подумала я без всякого страха. Главное, я уже двигалась в направлении Москвы.

— Может, чаю горячего у проводника попросим? — робко начала я общение.

— Зачем чай? — усмехнулся тот, что был поменьше ростом. Он открыл чемоданчик: в нем было три бутылки коньяка, а остальное пространство занимали мандарины — упаковочный материал, сохраняющий драгоценные бутылки.

Чай все-таки принесли. Сначала мне налили коньяку в чай. Мы с плащом постепенно оттаивали — смягчались и покрывались влагой. Ноги сначала ломило, потом стало покалывать иголочками. Лицо горело, из носу текло. Высокий снял с верхней полки одеяло и бросил мне на ноги. Оно было толстым, пушистым и теплым даже на ощупь. Тут я сообразила, что вагон не купейный, а мягкий. Я полезла за кошельком, вытрясла на стол все, что там было, и сказала:

— Спасибо, что взяли в компанию. Это все, что у меня есть.

Один рассердился, второй засмеялся. А я задумалась. Строго говоря, любое сопротивление было бессмысленным. Я сгребла деньги обратно в кошелек.

— Спасибо, ребята.

Они мне совершенно не были ребятами, эти усатые мужики между тридцатью и сорока, по виду торговцы или крестьяне, но уж никак не из публики, которая ходила на спектакли нашего маленького дурацкого театра.

— Такая красивая молодая девушка, зачем одна едешь? Как тебя муж отпускает? — сделал разведывательный ход один.

Никакого мужа в ту пору у меня не было, кроме бывшего. Но у меня хватило ума соврать: муж остался в Тбилиси, он директор театра, а меня домой послал, к детям.

— Зачем детей дома оставили, надо было детей в Тбилиси взять! — посетовал второй.

— У меня двоюродный брат тоже директор театра, — отозвался первый, и я поняла, что насчет мужа-директора я попала в самую точку.

Чай я допила, мне налили полстакана коньяку. Я люблю коньяк, могу выпить рюмку. При вдохновении — две. При очень долгом застолье — три.

Двоюродный брат директора театра сел рядом и придвинул ногу к моей. Она уже настолько отошла, что я почувствовала и отодвинулась:

— Какого театра? Тбилисского? — с преувеличенным интересом спросила я.

— Кутаисского! — он подвинулся ко мне еще ближе.

— Ой! — вскочила я. — Я вам нашу программку покажу!

Я протиснулась между столиком и его ногами и вытащила из сумки последнюю мятую программку. Эта была лично моя рекламная продукция: фотографии актеров, сцены из спектаклей и моя фамилия, напечатанная маленькими буквами в самом низу.

— Вот эту актрису видите? Звезда! Красавица! А какой голос! Лауреат конкурса... В Южной Америке...

И меня понесло... Это был рассказ по картинкам. Я знала, сколько там фотографий. Сначала я рассказала обо всех солистах. На это ушло полтора часа. Главное, не садиться на нижнюю полку, рядом с Гиви... А он все пытался меня перебить, усадить поближе и повести действие в другом направлении. Но я знала, что этого никак нельзя допускать. Это был мой главный монолог — быть или не быть. Я говорила, не останавливаясь ни на минуту.

Они были не насильники, а просто нормальные грузинские мужчины, которые с детства знают, что с грузинскими женщинами есть один фасон обращения, а с русскими — другой. У нас — увы! — плохая репутация.

266 Он все доливал и доливал, и мы выпили за всех актеров нашего театра, за всех актеров Кутаисского театра, за всех актеров в мире. Но мое дело было не присаживаться и не останавливать потока красноречия. Я рассказала все известные мне театральные анекдоты, все интересные сплетни об известных и неизвестных людях.

Я стояла между двумя полками и размахивала руками, я пела и читала стихи, и снова рассказывала анекдоты. Я чувствовала себя Шехерезадой, но знала, что мне надо продержаться всего одну ночь. Поезд шел к Москве.

Гиви делал редкие вылазки в мою сторону то рукой, то ногой, но постепенно тяжелел. Я пила коньяк с ними наравне и закусывала мандаринами. Мандарины подходят к коньяку гораздо лучше, чем лимоны. Теперь я это знаю точно. Мои собутыльники по два раза выходили в уборную, но я держалась — нельзя было оставлять площадку.

— Слушай, ложись, а? — предложил тот, что поменьше, Реваз.

— Зачем ложиться? Такой интересный разговор!

Несколько раз мне удавалось взять передышку: Гиви рассказал не очень длинную историю из армейской жизни, потом Реваз рассказал про свою бабушку, которая была осетинка. И опять возникла пауза, после которой коротыш Реваз собрался было лезть на верхнюю полку, а Гиви сделал ему подбадривающее движение, мол, вали отсюда. И я поняла, что до полной победы мне еще далеко, хотя время было на моей стороне — уже перевалило за четыре. Две бутылки были выпиты. Продержаться надо было еще часа три.

Я обратилась к семейной истории — рассказ о прадедушке-солдате и дедушке-часовщике вызвал сердечный отклик, и Реваз рассказал о дедушке-духанщике, а Гиви — о дедушке-лекаре. Я умело задавала дополнительные вопросы, и выяснилось, что один был из Сухуми, а второй из Кахетии, и они немного поспорили на грузинском о чем-то своем, важном. При этом они поглядели на часы.

Но я-то знала, что время работает на меня. Однако затевалось что-то новое, и я не сомневалась, что затея касается меня.

Неожиданно Гиви надел пальто, взял маленький чемоданчик и вышел, через несколько минут вернулся и сказал что-то Ревазу коротко и деловито. Теперь вышел Реваз, и я поняла, что надо готовиться к физическому отпору.

Гиви вынул из своего чемодана остатки мандарин. Это были прекрасные сухумские мандарины, твердые и зеленые, вкуса острого и терпкого, они в сравнение не идут с тем рыхлым и мягким товаром, который раздают на елках.

Гиви положил мне руку на плечо:

— Мандарины детям возьми. Ты очень интересная женщина. Если хочешь, оставь телефон, я к тебе приду. Ты наврала, что у тебя муж директор театра, у вас директор театра женщина — Зуева, да? Там написано у тебя в программке. Понимаешь, у нас два вагона мандарин из Сухуми идут, мы должны их встретить. Мы в Малоярославце сейчас выйдем. А то ждать мандаринам нельзя, помёрзнут.

— Гиви, но остановок до Москвы нет! — испугалась я за мандарины.

— Не переживай! Я заплатил проводнику, я делаю стоп-кран, поезд встанет, мы выйдем.

Он зевнул во весь рот, сверкнув влажным золотом.

— Телефон напиши, мы мандарины сдадим заказчику, получим деньги, погуляем хорошо, — и он, наконец, положил мне большую, приятно тяжелую руку на колено.

Я написала телефон на программке. Только одну последнюю цифру неправильно — вместо девяти восемь. Это было ужасно глупо, — меня по программке можно было найти в театре в два счета. Но они меня и не искали. Не больно нужно было.

В Москве тоже был снег, но не такая лютая стужа, как в Воронеже. Дети спали, когда я вошла в дом. Ирина, моя святая подруга, разрешила им прогулять школу по поводу неожиданно грянувшего мороза и предполагаемого приезда мамы. Я привезла мандарины.

Тех ребят, что угоняли, но не угнали самолет, всех убили: двух при захвате самолета, остальных приговорили к расстрелу. Как выяснилось позднее, они даже не смогли взлететь. Где же был дорожный ангел, Господи?

Мой любимый араб

Писательская встреча в Париже, в начале перестройки. Круглый стол. Говорят по-французски. Почти понимаю, — вот-вот пленка в воздухе лопнет, и все станет совершенно ясно. То же самое с итальянским, испанским, польским. Поэтому я все слушаю с напряжением, жду этого технического события, — чтоб все начать понимать. (Пока оно не произошло).

Стол не круглый, длинный, несколько писателей из экзотических мест — так каждый из них думает, потому что страны эти: Египет, Португалия, Россия...

Меня спрашивают, что думают в России о перестройке. Я добросовестно отвечаю, что не могу ответить на этот вопрос.

Что люди думают в России? Совершенно не то, что думаю я. И вообще, я — лицо нерепрезентативное, и не могу представлять никого, кроме лично себя, потому что я по культуре — русская, по крови — еврейка, а по вероисповеданию — христианка.

После меня вопросы задают португальскому писателю, и он рассказывает о своей работе в Мозамбике, и рассказывает очень интересно. Например, один мозамбикский человек решил удивить свою деревенскую неграмотную бабушку, которая живет, как жили ее предки пятьсот лет тому назад: воду черпает из реки, зерно толчет в ступке, одежду сочиняет из местных растений, слегка их обрабатывая. А молодой человек — раз! — и привез ей в подарок транзисторный приемник. А из приемника — передача на редком наречии их племени, недавно новую станцию открыли. Включил, и ждет эффекта. Старушка послушала, послушала, и говорит внуку: скажи ему, чтоб замолчал...

Внук выключил приемник и спрашивает с обидой:

— Что же, тебе совсем не удивительно, что человеческий голос на нашем языке говорит из маленького ящика?

Бабушка посмотрела на внука и ответила:

— Дорогой мой, не все ли равно, каким именно способом говорят глупости?

Чудесная история, никто за этим круглым столом ничего умнее этого не сказал.

Дальше начинают допрашивать араба. Он симпатичный. Одет как-то по-человечески, ни пиджака с галстуком, ни куфии, — рубаха, свитер, никаких примет принадлежности к чему-то определенному. Но я, как еврейка, арабов несколько опасаюсь. На генетическом, так сказать, уровне. Он фотограф, журналист, корреспондент, облазил всякие опасные точки. Думаю, наверное, с Израилем воевал...

Ему, конечно, вопрос задают про арабо-израильские отношения. А он, солнце мое, говорит:

— Понимаете, у меня есть мое видение проблемы, но это будет очень личная точка зрения. Дело, видите ли, в том, что я по крови араб, по вероисповеданию — христианин, а первый мой язык — французский, арабский был второй... Я — лицо нерепрезентативное.

Разумеется, там было очень много всяких других вопросов, такого же уровня значительности, а потом еще напали журналисты, и еще хотели у каждого из нас что-то дополнительное разузнать. А мы с арабом издали друг на друга поглядывали, и когда освободились, просто пали друг другу в объятия. Он, конечно, и по-английски говорил в пятьсот раз лучше, чем я, но нам даже и разговаривать не особенно нужно было. Помню, он сказал: чудесная история с радиоприемником!

Мы так хорошо понимали друг друга, что лучше не бывает. Мы выпили по бокалу чего-то, чего разносили, и расстались навеки. Но полюбили друг друга навсегда. Жаль, я забыла, как его зовут. Эти арабские имена — их не упомнишь.

Коровья нога

Хозяйка книжного магазина встречала нас на перроне. Она была в очках и так сильно накрашена, что мне сразу пришло в голову, что она красится-то без очков и сильно перебарщивает, а потом надевает очки и, не взглянув на себя в зеркало, бежит по делам. Есть такой синдромчик у деловых женщин.

Это был один из маленьких западногерманских городов с названием, которое оканчивалось на «баден». Выступлений в тот приезд было так много, что они несколько слиплись между собой. Город, клуб, университет, книжный магазин, поезд, и снова новый город, новый книжный магазин.

Это особая, любимая порода человечества — книжные люди. Необязательно владельцы книжных магазинов, это могут быть продавцы, распространители, даже уборщицы в магазине. Я люблю их заранее, всех сообща. Но у этой личико было не очень. Причесанная парикмахерским способом блондинка с пластиковым колпаком на голове — от дождя. Маленький сухой ротик, а в нем — большие искусственные зубы. На лбу и на носу — замазанные гримом и подпудренные прыщики. Улыбается фальшиво и щебечет пискляво.

Ганна переводит. У нас с Ганной тончайшее взаимопонимание: она знает, что я понимаю их немецкую «мову» и переводит тогда, когда чувствует, что мне не очень хочется общаться.

— Мы вас так ждали, так ждали. Еще в прошлом году нам обещало ваше издательство, что вы к нам приедете... У нас очень маленький магазин, помещение крохотное, и мы сняли для вашего выступления большой зал, у моей подруги. Она держит магазин музыкальных инструментов, главным образом, роялей, и у нее прекрасное обширное помещение. И мы пригласили замечательного пианиста — лучший в городе! — у него прекрасная концертная программа...

Более или менее ясно: существует интрига, в которой участвует хозяйка книжного и рояльного магазина, музыкант и еще кто-то. Я участвую в рекламной компании музыкальных инструментов, и все это я ненавижу. Нас используют. Чем шире улыбается владелица книжного магазина — зовут Ханнелоре — тем меньше она мне нравится.

— Гостиница здесь, в двух шагах от вокзала, но можно взять такси, — предлагает она.

И мы идем под дождем, шагов не два, в порядочное количество, — экономит, жучка. И гостиница сейчас будет самая плохая, какая только есть в этой западной стороне. Вообще-то я ничего не имею против маленькой комнатки с подростковой кроватью и душевой кабиной в совмещенном санузле, где твоя задница еле помещается между раковиной и полотенцесушителем.

По дороге Ханнелоре успевает сказать:

— Вы слышали, что в Тель-Авиве был взрыв в дискотеке?

Мы уже об этом слышали.

— Вы понимаете, что теперь за этим последует? — горестно вопрошает Ханнелоре.

Мы не понимаем.

— Будут ужасные акции! Израильтяне опять будут разрушать палестинские дома! И снова тысячи раненых, бездомных... Бедный палестинский народ!

Мы снова переглядываемся: интересная точка зрения!

Гостиница совершенно потрясающая, просто невиданная. Как будто сам Оскар Уайльд ее сочинял: английская мебель, или, по крайней мере, прикидывающаяся английской, королевские лилии в вазах «югендштиль», офорты в причудливых рамках на стенах. Нас встречает длинноволосый юноша с томным лицом, в художественной одежде, в шелковом шарфе с персидскими огурцами. Второй, такой же красавчик, но темнокожий, выходит из лифта и приветливо улыбается. Мы с Ганной переглядываемся: что за гей-клуб?

Тот, что в шарфе, спрашивает:

— У вас резервация на два номера, но мы можем предоставить вам сдвоенный.

Мы с Ганной стилистически похожи: обе коротко стриженные, в простой черной одежде, в очках. Выглядим достаточно аскетически. Но сдвоенный номер нам не нужен. Здесь нас приняли за своих. Это ошибка, но не обидная.

— Спасибо, нас вполне устроят отдельные комнаты.

Мы расходимся по номерам. Комната моя изумительно красива: все стильно и роскошно. Все — немного слишком. Но чего-то мне не достает. Уборной. В комнате нет ни ванной, ни уборной. Этого просто не может быть! В такой роскоши — и клозет в коридоре! Я звоню Ганне. Она заходит. Мы в полном недоумении. Я выхожу в холл в поисках общественной уборной, душа. Ничего подобного нет. Столики, диванчики, цветы — есть. И в большом изобилии.

— Сейчас позвоню, — говорит Ганна и берется за трубку.

Я тем временем открываю дверцу трехстворчатого шкафа, чтобы повесить плащ. Средняя из дверц — вход в ванную комнату. И в какую! С живыми цветами и полным набором туалетных принадлежностей, включая халат и крем для лица!

Поесть мы уже не успеваем, идем в рояльный магазин, он совсем недалеко. Днем погода была просто плохая, но теперь — кошмарная. К дождю прибавился снег, и все это летит со всех сторон: сверху, снизу, сбоку. Вьюга.

— Народ не придет, — кричу я Ганне в ухо.

Она кивает.

Магазин роскошный. Рояли белые, черные, концертные, кабинетные. Пианино выглядят здесь недоносками. Зал в два этажа, во втором — галерея, или зимний сад, где среди зелени проглядывает медь духовых инструментов. Официанты в белых смокингах разносят бокалы. Публика пожилая, солидная, дамы в драгоценностях, мужчин немного, но все безукоризненны, как посетители оперного партера.

— По-моему, мы попали не туда, — шепчу я Ганне.

Она улыбается:

— Туда. Да не беспокойся, отработаем...

Ханнелоре в маленьком черном платье, в усиленном гриме, в крупных искусственных жемчугах, знакомит меня с хозяйкой музыкального магазина: высоченная немолодая дама с мужским лицом, в меховой пелерине.

Она сообщает, что читала мой роман всю ночь и плакала.

Мне хочется сказать, что я писала не для нее, но говорю совершенно другое, напыщенное:

— Слезы очищают душу, не правда ли?

— О да, да, — она вполне согласна со мной.

Ханнелоре подтаскивает ко мне мелкого и чахлого юношу:

— Познакомьтесь, это мой приемный сын Ибрагим.

— Очень приятно, Ибрагим.

— В будущем году он заканчивает школу и будет изучать литературоведение, — сообщает сияющая Ханнелоре.

Она смотрит на мальчика с обожанием. Кривоватый мальчик украдкой гладит мать по плечу. — А наш второй сын, по возрасту он старше, но взяли мы его позже, Мохаммед, он сейчас во Франции, проходит практику. Он в этом году закончил институт. Жаль, что его нет. Он тоже ваш читатель.

Мальчик отходит: он сильно хромает, кажется, полиомиелит.

Она мне все еще не нравится, эта Ханнелоре, но удивляет, интригующе удивляет.

Гости собрались. Они пришли, несмотря на отвратительную погоду. Я бы не пошла в такую погоду даже на встречу с Уильямом Шекспиром. Рассаживаются на белых стульях. Музыкант во фраке садится за белый рояль. Шуберт.

Ганна, дорогая подруга, шепчет мне:

— Давай «Народ избранный» читать?

«Народ избранный» — про нищих. Мы с Ганной не любим богатых. Мы не любим буржуазности, истеблишмента, респектабельности. Мы в душе левые. Нас пригласили сегодня те, кого мы не любим...

Музыкант играет, публика хорошо слушает. Немцы поразительно музыкальны. Почти как грузины. Только грузины мастера петь, а они — слушать. Наша публика все-таки есть: группка студентов сидит на лестнице, ведущей на галерею. Вот еще несколько человек в свитерах и джинсах. Народу много. Зал полон.

Потом мы читаем: я — маленький кусок по-русски, Ганна — рассказ по-немецки. Мы делаем это легко и привычно. Потом вопросы-ответы. Сто раз одни и те же. Новый вопрос — один на тысячу.

Потом нас приглашают на ужин. В узком кругу, только сотрудники книжного магазина и мы. Сидим в ресторане, в каком-то подвальчике. Нас семеро: мы с Ганной, Ханнелоре и ее четыре сотрудницы, продавщицы. Сорокалетние, в костюмах, бодрые трудовые женщины, очень мне понятные.

— Давно ли существует ваш магазин? — спрашивает Ганна.

Они начинают щебетать одновременно и оживленно, и я перестаю что-либо понимать. Ганна переводит:

— Магазин существует давно, но восемь лет тому назад хозяин решил его продавать, и все были очень обеспокое-

ны, останутся ли за ними рабочие места. Потом выяснилось, что книжный магазин вообще собираются закрывать
и открывать в этом помещении не то парфюмерный, не то
обувной. Мы были так расстроены — у нас такая хорошая
клиентура, наши покупатели знают друг друга, приходят
просто поболтать о книгах. Это давно уже клуб, а не торговая точка! И тогда мы решили магазин выкупить. Собрали
все свои сбережения, но этого было недостаточно, и тогда
муж Ханнелоре заложил наследственную землю, и как раз
хватило. Первые два года еле-еле выживали, но теперь дела идут хорошо, сохранили и магазин, и свой маленький
коллектив.

Они так и сказали — «коллектив»!

— А как же муж Ханнелоре? Получил ли он свои деньги? Не пропала его земля? — интересуюсь я.

Ханнелоре оживляется:

— О, мой муж! Земля не пропала! Мы внесли деньги
вовремя. Эрик, кроме всего прочего, ведет все наши бух-
галтерские дела! На общественных началах! Он сейчас
придет, мой Эрик!

— О, наш Эрик! — снова защебетали продавщицы.

И приходит Эрик, огромный, костлявый, с тремя волосами на темечке. Глухой, как стена: ребенком попал под
бомбежку во Франкфурте и потерял слух. Счастье, что к
этому времени он уже умел говорить! Когда дети теряют
слух в более раннем возрасте, они могут остаться немыми!

Из уха Эрика торчит слуховой аппарат. Мы говорим
про книжные дела. Как идет книготорговля, какие сегодня проблемы, что читает молодежь... Эрик принимает
участие в разговоре. Потом вынимает из уха малепусень-
кую штучку — и замолкает.

Ханнелоре объясняет:

— Эрик устает от длинных разговоров. Ему иногда надо передохнуть.

Исключительно некрасивая пара, но как они ласковы
друг с другом, касаются то плеча, то руки. Время от време-

ни я ловлю их взгляды, направленные друг на друга. В них читается: скоро, скоро мы останемся вдвоем...

Вставляет он свой аппаратик, когда мы уже расходимся, — чтобы попрощаться.

Нас отвозят в гостиницу. Договариваемся, что Ханнелоре отвезет нас завтра на вокзал, непременно!

— Я так переживала, что потащила вас в гостиницу под дождем. Вчера у меня не было машины, она была у механика, такая глупость. Единственная просьба, я отвезу вас к поезду заранее, минут на сорок раньше. Дело в том, что в десять тридцать у меня свидание, которое я уже не могу передвинуть, — улыбается она свой искусственной улыбкой, но после всего вышесказанного она мне кажется вполне ничего, даже славной.

Вечером мы еще успеваем обсудить с Ганной этот необычный для к нас вечер, подивиться всей этой истории с выкупом и сохранением книжного магазина, этим двум усыновленным палестинским сиротам, взятым из детского дома.

Но никогда не знаешь, где будет стоять точка. Она была поставлена на следующее утро. Ханнелоре заехала за нами действительно пораньше: теперь мы должны были еще минут сорок околачиваться на вокзале. По дороге Ханнелоре объясняет: по понедельникам она принимает инъекцию, и после этого два-три часа ей бывает так плохо, что она проводит их в приемной у своего врача. Уже двадцать лет, как она принимает эти инъекции: дело в том, что в юности она попала в автокатастрофу, и ей грозила ампутация ноги, но ей тогда поставили сустав от коровы, и он прижился, но не вполне. Все время идет процесс отторжения, и инъекции гасят эти аутоаллергические реакции... Или что-то в этом роде...

В те времена еще не было современных протезных материалов, и этот биопротез, их давно уже не используют, и она со своей коровьей ногой просто-напросто медицинская редкость... Боли, конечно, временами ужасные, особенно, когда приходилось стоять. Но раньше она была продавцом, и эта работа стоячая, и весь наш коллектив решил, что директором магазина должна быть я, потому что директору не надо стоять...

Мы обнялись и поцеловались. Я, не глядя, стерла со щеки поцелуйную помаду. Потрясающая баба эта Ханнелоре.

Москва—Подрезково. 1992

Глушитель прогорел еще в субботу, и в понедельник, когда надо было ехать в Шереметьево встречать подругу из Америки, уже с утра я предчувствовала неприятности. Когда я выезжала с шереметьевской стоянки, уже с дорогой подругой, гаишник, увидев мою ободранную «ласточку», издающую вместо нежного воркования хриплый рев, кинулся ко мне со всех ног с радостным лицом охотника, на которого выскочила желанная дичь.

Он долго свинчивал приржавевшие номера, отвергнув безнравственный компромисс в виде штрафа или взятки, занудливо и обоснованно ругал меня за бесхозяйственность, а я прикидывала, во что мне обойдется давно уже назревавший ремонт машины.

Вечером я загнала бедняжку в гараж, и мы расстались, боюсь, что надолго. Теперь мне предстояло присоединиться к безлошадному большинству моих соотечественников. На следующий день мне надо было ехать в Подрезково, на дачу к моим друзьям, чтобы провести сутки с их десятилетней дочкой.

Метро показалось мне душным и тесным, в переходе на Белорусской бурлила торговая жизнь, рослые ребята с хорошей физической подготовкой продавали книги, и подбор их был прихотлив: от «Розы мира» Даниила Андреева до новейших руководств по бизнесу и разных видов астрологических и хирологических выпусков, украшением которых была небольшая книжечка «Как гадать по глазам». Глаза продавцов загадки не составляли: жульнические...

На выходе со станции «Комсомольская—Кольцевая», в длинном переходе перед эскалатором приличная девушка играла на скрипке Вивальди. В открытом футляре лежали рубли.

Площадь бурлила народом. Она была торговая-преторговая. Гуманитарная помощь, прошедшая через многие руки перекупщиков, здесь уже обретала последнюю и предельную цену. Коробейники были представлены, как пишут газеты, лицами «кавказской», и даже «закавказской» национальности, а товар их — ленты-кружева-ботинки — преобразовался в презервативы, сигареты и жвачку. Иногда попадались и знакомые с детства лица подмосковных старушек, с их копеечным товаром, — сторублевой малиной и пятидесятирублевыми пионами. Инфляция неслась впереди прогресса.

Нашла пригородную кассу. И остолбенела. Сон Феллини, видение Сальвадора Дали: у дверей кассы на мусорной урне, выкрашенной давно облинявшей серебрянкой, покачивая босыми грязными ногами, не достающими до земли, восседала фантастическая фигура — нищая старуха в серебрящемся от жира светло-сером плаще. Пышные седые волосы шевелились под слабым ветерком, а лицо ее было выкрашено серебряной краской, нос погуще, щеки пожиже... Она была неподвижна, глаза закрыты. Она не видела толпы, но и толпа, пробегающая мимо, не обращала на нее ровно никакого внимания.

Чувство реальности покинуло меня... Как будто я оказалась на сцене грандиозного театра, в массовом представлении, где все актеры хорошо загримированы, костюмированы, играют свои выученные роли, а я одна попала сюда случайно. Но билет в кассе тем не менее мне продали — до Подрезково и обратно, за двенадцать рублей. Я взглянула в последний раз на алюминиевое чудо и пошла на перрон.

Клинский поезд уходил через минуту, и я успела сесть в последний вагон. Поезд тронулся, и я пошла по вагонам по направлению к головному.

Часть дверей набирающего скорость поезда оставались открытыми. Дерматиновое покрытие лавок местами было содрано, торчало желтое пенопластовое мясо и деревянный костяк. Веселый сквозняк влетал в вагоны сквозь разбитые окна. Подсолнечная лузга и бумажный мусор хрустели под ногами. Дачный народ сжимал продуктовые сумки коленями. Разруха была определенная, но не окончательная. Так, небольшая репетиция. Все-таки еще существовало расписание, хриплый знакомый голос объявлял: «Следующая станция...», в проходах налаживались славные картежные компании.

За окнами тянулся безобразный пригород, на железнодорожных откосах, в крапиве и лебеде, группами и парочками сидели мои соотечественники, потягивали винцо и курили, поплевывая в жухлую травку, и им было хорошо. Один молодой парень встал, расстегнулся и направил струю в сторону электрички. Он смеялся, обнажив розовые десны, хорошо заметные на таком малом расстоянии...

В том году я была в Афинах, видела закат в Сунионе, у храма Посейдона, где Эгей бросился со скал, и была в Иерусалиме, и сидела на берегу Мертвого моря, откуда Лот, не оглядываясь, шел за божественным посланником... И вот теперь, при виде косого августовского света, скользящего по жухлой траве засранного откоса, глотаю комок в горле... Почему это убожество так трогает?

Чья-то нога пнула мою сумку, и я ее отодвинула. Напротив сел человек лет сорока, в меру пьяный, о чем тут же и объявил:

— Да, выпил немного. За Россию!

Я нисколько не возражала. Из расстегнутого ворота трикотажной рубашки вырастала стройная шея. Зубы белые, глаз веселый и карий.

— Я за Россию для русских! Это тебе не Америка. Не для черножопых!

Он выстраивал свою концепцию легко и непринужденно: он поносил всех, от англичан до японцев, прошелся по всем буквам алфавита. Все нерусские были прокляты. Я даже испытала некоторый укол по национальному самолюбию: как еврейка я привыкла держать пальму первенства в своих руках, а тут мне в привычной пальмочке отказали, поставили в один ряд со всеми прочими черножопыми. Наметив концепцию в общих чертах, мужик остановился на способах ее практической реализации:

— Значит, так! С силами соберемся — и всех порежем! Ох, весело будет!

Глаза его сверкали честным пугачевским блеском. Обращался он поначалу не ко всем вообще, а ко мне лично — доверчиво и дружелюбно, словно я заведомый его сторонник и никак не могу держаться других мыслей. Я молчала и решала про себя задачку, с чего это он ко мне обращается: не признал во мне черножопой или желает чуть погодя пролить белый свет на мою нерусскую зловредность. Указав на медленно ускользающую за окном станцию «Левобережная», он сказал мне доверительно:

— Вот, ты посмотри! Канал, да? Его кто строил-то, знаешь? Двадцать тысяч заключенных! Сталин всех повинтил — и построили! А вы, коммунисты, что построили? — неожиданно строго спросил он у меня, но я не готова была держать ответ за коммунистов. — Только все распродали да разворовали! Что Петр взял, все продали!

Он говорил азартно, все громче и громче, и уже полвагона его слушали, но как-то вяло и без душевного отклика, и он уже обращался не ко мне, а ко всему вагону, к людям, отводящим от него глаза.

— Кто войну на своих плечах вынес, я спрашиваю! Кто?

Но никто ему не отвечал. Все смотрели мимо с неловкостью и опаской.

— Демократы ваши? — и тут он употребил замысловатую фразу, в которой были ловко увязаны репродуктивные органы собаки, сибирский валенок, медный таз и чье-то анальное отверстие.

Слегка колеблясь в проходе, восходил второй герой. С улыбкой узнавания он приблизился к оратору. Остановился. Ему было под шестьдесят, загорелая лысина была украшена давним петлеобразным шрамом, и он тоже уже принял на грудь, облаченную в чистую джинсовую рубашку.

— Вот именно! — похвалил он кареглазого, и я отодвинула сумку, пропуская его в проход между лавками.

— А ты — за Россию? — строго спросил кареглазый.

— За Россию, — кивнул лысый.

Кареглазый хитро сощурился, прямо-таки по-ленински, и задал вопрос на засыпку:

— А за какую Россию?

Лысый растерялся:

— Ты что имеешь в виду? В смысле — за старую или за новую?

— Не врубаешься! Старую... — саркастически улыбнулся кареглазый. — Ее еще надо проверить, старую-то! Возьми, к примеру, попов, кадилами опять размахались. Как телевизор ни включу, все машут и машут. Однозначно!

— Однозначно, — подтвердил лысый.

Но кареглазый, видно, решил провести проверку по всем швам:

— А вот, скажи—ка мне, ты пьяница или алкоголик?

Лысый приобиделся:

— Почему это? Я так, любитель...

И он вытянул из аккуратной, искусственной кожи сумочки початую бутылку вина.

Первый взял ее, посмотрел на этикетку:

— «Салхино». Шестьдесят два рубля.

Потом ткнул пальцем и, отметив ногтем полосочку на этикетке, объявил:

— Вот я сейчас выпью до этой полосочки, и будет как раз на десятку.

Что и сделал. Самым точным образом. После чего вынул из кармана горсть мятых бумажных денег, выудил десятку и стал засовывать ее в карман лысому.

— Да ты что, — удивленно отвел десятку лысый, — да мы что, не русские, что ли?

— Это ты верно, — удовлетворенно кивнул кареглазый. — Верно говоришь. Русские. Вот соберемся и резать пойдем.

— Кого? — полюбопытствовал лысый.

— Да нерусских! — широко и добро улыбнулся кареглазый. — Чтобы здесь под ногами не путались! Ох, кровушки пустим!

— Да на что? — удивился лысый. — С чего это я пойду резать? Охота была!

— Вот она, лень-то русская, — укорил его собеседник. — Под лежачий камень вода не течет.

— Да хрен бы с ней, пусть не течет. Пусть хоть лень, — согласился лысый с милейшей улыбкой, выжавшей круглые детские ямочки на пухлых щеках.

Русскую лень они по-доброму осудили, и на этой мирной ноте я вышла в тамбур. Приближалось мое Подрезково.

В тамбуре тоже было интересно. Одна дверь была сломана, и пыльный дорожный ветерок набивал тугим воздухом тамбур. Возле второй двери, что сломана не была, стояли две молодые парочки. Те, что ростом были поменьше, самозабвенно обнимались, а более рослые уже покончили с прелюдией, победитель в черной рубашке уже попал в цель и деловито совершал таинство, энергично позвякивая пряжкой брючного ремня не в такт замедлявшемуся движению поезда. В боковом зрении мелькнула длинная белая шея и запрокинутый подбородок прекрасной дамы. Я с облегчением спрыгнула на подкатившуюся под ноги платформу.

Всего в этот день было слишком много. Я шла по перрону, поезд тронулся, обогнал меня и, вильнув задом, унесся вместе с кареглазым, лысым и этой великолепной четверкой, которая до Клина могла еще много чего успеть...

Платформа кончилась, началась дорога, она вела вправо, мимо седеньких от пыли кустов, которые все пытались отодвинуться подальше в сторону. И закат еще не совсем произошел, и деревья стояли с подсеченными светом верхушками.

В смуте и растерянности я дошла до поворота дороги, где под пыльным кустарником сидели двое мальчишек лет десяти и, как мне показалось издали, играли в карты. Подойдя ближе, я увидела, что они делят толстую пачку денег на две колоды, и полупустая бутылка того же «Салхино» была зажата между коленями у одного из них...

Венечка! — взмолилась я — Ты уже давно в хорошей компании потребляешь что-нибудь небесное и тебя достойное, и железная пробка в горле тебе уже не мешает. А с этими-то что будет? Они не сложат свои обтрепанные крылышки под ветхим забором, не заплачут смиренной слезой бессилия и покаяния, а, налившись пьяной кровью, возьмут топор или БТР. И уж какие тут Петушки, липкие леденцы на сосновых палочках, скользкие медовые пряники... Огненного, злого и железного петуха накличут на бедную нашу сторону эти добрые мужики с бутылкой «Салхино». А с этими, маленькими, что будет? — спрашивала я покойного Венечку Ерофеева без всякой надежды на внятный ответ.

Франциск Ассизский:
два в одном

С вечера мы говорили о том, что быт больших городов во всем мире приобретает общие черты: та же еда, та же реклама, та же музыка и одежда. Даже мусорные урны в Нью-Йорке, Москве и Шанхае набиты одним и тем же веществом жестянок от колы и чипсовых упаковок. А наутро мы встретились возле Нью-Йоркского кафедрального собора на 110-й улице. Моя подруга Лариса обещала показать мне чисто Нью-Йоркское зрелище. Жила я в тот раз недалеко, в домах Колумбийского университета, и по воскресному солнышку, не торопясь, с хорошим запасом времени зашагала вниз по Манхэттену. То и дело встречались утренние собаки со своими хозяевами, которые подбирали в пластиковые мешочки собачьи какашки и бросали в урны. Культура!

По мере приближения к 110-й улице количество собак на душу населения возрастало. Возле огромного кафедрального собора собак собралось великое множество. Их, вместе с хозяевами, стояла целая очередь. Это была самая удивительная из очередей, которую мне приходилось видеть. И кошки стояли в очереди. Всех их привели на мессу, о чем было написано большими буквами — «МЕССА ЖИВОТНЫХ В ЧЕСТЬ ДНЯ ФРАНЦИСКА АССИЗСКОГО».

Собаки всех возрастов и пород, дворняжки и редкопородные красавцы вроде риджбеков и волкодавов (пер-

288 вый раз в жизни увидела: высокие тонкие собаки, в светло-серой пушистой шерсти, очень нежного вида), огромное количество мопсов, всепородные кошки в корзинках, сумках и переносных домах, прижатые к груди котята, мальчик с рыбками в целлофановом пакете, девочка с серо-бурой черепахой... Очередь по-американски жидкая, в затылок не дышат, стараются соблюдать дистанцию, не касаются друг друга. И все терпеливо ждут, когда их впустят в церковь. И совершенно нет благочестивого народа, который бьется в корчах, что собака им храм осквернит!

Но это было только начало, я и представить себе не могла, что меня ожидает дальше.

К тому времени, как подошла моя подруга Лариса, мне было ясно, что в храм мы не попадем: очередь обвивала весь квартал, да и оснований у нас было недостаточно, — никаких животных предъявить мы не могли.

— Когда Бродского отпевали, тоже была пропасть народу, но все-таки не столько, — заметила Лариса. — Но ты не огорчайся, что мы внутрь не попадем, зато мы увидим парад животных. Как жаль, что я своих не взяла!

В то время был еще жив ее замечательный риджбек Бренди, пожилой джентльмен редких достоинств, и кошка Саша мерилендской породы, крупное животное с маленьким треугольным хвостом, великая мизантропка, которая из всех живых существ в мире терпела только Ларису.

И мы встали у самой веревки, отгораживающей огромную лестницу, ведущую прямо к парадным храмовым дверям, имевшим вид замурованных. По этой лестнице должна была подниматься праздничная процессия.

Мы ждали довольно долго: это было совсем не скучно, — приводили участников. Первыми пришли слон и верблюд. Они были в цветочных гирляндах. Слону было неудобно стоять на лестнице, и страдающий за него человек крутился возле него, чтобы расположить его ноги поудобнее на ступенях. Потом пришел питон. Он был так толст, что, боюсь, принес в себе кролика. Он висел на плече у хозяина и слегка обвивал его. Затем явился очаровательный поросенок. Гирлянда не давала ему покоя, и он долго с ней боролся, пока не стащил с шеи и не съел. Две ламы были в розовом, то есть в розовых цветах, и являли собой образ тщеславия, как мне показалось. Зато два детеныша шимпанзе были страшно застенчивы, они не хотели сходить с рук и прятали мордочки на груди людей, которые их принесли. Язык не поворачивается говорить здесь о хозяевах. Возможно, я ошибаюсь: просто они стыдились своего человекообразия. Попугаи сидели на плечах, как яркие эполеты, а одна большая птица, похожая на гуся, но не гусь, сидела на голове у толстого человека в чем-то, похожем на гнездо. Черный бычок с торчащими вперед рогами, ужасно напоминавший тех, что участвуют в корриде, проявлял недовольство, и двое молодых людей прикладывали немало усилий, чтобы удержать его на месте. В стеклянных коробочках принесли муравьиные семьи, пришли пчелы со своими домами. Человек с тележкой, украшенной цветами, бдительно нес свою службу, но звери вели себя очень прилично, — лопата и метла не понадобились.

Наконец, раздались звуки музыки, отворились высоченные храмовые двери, — слон вошел первым. Верблюд за ним. Бычок вдруг присмирел, склонил голову и пошел как миленький... Люди с ними были тоже в венках и гирляндах и одеты в светлые стихари. Праздник-то был общий... Лариса все время тихо причитала, как это она не взяла своих животных.

Молебна, который был внутри, я не слышала. В собор я не попала, да и что мне, безлошадной, было там делать? Не слышала также и положенных на этот день стихов из Библии. Наверное, читали то место, где Ной принимает в свой ковчег «каждой твари по паре».

Зато, когда молебен закончился, я увидела еще одну процессию, — это была толпа Нью-Йоркских музыкантов, среди них был один очень знаменитый, с «экологической» музыкой, фамилию его я знала, но забыла, а другие были незнаменитые, обыкновенные черные ребята с дудками, барабанами и голыми струнами, натянутыми кое-как кое на что, какие-то самодельные и первобытные инструменты, и они устроили такой шум, гам и свистопляску, что наши российские собаки разорвали бы их в клочья. Но американские — хоть бы что!

Замечу также, что в этом джаз-банде было несколько католических священников, несколько пасторов и даже две, как потом выяснилось, пасторши. В скверике возле собора стояло великолепное ликование, — и никакого благочестия! Грохотала музыка, пахло африканской едой из всяческого риса и прочей капусты, вегетарианской едой, которую здесь же, в наспех разбитой палатке, готовила пара двухметровых черных парней.

Овощи — людям, мясо — животным! — вот что они думали по этому поводу...

Потом началось самое удивительное: в маленьком скверике были поставлены три скамейки и установлено три шеста, на каждом из которых висел по плакату со словом BLESSING. Благословение... На одну из лавочек сел католический епископ в красной скуфейке, две другие заняли женщины-пасторши. Мероприятие это было межконфессиональным, католики устраивали его вместе с протестантами всех оттенков: частные расхождения в догматах временно отступили перед любовью к животным. Мне показалось, что кого-то среди них не хватало...

Ко всем трем точкам в скверике выстроились очереди кошек, собак и их хозяев. На маленьком пространстве их собралось сотни. Они не ругались, не лаяли и не дрались. Все вели себя как на дипломатическом рауте. И даже при виде здоровенной австралийской хрюшки никто и носом не повел. Музыка перестала играть. Стояла городская тишина, в которой фыркали и повизгивали машины. Животные молча стояли в очереди за благословением.

— Как его зовут? Джерри? Какой ты красивый, какой ты умный, Джерри! Хорошая собака Джерри!

Джерри благодарно замирал у колена священника.

— Господь благословит тебя, Джерри! — и священник чертил в воздухе крест над головой животного. Следующая морда тыкалась в ладонь: собачья, кошачья, черепашья.

Не агнцы и не львы, а всего лишь кошки и собаки возлежали на чистой травке околохрамового скверика.

— Лариса, что происходит? Они же должны друг друга грызть и рвать? — спросила я у подруги, американки с двадцатилетним стажем.

— Да я и сама не понимаю, спросим у аборигенов, — и она действительно спросила у засушенной американской дамочки. Американка с двумя старенькими мопсами на красных поводках ответила невозмутимо:

— Это просто дух Святого Франциска Ассизского.

Вероятно, это действительно дух Святого Франциска, который так плодотворно трудится в Америке. К этому я ничего не добавлю, а то скажут, что я враг православия.

Это событие, замечательное само по себе, оказалось прологом к еще одному, произошедшему три года спустя в тех же краях. Мой младший сын, начинающий музыкант с веселым ветерком в голове, крепко сел на героин. Я, как полагается матери, узнала последней. Лариса догадывалась, делала намеки, указывая на некоторые неувязки в его поведении, но я отбивалась: ты его просто плохо знаешь, у него всегда некоторый разлад со временем и пространством, это у него с детства... Наконец, сын признался и если не попросил помощи, то, по крайней мере, готов был на нее согласиться. Я прилетела в Нью-Йорк, восстановила его документы, которые к тому времени все были потеряны, вызвала старшего сына — для надежного сопровождения героинового бойца на родину — и ждала отъезда, который должен был произойти вот-вот.

Накануне отъезда младший сын пропал. Пошел попрощаться с приятелями и не вернулся. Утром старший побежал на свидание со своей давней подружкой Патришей, а я слонялась по ларисиной квартире из угла в угол и пыталась

292 решить задачку, не имеющую решения: как найти в огромном городе маленького мальчика под большой дурью...

И тут я обратилась к Франциску Ассизскому. Он был нарисован Ларисой на небольшом кусочке картона. Это была самодельная икона, написанная в тот год, когда один за другим умерли ее пес Бренди и кошка Саша. Они были изображены перед сидящим Франциском, кошка — на спине, в позе игры и неги, а Бренди — склонив голову под рукой святого. Лик Франциска получился не очень хорошо. Животные были написаны гораздо лучше. Когда я сказала об этом Ларисе, она только плечами пожала: три раза лик переписывала, не очень похоже получается... Оно и понятно: со своими животными она прожила столько лет, морды их наизусть знала, а Франциска никогда не видела...

Вот к этому никогда не виденному Франциску я и обратилась: ты, покровитель животных, друг волка, осла и небесных птиц, помоги мне вытащить моего дурачка, — сегодня он ничуть не осмысленнее любого из твоих любимцев... И я попросила великого покровителя животных устроить мне с сыном случайную встречу.

После чего я поехала в город, на деловое свидание в издательство, куда должен был после ланча с Патришей приехать мой старший сын, помочь мне с переговорами.

Мы сидели с издательскими людьми, и в это время в кармане у сына зазвонил телефон: это была Патриша, с которой он только что расстался, — она сообщала, что встретила его младшего брата, вот тут он стоит, и она передает ему трубку...

Спасибо тебе, Франциск! Мы нашли блудного сына и улетели на следующий день в Москву. Франциск, а, может и еще кто-то из его компании, вытащил нас из этой истории. Никто не погиб, все мы живы. Я бы хотела написать об этом подробнее. Может, когда-нибудь и напишу.

Фрукт голландский

В Голландию я приехала не как турист, а как писатель. У меня вышла там книга, и я там выступала в разных культурных местах, — в книжном магазине, в университете, в некотором культурном центре, который напомнил мне Дом культуры АЗЛК. Это было здание для разнообразных общественных нужд, — с кинотеатром, выставочным помещением, маленькой гостиницей, кафе-баром и даже, кажется, со спортивным залом.

Я выступала в небольшом кинозале. Перед спящим экраном поставили столик, микрофон и бутылку воды, — писателю большого реквизита не нужно.

По дороге к залу я проходила через вестибюль, в котором были развешаны картины. Я взглянула мельком, — после «малых голландцев» они показались мне кошмарной мазней.

— Что это? — спросила я переводчика.

— Не обращай внимания. Один местный фрукт рисует. Ты, может, не знаешь, в Голландии на десять человек двенадцать художников...

Мне это заявление скорее понравилось: из всей амбициозной армии творческих людей — писателей, артистов, музыкантов и алчных маршанов, которые называют себя «арт-дилерами» и изо всех сил делают вид, что они-то и есть главные в этом сборище, — я предпочитаю художников...

Зал был небольшой, уютный, народу на выступление пришло довольно много — а я-то беспокоилась, придет ли хоть кто-то... Зал был почти полон, меня представили, переводчик прочитал кусок моего текста, потом я что-то говорила, мне задавали обычные вопросы, я отвечала...

На первом ряду сидел человек и писал, не заметить его было невозможно: он был лыс, полностью беззуб, очень худ и столь странно-притягателен, что я время от времени на него поглядывала. Облик его наводил на какие-то ассоциации, будил забытое воспоминание...

Тут он подошел ко мне с письмом в руках, произнося что-то по-голландски. Переводчик взял письмо, лысый начал возбужденно говорить, мельтеша в воздухе тонкими руками... Эти жесты, шейный платочек, бисерная браслетка на запястье, — смесь детского и болезненного... Покойного Никиту, несчастного, осужденного в семидесятые годы за мужеложство и восемь лет отслужившего лагерным петухом, вот кого он напоминал...

Переводчик взял письмо и отправил лысого на место. И тот вернулся в первый ряд, все еще трепеща пальцами на ходу...

Потом в кафе устроили что-то вроде ужина, и с другого края стола этот тип все делал мне знаки, привлекал внимание, — мол, поговорить надо, — а когда ужин кончился, подошел ко мне и предложил выпить в баре.

Переводчик мой к этому времени уже исчез, и я осталась наедине с этим странным господином, который был явно ко мне расположен, обращался на смеси польского и английского, я ему что-то отвечала, и он мне смог сообщить о себе множество конкретных сведений каким-то особым внесловесным способом, — жестами, рисуночками, надуванием щек...

Он оказался почти стариком, вблизи было видно, какая густая сеть мелких морщин покрывает его щеки и шею. В семилетнем возрасте этот старик-ребенок был спасен из концлагеря в Польше. Он прижимал маленькие кисти к тому месту, где расходятся ключицы, и твердил, — сирота, орфен, сирота... И отчаяние маленького ребенка сквозило в голосе.

У меня был ужас перед содомией. Не могу сказать, что с детства, но ровно с того момента, как это явление стало мне известным. Мне было лет двенадцать, когда дворовая девочка Оксана рассказала мне ужасную правду о двух молодых людях, которые снимали комнату в нашем доме. И во мне возник тогда сильнейший страх, который, вероятно, вызывали в древности деревенские колдуны. Когда я сталкивалась с той парочкой на лестнице, я чуть сознание не теряла от ужаса... Душа моя требовала этому объяснения. Я знала про любовь, что она прекрасна, я предчувствовала, что она чиста, что она так чиста, что смывает все похабство, которое изображено на стенах в уборных. Но эту незаконную любовь я долгие годы воспринимала как движение «заблудившегося пола», как ошибку, опечатку... даже как преступление. А этот мальчик, спасенный из лагеря смерти, на всю жизнь полюбил солдат...

Он и был тем кошмарным художником, мимо работ которого я прошла, отворотив нос. Он был довольно сильно пьян, и все еще пил красное вино, которого мне давно уже не хотелось. Он говорил и говорил, уже по-голландски. Он мне рассказывал, конечно, свою жизнь, мелькали какие-то географические названия, имена. Он мне не просто так рассказывал свою биографию, он дарил мне роман своей жизни, чтобы я его написала. Каким-то невероятным образом ему даже удалось донести до меня, что я именно и есть тот писатель, который может описать все его злоключения, его интереснейшую трагедию...

Мы сидели на высоких барных табуретах, народ потихоньку расходился. На освободившийся рядом со мной стул сел другой тип, совершенно кошмарный. Голова его ото лба до макушки была в парикмахерских куделях, на шею опускался плоский хвост, а виски были подбриты так, словно он собирался сделать себе «ирокез», но раздумал. Мощную грудь обтягивала тельняшка без рукавов, а руки от плеча до кончиков пальцев были покрыты самой затейливой татуировкой, которую мне приходилось к тому времени видеть. С ушей свисала гроздь цепочек и колечек, на шее вились в несколько рядов металлические цепи, на толстых пальцах были плотно насажены кольца: черепа, слоны и прочие серебряные причиндалы. Но, если приглядеться, несмотря на всю эту карнавальщину, он был довольно красив, то есть рот, нос, глаза были исполнены Творцом как положено. Они были с моим беззубым собеседником друзьями. Может быть, даже очень близкими друзьями. Возможно даже любовниками или супружеской парой, — мы находились в толерантной Голландии, где гомосексуалистов венчают. Нет, кажется, еще не венчают, а только регистрируют в мэрии...

— Альберт! — представил друга беззубый, имени которого я так никогда и не узнала.

— Евгения, — без всякого энтузиазма отозвалась я.

Он заказал еще вина, и бармен поставил на стойку еще три бокала. Мне ужасно хотелось уйти, но я бессмысленно сидела, ожидая благоприятной минуты, чтобы улизнуть. «Матрос» довольно бегло говорил по-английски, и теперь они оба обращались ко мне одновременно, и я что-то невпопад отвечала.

Сумка моя, как всегда распахнутая для всех желающих, лежала на полу между моим и альбертовым табуретом. Я это запомнила исключительно по той причине, что он, подходя к бару, об нее споткнулся и немного передвинул... Момента, когда ее исследовали более подробно, я не уловила. Что исчезли деньги, я обнаружила уже в номере. Денег была ровно сотня долларов, одной бумажкой. У меня часто пропадают деньги, и я признаю, что совершенно не нуждаюсь в услугах воров: я их теряю без посторонней помощи! Но в этот раз я была уверена, — «моряк»

Альберт свистнул. Собственно, я его и спровоцировала. Но было очень противно...

Да бог с ними, с деньгами, на что они мне здесь, в Голландии? Издатели меня возят, кормят-поят, и в музей тоже отведут, если попрошу... Но проснулась я утром с довольно-таки неприятным осадком: нельзя быть такой раззявой...

Я спустилась в буфет и позавтракала: завтрак прилагался к ночевке. Вышла в вестибюль, скоро должен был заехать за мной переводчик. Возле самой двери сидел свежевыбритый вчерашний фрукт — сирота в кокетливом шейном платочке, в мятой шелковой рубашке, с папкой подмышкой. Он ждал меня, но я заметила это слишком поздно, так что пути к отступлению не было. Он улыбался, но строго и несколько торжественно.

Вот черт какой, развели меня вчера на пару, и хоть бы исчезли навеки, так еще общаться хотят, — подумала я и хмуро кивнула...

Он раскрыл папочку. На черно-белой клетке кафеля, по-детски криво и робко нарисованном, на ощутимо холодном полу был изображен голый лысый человек. Это был Освенцим, или тюрьма, или какое-то другое отделение ада. Я поняла, почему я вчера не хотела видеть эти кошмарные рисунки в вестибюле. Никакому глазу не хочется наблюдать адские картинки. А этот лысый беззубый жалкий педик остался навсегда рисовальщиком ада, хотя прошло уже пятьдесят лет с тех пор, как его освободили.

Он принес мне ее в подарок, эту картинку. Я взяла ее, чтобы увезти домой и спрятать куда-нибудь подальше, чтобы глаз на нее не натыкался. А он хотел, чтобы я никогда о нем не забывала, чтобы написала о нем роман, он хотел, чтобы я смотрела на его картинку. Он хотел бы, чтобы все люди жалели его, мальчика-сироту из концлагеря. Я вся наполнилась слезами до краев, но, честное слово, я не заплакала. Держала эту папочку и говорила:

— Сэнькю вери мач, ю ар вери кайнд...

И тогда он вынул из какого-то затейливого, вышито-
го индийскими женщинами портмоне стодолларовую
бумажку и стал извиняться за своего друга, который вечно шалит, и он не заметил, как тот решил подшутить со
мной... Это он говорил по-голландски, но я все поняла.
Все — до последней копеечки.

Кимоно

Как выяснилось, в Токио не носят кимоно. Их можно увидеть только в монастыре. Невесты и их подружки наряжены в удивительно сложные костюмы. Кроме кимоно, там наворочено еще много всякого другого, а когда поверх кимоно с огромным поясом-протезом сверху накидывают еще какую-то шелковую одежку, изящная японка превращается в горбатое чудовище. Правда, переводчица не поняла моего изумления и попыталась объяснить мне, что получившийся силуэт и есть самый женственный, потому что без этого горба женской фигуре чего-то недостает, а так получается полная гармония.

В общем, пояс этот протезный, при всей его красоте вещь для носки невозможная. Но мне все-таки хотелось купить настоящее кимоно, но без пояса, и я спрашивала у знакомых японцев, где их продают. Они слегка удивлялись, и, в конце концов, отвели меня на последний этаж большого универмага. Там было множество кимоно, но они были помпезные, слащавые, на мой взгляд, пошлые, сплошь карамельно-розовые, а если и белые, то непременно с большими жирными цветами. И самое дешевое переваливало за тысячу долларов.

Мы спустились с последнего этажа на первый и пошли гулять по парку, что возле Токийского университета, и дивиться деревьям, еще не освобожденным от зимней упаковки из соломы, и тонким конусам из жердей, сооруженным поверх сосен для защиты от снегопада — чтобы сырой тяжелый снег не сломал ненароком драгоценной ветки... Чудная, чудная страна Япония, все в ней не так, все по-другому, и понять хочется, и понимаешь, что невозможно ни в чем разобраться, и, прежде всего в том, как маленькие японцы вырастают в грамотных взрослых, потому что для чтения средней сложности книги, без особых выкрутасов, надо знать четыре тысячи иероглифов... Еще непонятно было, почему они так заводятся от Достоевского, что их так тянет в бездну русского характера, и почему эти безумные слависты изучают творчество художника Матюшина и его жены Елены Гуро, в то время как про них в России не каждый профессор искусствоведения знает...

Словом, вот с таким бесподобным безумцем, специалистом по русскому авангарду, отправились мы на один день в город Киото, чтобы посмотреть Золотой Павильон, Серебряный Павильон, Храм Тысячи Будд и еще кое-что по списку в режиме «фаст фуд».

Мы приехали на скоростном поезде из Токио в Киото, бросив взгляд на симметричную Фудзияму, взяли такси и поехали по всем положенным точкам. Наглые облезлые косули выпрашивали спецпеченье, для них и туристов здесь изготавливаемое. Мы всюду успели, и мой спутник был доволен, что так быстро и оперативно мне все показал, а я испытывала стыд и отвращение к себе за то, что поддалась на эту приманку и поехала, чтобы поставить галочку, и ничего, кроме того, что можно увидеть в кино, да еще и в лучшем ракурсе, не увидела, и поклялась себе, что лучше буду сидеть дома, чем унижать, возможно, бессмертную душу такими низкими упражнениями...

Итак, мы неслись на вокзал, и дорога наша лежала через рынок. Но времени уже почти не оставалось, и даже предаться свободному глазению на чужую еду, на невиданные овощи и странные фрукты было некогда. Но вдруг в каком-то закутке я увидела группу женщин, распаковывающих большие сумки. Женщины были какие-то особенные, между ними была некая неуловимая связь. У японцев все непонятно, и глаз все время обманывается, как и вкус...

Они выкладывали на прилавок какие-то тряпки, и тряпки потянули меня к себе. И мы подошли. На прилавок выкладывали кимоно — те самые, о которых я мечтала: оранжево-лиловые, алые, дымчато-голубые, не совсем новые, некоторые даже заметно старые и чиненые, одно с маленькой честной заплаткой на видном месте, в увядающих цветах и мелких рыбках, с пятнами луны и бамбуковыми скелетами... Это я говорю «кимоно», а эти одежды были с точки зрения японцев совершенно не кимоно, какие-то полукурточки, и халаты, и предметы неизвестного нам назначения... Шелк тонкий, блестящий, и шелк-сырец, и то ли полотно, то ли бумага...

— Ико, что это? — спросила я у спутника. Он о чем-то тихо переговаривался с женщинами. Кивал головой, улыбался, немного кланялся, и они тоже улыбались, и кивали, и немного кланялись...

— Ты знаешь, я такого еще в жизни не встречал: это благотворительная акция. Женщины эти — матери детей-инвалидов, и женщины из богатых семей собрали свою старую одежду, они починили ее и теперь продают, чтобы вырученные деньги взять для своих детей...

Они были все великолепны, эти старые, вычищенные и вычиненные вещи. Выбрать было трудно. Меня одолела жадность и тяга к прекрасному одновременно, и я не могла остановиться. Я знала, кому я их подарю: алое — невестке Наташе, дымчатое — подруге Алле, огромное темно-синее — брату Грише... Я накупила их девять, самое дешевое стоило шесть долларов, самое дорогое — двадцать пять.

Все кимоно вскоре я раздарила, осталось у меня только оранжевое, короткое, веселое, с невыводящимися пятнами ржавчины на белой подкладке. Теперь у меня сколь-

302 ко угодно времени разглядывать подлинный кусок настоящей Японии. Оранжевым кимоно кажется только издали, а вблизи, при правильном глядении, обнаруживается его тонкая полосатость, и даже чуть более светлые знаки, не то иероглифы, не то диаграммы между полосками. Если очень долго и сосредоточенно смотреть, можно много узнать про Японию.

Так написано...

Глазу, воспитанному на тихом благородстве русской природы, привычному к тонким оттенкам огородной ботвы, пыльной листвы и бедных придорожных трав претит египетский приморский пейзаж, он отдает грубым акрилом: прямая синева неба, грубая белизна побелки, мультипликационные краски, которыми окрашены толстые цветы, сделанные, кажется, из жести и искусственного мяса. Впрочем, изредка попадаются цветы мелкие и пахучие, похожие на настоящие, но и им не доверяешь.

Вымышленное место, рай, придуманный разбогатевшим лакеем, спланированный циничным наемником-архитектором и построенный местным арабом, доверчиво принимающим этот фасонистый бред как предел земной красоты. Отель так просто и назывался — «Парадиз». Он был, конечно, пародией, этот парадиз.

Первой линией у моря стояли гостиницы, за ними лежала полоса строительного мусора и свалки, а метрах в ста начиналась честная и бедная пустыня.

Для съемочного павильона все было слишком грандиозно, но фальшь была самая настоящая, как на съемке исторического фильма. Настоящим было также солнце: сильное, беспощадное, нешуточное, замаскированное легким ветерком, оно наполняло сильным светом весь воздух — ради него я и приехала сюда первого апреля.

В тот год я сильнее обычного страдала от зимней темноты. Кожа моя измучилась от тьмы и просилась на солнце. Еще коже моей хотелось к морю.

Прибрежное море меня разочаровало: оно напоминало рыбный суп, — мне не нравилось плавать посреди разнокалиберных рыбок, которые то тыкались в живот, то били по тебе хвостом. А отплыть подальше было невозможно, потому что немедленно подлетал катер, и спасатель загонял дерзких пловцов в прибрежную полосу, кишащую рыбками и отдыхающими с детьми из безводных и холодных провинций Европы.

Соотечественники хлынули сюда, потому что наш парадиз был почти пятизвездочный, а стоил почти как трехзвездочный. Это объяснялось просто: сезон еще не начался, а теракты не прекращались.

Все, кроме солнца, было имитацией: шведские столы ломились от еды, изготовленной для киносъемок, и она была такая же поддельная, как джинсы от Гуччи и сумки от Пьера Кардена, выставленные в каждом местном ларьке за десять долларов штука. Единственное, что имело отношение к нормальной пище, были свежие египетские огурцы и белые лепешки. Еще был черный кофе, который варил Ахмет в кафе на улице, — об этом я узнала на следующий день. Местный сыр лип к зубам, на колбасу страшно было смотреть, в рис всыпано чересчур много специй, к жареному перченому мясу и высохшим на вчерашнем вертеле курам стояла очередь, а очередей я стараюсь избегать по религиозным соображениям, — чтобы не впадать в искушение... Я взяла стакан апельсинового сока, — он оказался порошковым. Интересно, откуда они здесь, в апельсиновом изобилии, берут порошок. В Ирландии, что ли, заказывают?

К моему столику подошли две женщины: свободно ли?

— Садитесь, садитесь. Свободно!

Они обрадовались — тоже русская. Познакомились: Роза лет пятидесяти, со следами татаро-монгольского ига на лице, и приятно-невзрачная Алена лет тридцати.

Роза поставила на стол горку еды, — тарелка с верхом.

— Господь дает нам пищу на каждый день, и хлеб небесный посылает нам, — радостно сообщила она, села за стол, зажмурилась и замолчала.

Она молилась про себя, и вторая тоже безмолвно склонилась над тарелкой. Я чту эти обычаи: омовение рук, благословение еды... и вообще всякое благодарение...

Вечером они опять подсели к моему столику. Роза с интересом посмотрела на мой скудный ужин — огурцы с лепешками.

— На диете? — сочувственно спросила она.

— Вроде того, — согласилась я.

— Написано так, — Роза возвела глаза к небу и наморщила лоб, — «Не понимаете, что все, входящее в уста, проходит в чрево и извергается вон? А исходящее из уст — из сердца исходит. Сие оскверняет человека».

Я промолчала, поскольку давно уже не люблю застольного богословия.

«Неофитка», — догадалась я.

— А вы, простите меня, сколько за путевку платили? — спросила Роза, легко перескочив незамеченную пропасть.

— Четыреста восемьдесят.

— Чего это так много? Моя дочка купила горящую за двести девяносто. Знаете, как написано: «Дети, повинуйтесь своим родителям в Господе...», а родителям сказано: «А вы, отцы, не раздражайте детей ваших, но воспитывайте их в учении и наставлении Господнем!»

На послании к Ефесянам я ушла, пожелав приятного аппетита.

В этом вымороченном месте были свои золотые и серебряные минуты. Золотые — утром, когда я просыпалась на рассвете, выходила на закрытую от чужих глаз, но не от солнца лоджию и ложилась на шезлонг. Кожа моя ликовала, и я подставляла солнцу укромные места. Потом я шла на берег, уборщики к этому времени успевали вытащить из песка все окурки и обертки, которые с вечера оставили отдыхающие. Привозной песок, маскирующий каменистый берег под настоящий пляж, был светел и разглажен, а катерные спасатели еще не вышли на работу. Я уплывала по прохладной воде подальше от берега. Непрестанно дул противный боковой ветер, заливал в левое ухо крепкую воду и сносил вправо. Я хороший пловец, но плохой спортсмен — плыву медленным неправильным брассом. Плыть могу долго. Спохватившиеся спасатели меня возвращали.

Полежав на казенном полотенце, шла в номер и погружалась в арабское медленно текущее время. Читала длинную, удивительно подходящую к случаю книгу — «Александрийский квартет» Лоуренса Даррела, и близость места действия романа, а также разгадывание его исторических криптограмм меня забавляли. Потом я засыпала, просыпалась, пила кофе у Ахмета, возвращалась в номер и снова засыпала: предел разврата загнанного городской жизнью человека — сон после завтрака. Шла в гимнастический зал, садилась на велосипед, глядя в стеклянную стену на летящие в одном направлении и все не улетающие листья пальм, потом покупала газету и просматривала ее от конца до начала перед синьковым бассейном: интересно, они в воду анилин добавляют? Выпивала еще чашечку кофе и обнаруживала, что всего-то одиннадцать часов утра. Заспавшиеся туристы еще жевали за стеклянной стеной многоступенчатые завтраки.

Возвращалась в номер и погружалась в «Александрийский квартет», пока не наступало время обеда.

Выйти с территории отеля было некуда — полоса строительного мусора и пустыня. Можно было взять такси или сесть в микроавтобус, съездить в собственно город. Я однажды это сделала, там было то же самое: трепещущие по ветру пальмы, самые безмозглые из всех деревьев, восхитительно уродливая архитектура и группки жующих туристов. Купила на восточном базаре (пестрая роскошь бедняков, грозди предположительно золотых украшений, свисающие с лотков, поддельные ковры, новенькие папирусы с Нефертити и тонны наглых сувениров) килограмм невкусной клубники, три зеленых генопродукта в виде яблок и бедуинскую вязаную тюбетейку.

Валяться на лоджии или в номере было слаще всего. Мысль о растяжимости времени, о его способности сжиматься и растягиваться до бесконечности не покидала меня. Я наслаждалась длиной минут и бесконечностью восточного часа... И в голову лезли такие мысли, которые могут возникнуть лишь от полной праздности, например, про безумную теорию Фоменко, согласно которой мировую историю следует считать искусственно растянутой, — в теории этой, если находишься в Египте, чувствуешь прорыв к истине. В следующем прорыве будет, возможно, зиять еще одно откровение о природе времени — египетские тысячелетия равны европейским столетиям, китайское время не совпадает со шведским, а американское — с африканским, и потому история так неравномерна, спонтанна и непредсказуема.

И еще я наслаждалась молчанием: телефон не звонил, московскую суету как обрезало, и я с опаской ждала момента, когда на меня наедет скука. Скука — вдохновение (или отдохновение?) души. Так говорил кто-то из римских мудрецов.

Лучшим временем суток были минуты, когда заходило солнце и начинало темнеть. Это было роскошное представление: сначала жгучая синька блекла, белизна строений бледнела, мрамор приобретал меловой оттенок, зелень темнела и омрачалась, и все гасло, как будто художник по свету включил реостат, и свет постепенно убывал, согласно световой партитуре. Мавританский кошмар рассеивался, и начинался процесс, обратный тому, что происходил когда-то в старинном фотоателье: черная окись постепенно превращалась в серебро, растворялись зубцы, башенки, минареты. Только черные дыры оставались по низам, где небо соприкасалось с землей. А потом все становилось ровным и серебристым, как уснувший жемчуг, и наступали эти самые серебряные минуты. И только на западном краю неба шевелились отзвуки вечерней зари...

Господи, как было хорошо...

За ужином мы снова оказались с Розой и Аленой за одним столом.

На этот раз Роза взяла быка за рога и обратилась ко мне с прямым вопросом:

— А ты сама-то верующая?

Глаз ее горел хитрым миссионерским огнем. Она даже забыла помолиться лицом в тарелку. Писание из нее так и перло, она была просто нафарширована цитатами. Она вовсе не собиралась задавать мне вопросов. Она была полна ответами, и ее просто разрывало от желания поделиться своими открытиями в области духа. Я помню это счастливое состояние человека, которому вручили ключ ото всех замков, и любой самый замысловатый вопрос в прах рассыпался в тот самый миг, как к нему прикасался ключом христианства... С годами это прошло, обнаружилось множество всего, что не открывается с помощью «Господи, помилуй».

Но Роза не подозревала о досадных сложностях, она воздевала руки в разноцветных колечках, трясла стеклянными браслетами и славила Господа. Потом она остановилась и задала, наконец, вопрос:

— А вот написано: «Зачем мятутся народы и племена замышляют тщетное? Восстают цари земли и князья совещаются вместе против Господа и против Помазанника Его»? О каких это народах, о каких царях говорится? Вот вопрос-то? А?

Я оглядела зал: народы метались вокруг шведского стола и замышляли, чем бы поживиться...

— Роза! Это начало второго псалма, а дальше что сказано? «Я помазал Царя Моего над Сионом, святою горою Моею. Возвещу определение: Господь сказал мне: Ты Сын

Мой. Я ныне родил Тебя. Проси у меня и дам народы в наследие Тебе и пределы земли во владение Тебе».

Она смотрела на меня так, как будто я была куст горящий. Молчаливая Алена слегка приоткрыла рот.

— Так что не волнуйся ты о царях и князьях. Божье Слово крепкое, да и Сион здесь совсем неподалеку. Раз обещал, даст, — успокоила я.

— Ты не простой человек, сестра, — восторженно сказала Роза.

Оно, конечно, так и было, но на всякий случай я отказалась:

— Довольно простой... Это с какого места смотреть...

— Ты, наверное, экономист! — возгласила она.

Но я не засмеялась:

— Нет, что ты! Какой экономист!

Алена смотрела на свою старшую подругу с укором. Но та не унималась:

— Значит, бухгалтер!

— Нет, я не бухгалтер, — успокоила ее.

На следующий день вечером Роза была молчалива и после ужина предложила прогуляться. Мы пошли сквозь строй красных и белых рододендронов. Впереди Роза и я, а чуть поотстав, бессловесная Алена.

— Я сегодня рано утром поплыла в море, далеко-далеко. И мне был голос — плыви, плыви и не возвращайся. И такое счастье было, и я все плыла, а голос шел прямо вот сюда, — она указала на маковку, — у меня там еще в прошлом году что-то открылось, и я все время слышу Голос Небесный... И я плыла, как Он велел, и так было хорошо, и я знала, что потом утону, утону здесь, по Слову Господню... А спасатели меня догнали и выудили, и назад вернули... Вот ты образованная, скажи, если Голос Божий мне говорит «плыви!», зачем же он спасателей этих посылает. И ругались они, так ругались на меня...

Я уже знала, что она новообращенная евангелистка. И два года, не переставая, читает Писание, и Бог дал ей такую память, какой у нее никогда не было, — запоминает страницами...

— Слушай, Роза, память тебе Бог дал, и слух особый, но не дал пока еще духа различения языков. Помнишь, как это написано?

Я и сама точно не помнила, это что-то из послания Коринфянам, про разные дарования, которые посылаются людям. Но ей, по моему разумению, был нужен психиатр: не посылает же, в конце концов, Господь простодушных женщин топиться ни с того ни с сего... Хотя конницу египетскую где-то в этих краях утопил...

— Ты проси Духа различения голосов. Сдается мне, что это был не Божий Глас, а какой-то вражеский...

— Как это? Ведь Голос! Ведь написано: слушай голоса Моего! — испугалась Роза.

— Ты книгу эту читаешь два года, а я — тридцать пять. Знаешь, в ней непонятного очень много, и переводы плохие, и путаницы много. Да и читаем мы плохо, — каждый в меру своего слабого понимания. Но, я думаю, тебе было бы неплохо к врачу сходить. Это такая большая нагрузка для головы, — священные тексты.

Роза погрустнела:

— Вот и дочка моя так говорит. Ты поезжай, мама, отдохни. К врачу-то я идти не хочу. Ведь залечат. А мне Господа надо слышать...

Следующим вечером мы снова встретились за ужином. Они имели при себе курточки, у Алены был и рюкзачок.

— Куда собрались? — спросила я.

— Как куда? На Синай! — засияла Роза. — А ты что, не едешь?

Я и не знала, что сегодня автобусная экскурсия на Синай. Вообще-то, я туда и не собиралась. Мне говорили еще в Москве, что дорога на гору так трудна, что многие возвращаются, так и не дотянув до вершины.

И тут заговорила Алена, совершенно как Валаамова ослица:

— Да как же так? Рядом быть и не подняться? Это же самое святое место! Здесь заповеди дал Моисей!

Роза открыла рот, и я поняла, что она сейчас выпустит в меня большой заряд из цитат.

— Ладно, ладно! — я легко согласилась. — Давайте так договоримся. Я сейчас соберусь и подойду к автобусу. Если лишнее место будет, я поеду, а нет — так и нет.

Я не люблю христианского туризма. Большинство из памятников, которые я видела, давно превратились в коммерческие предприятия. К тому же мозаичный римский павлин или рыбка вызывают во мне не меньший трепет, чем фрески римских катакомб. Бедного христианства почти не сохранилось в мире, а богатого просто быть не может... Нет, не так: мне кажется, что богатого христианства стесняется сам Спаситель... Поэтому спуск к воде в Капернауме мне милей собора Святого Петра. Но Синай, с другой стороны, — большая гора, Богом создана, а не Папой Римским...

Свободное место в автобусе было, и даже не одно. Ехали часа два с половиной по ночной дороге, через какой-то пост переехали, добрались до монастыря Святой Екатерины. На стоянке уже разместились штук двадцать туристических автобусов, народ из них высыпался — итальянцы, венгры, какие-то неопознанные мною в темноте европейцы, группа американских студентов, по громкому ржанию узнаваемых. И дружными рядами вошли в монастырскую ограду и выстроились в длинную очередь. Я подумала, за билетами. Но я ошиблась — в уборную. Две кабинки мужские и две женские. Очередь часа на два, даже если штаны расстегивать в ускоренном режиме. Я подошла к руководителю экскурсии, который всю дорогу порол какую-то историческую чушь, и объявила, что в очереди в уборную стоять не буду, а пойду потихоньку по дороге в гору.

Молодой египтянин, бывший студент из Харькова, заволновался: отстанете, потеряетесь... Но я была настро-

312 ена решительно: «Нет, —говорю, — я всех писальщиков ждать не буду. Вы молодые, я вдвое вас старше, вы меня в дороге догоните и перегоните. И не волнуйтесь, к десяти часам, к отъезду автобуса я точно вернусь... И пошла.

Дорог было две: одна древняя, монастырская тропа, очень тяжелая и крутая, про которую я в тот момент и не знала, а вторая туристическая, серпантинная, вокруг горы, раз в десять длиннее, но она шла не до самой вершины, а за семьдесят ступеней до верху соединялась с монастырской, чтобы паломники в конце концов вкусили немного настоящих трудностей и получили соответствующее удовлетворение.

У подножья горы кучковались бедуины с верблюдами, они уже много столетий в этом бизнесе — втаскивать туристов на вершину Синая. Это небольшое племя было в незапамятном веке подарено каким-то великим арабским шейхом настоятелю монастыря. С тех пор это племя здесь и проживает, в тесной дружбе с местными монахами...

Это экскурсионное вранье все равно ни к чему не имело отношения. Верблюды шатались на тонких ногах, и мне показалось, что без них гораздо безопасней. Бедуин с верблюдом стоил десять долларов. Вообще, любая услуга стоила десять долларов. Паломники держали в руках выданные напрокат фонарики, светили себе под ноги, и стоять в этой толпе было довольно некомфортно для человека, приехавшего отдохнуть от суеты и многолюдства. Но если посмотреть наверх, то зрелище открывалось восхитительное — толпа людей с огнями в руках толстой змеей извивалась вдоль горы.

Ночь, холод, толпа. Удивительно, как это я добровольно согласилась на такое общественное мероприятие? Похоже на первомайскую демонстрацию, только ночью, и в руках не транспаранты, а фонарики... Участки, где было покруче, утомительные, чередовались с более пологими. По пути следования паломников были разбиты палат-

ки с туристическим товаром: водой, чипсами, арабскими
закусками.

Я хожу хорошо, но не была готова к такому длинному
восхождению. Когда часа через четыре добрались до сли-
яния двух дорог, старой и новой, стало трудно: очень кру-
то, и ступени неровные, скользкие, местами осыпаются.
Здесь я увидела мельком Розу с Аленой. Алена была хоть
куда, а Роза выглядела бледненько.

Я несколько раз отключалась, — такое со мной бывает от усталости, — но шла в автоматическом режиме. В тот
момент, когда я уже почти сдалась и раздумывала, не вернуться ли мне назад, подвернулась грузная старуха, которая совсем уже сползала вниз по тропинке под собственной тяжестью. А поскольку у меня всегда возникает
прибыток сил, когда я вижу того, кому хуже, чем мне, то
старуха эта меня спасла: я тащила ее на себе и чувствовала себя мастером спорта по десятиборью. Старуха была из
Новосибирска и поднималась на Синай по обету. Ей хотелось перед смертью очиститься, а тому, кто встречал вос-
ход на Синае, как известно, сорок грехов прощается. Я
подумала, что мне одного восхождения не хватит.

На вершине горы стояла церковка православная, не-
внятная, постройки тридцатых годов минувшего, двадца-
того века. Там был какой-то служка, горели свечи. Сколько
было тысяч человек на горе, сказать не могу. Может, три,
а может и пять. Темно. Холодно. Опять появились бедуины, теперь не с верблюдами, а с грязными одеялами. Десять долларов до рассвета. Молодежная компания раскла-
дывала между камнями пикничок, светловолосая парочка
угнездилась в скальном углублении, укрывшись одеялом.

Когда немного посветлело, поднялся страшный щелк.
Народы фотографировались. Довольно плотный туман лежал ниже вершины, а на востоке, откуда должно было по-
явиться солнце и очистить всех от грехов, стояла плотная
туча, и я догадалась, что кинематографического восхода, —
с нежным розовым сиянием, тонким светом и играющим

пламенем, с ртутной каплей прорезывающегося солнца, и веером первых лучей, — ничего этого не будет. Все постоят, постоят, а потом обнаружат, что солнце появилось из облаков обычным будничным путем.

— Эй, дывчина, не засти, гору загораживаешь! — обратился ко мне украинский голос, и я пошла прочь, горюя о своей неспособности слиться с верующим человечеством, испытать тот подъем, ради которого совершался этот подъем...

Сплошной поток людей снова разбился на национальные группы с экскурсоводами во главе. Я протиснулась между японцами и венграми. И увидела сидящую на камне новосибирскую старуху. Голова ее была опущена в руки, и от нее, единственной, шел такой молитвенный жар, что я чуть не заплакала...

Вот тут он и стоял, уже немолодой, крупный, с большими руками, в тонкой льняной одежде, «гугнивый», как говорит Писание, — то есть картавый, гнусавый, гундосый, и к тому же заика. И слушал Глас Божий, и записывал на камне, выбивал неизвестно каким инструментом, и исписал два больших камня... А потом понес эти камни вниз, с горы, и у ее подножья, на том месте, где теперь монастырь Святой Екатерины, он застал свой народ не в тихой молитве, а в непотребном гулянье... Но я не уверена, что было именно так, и Неопалимая Купина, которая случилась Моисею за сорок лет до того, тоже оказалась вот тут, неподалеку... Я не говорю, что не верю. Просто для меня это не имеет значения...

Я это признаю. Я равнодушна к Святым местам. И я даже не могла воскликнуть: Господи, помоги моему неверию! Но я верю в молитву новосибирской старухи, которая не сошла с дистанции, не упала в обморок и не умерла, а дотащила свое большое тело на эту высоту и верит, что ей простятся сорок ее грехов...

И еще у меня нет никакого сомнения в том, что весь этот дурацкий мир, вместе с тайной возникновения белковых тел, эволюцией, радиацией, канализацией и римским водопроводом Господь держит в своих руках, не обращая особого внимания на твердый плевок материи, называемый Землей... потому что у него очень большое хозяйство — с множеством галактик, солнц, планет, черных дыр и других приспособлений для сворачивания и разворачивания все новых пузырей...

И я пошла себе, горюя о невозможности присоединиться к общему делу веры, потому что индивидуализм иногда устает сам от себя и желает прислониться к другим индивидуализмам, чтобы образовать нечто качественно новое...

Я шла вниз одна, без сопровождения людей и верблюдов, было предрассветное время, и потихоньку стало все проявляться из серой мглы. Кроме камней под ногами, видны стали откосы каменных стен, и обрывы, и плато. Вид по мере того, как я спускалась, разворачивался, пейзаж становился все шире и объемней. Дорогая разбилась на два рукава, и один, узкий, проныривал под каменную арочку, сложенную из местного камня. И я туда пошла.

Я шла одна довольно долго. Наконец, я поняла, что спускаюсь не по туристической дороге, а по монастырской тропе. Она была очень трудной и крутой, и идти вниз было ничуть не легче, чем вверх. Может, еще и трудней. Сначала я пыталась спускаться вприпрыжку, как научилась еще в детстве, в Крыму. Но камни были скользкие, местами осыпались, и я пожалела голеностопные суставы, которые легко ломаются от таких спусков, особенно у пожилых людей.

Несколько раз я останавливалась: однажды, когда я подумала, что здесь нет ни птиц, ни зверей, что-то шевельнулось сбоку, и из-за камня вышел рыжий кот. Посмотрел на меня, ожидая подаяния, но дать мне было нечего, и он ушел. Кот-отшельник.

И тут взошло солнце. Обремененная грехами, но одинокая и совершенно счастливая, спускалась я вниз по распадку, и с обеих сторон стояли гранитные стены. Они меняли свой цвет — от слоново-серого до розового, по мере того, как поднималось солнце. Такое быстрое, на глазах, наполнение форм цветом я видела первый раз в жизни, и поняла не умственным образом, а вечно обманывающим нас чувством, что все неисчислимое разнообразие оттенков лишь функция человеческого мозга, лишь работа его глаза. Кот и верблюд видят эти горы не розовыми, а какими-то иными. А перед глазами Творца — каковы? А вот сегодня вижу я их такими, какими видит их человеческий глаз на рассвете, ранней весной в начале третьего тысячелетия...

Я посмотрела на гранитные стены, они были как будто исчерчены горизонтальными трещинами, очень регулярными, иногда — как по линейке. Я любовалась открывающимися внизу новыми и новыми богатствами света, тени, глыб и террас. Я шла, следя, куда ставить ногу, в двух местах спустилась по-детски, на четвереньках, повернувшись к спуску спиной. Потом стало жарко, я сняла куртку, чтобы спрятать ее в рюкзак и попить воды из бутылки. Ни одного человека. Вся эта огромная толпа тоже уже покинула гору и теперь огибала ее по вьющейся дороге.

И тут я увидела, что огромная гранитная стена, разлинованная трещинами, содержит какие-то подробности, которых прежде я не заметила. Между горизонтальными трещинами шли еще и мелкие, но очень ясные знаки. При освещении, которое было причудливым, потому что свет шел сверху и сбоку, и местами преломлялся странным образом, эти мелкие трещины были достаточно глубокими, очень внятными и выглядели словно письмена. Гранит от изменений света, от легкого светового дребезжания как будто менял свою фактуру, то казался мягким, как пластилин, то шероховатым, как обивочная ткань, то поблескивал металлом.

Я посидела и снова стала спускаться. По левую руку шла огромная стена, вся иссеченная линиями и исписанная таинственными знаками. Я несколько раз останавливалась, потому что мне хотелось запомнить поточнее это великолепное и значительное зрелище. Хотелось бы даже зарисовать...

Потом стена оборвалась, пошли скалы, обрывы, горочки-пригорочки, но все это было уже не таинственным и грозным, а скорее приватным, монастырским. Как будто кончались угодья Моисеевы и начинались владения монастыря. И вот он уже завиднелся, простые коробочки строений, небольшой сад, возделываемый с шестого века монахами, монастырская гостиница и уборные, к которым ночью выстроились тысячи страждущих, и стоянка с автобусами. И никаких туристов, одни бедуины с верблюдами, исполнившие свои труды...

Паломники еще тянулись по длинной дороге, а меня ждала награда — монастырь еще не закрылся. В нем шла служба. Древние иконы большой простоты и подлинности висели в притворе, а внутри стояла рака с ручкой святой Екатерины. Сушеная темнокоричневая ручка в перстнях видна была под стеклом, ее было жалко, бедную эту ручку, отсеченную от тела и выставленную на обозрение. Целовать мне ее не хотелось, хотелось в землю закопать...

Во внутреннем дворике стоял куст — Неопалимая Купина. Он стоял как бы на возвышении, и когда я подошла к нему, маленький листик свалился мне на голову.

Растение этого вида не встречается нигде в мире — написано в путеводителе. Я готова поверить. Я всегда готова поверить, кроме тех случаев, когда совсем не могу. Ну, как с сушеной ручкой. Не могу я поклоняться кусочку высохшей материи, даже если она когда-то принадлежала святой Екатерине. Не такая уж я материалистка...

Потом служба закончилась, монастырская церковь закрылась, и тут как раз на склоне горы показалась голова паломнической змеи, она медленно стекала с горы к автобусной стоянке. Все расселись по автобусам. Роза с Аленой за время пути поссорились, и Роза отсела от Алены в другую часть автобуса.

318   Мы вернулись в «Парадиз» к обеду. Я пошла спать. Заснула с наслаждением, под легкое журчание кондиционера. Засыпая, я все ловила хвост какой-то очень важной мысли, которая потом очень весомо и полно присутствовала во сне. Когда я проснулась, опять не смогла уловить этой важной мысли, но она витала где-то неподалеку, обещая вот-вот вернуться. Я посидела в лоджии, немного почитала Даррела, потом пошла ужинать.

Евангелистки мне не попались на пути, и я почти обрадовалась. Когда стемнело, я пошла искупаться. Из-за непрекращающегося ветра отдыхающие купались в райских бассейнах. На море не было ни души, и даже спасатели куда-то отчалили. И я поплавала хорошо, вдали от рыбьей мельтешни. И все время куда-то тянулась ниточка: вспомни, что-то было важное.

Я легла спать, но теперь-то стало ясно, что я обгорела, спускаясь с Синая. Было не больно, а просто кожу тянуло и жгло, и даже было приятно, потому что этот ожог был одновременно и лечением. Экзема моя прошла.

Опять я спала с неразрешенной загадкой, которая даже во сне приятно волновала. Утром я вышла на лоджию и подставила под солнце обожженные ноги. Это было глупо, но день был последний, и до следующего солнца еще надо было дожить. Я лежала, закрыв глаза, и гранитная стена Синая стояла у меня перед глазами. Я открыла глаза и снова закрыла, а она все стояла, пока я не догадалась: это и есть скрижали Завета. Как будто пелена упала, и я поняла, поняла, что делал там Моисей сорок дней — смотрел на эти наскальные письмена, смотрел слезящимися глазами сорок дней, до тех пор, пока не открылся ему смысл этих тайных знаков, начертанных природой или Божьей рукой, или дождями, ветрами и резкой сменой температур. Да все равно, чем Господу было угодно орудовать: все, что есть в мире — его инструмент. И Моисей, и простодушная Роза с ее сомнительными голосами. Может, даже и я, неочистившаяся.

В общем, я считаю, что я сделала библейское открытие: скрижали Моисеевы записаны на скале, Моисей их расшифровал. Что же касается Шарм-эль-Шейха, то он всего лишь грубо намалеванный шарлатанами задник.

В Москве, несмотря на середину апреля, было холодно, сыро и темно. Но египетское солнце надо мной хорошо поработало — кожа стала как новенькая, и прекратился зимний озноб в позвоночнике, который я ощущаю уже много лет. Недели через две позвонила приятно-невзрачная Алена из Шарм-эль-Шейха, сказала, что Роза очень страдает из-за голосов и просит меня найти ей такого психиатра, чтобы был верующий... К неверующему она ни за что не пойдет. У меня такой знакомый есть — молодой человек по имени Сережа, — и верующий, и психиатр, и денег не берет. Я ее к нему послала.

А мне-то кому позвонить...

Далматинец

В печальном городе Варшаве, дотла разрушенном и выстроенном заново, есть одно место — парк Лазенки, любимое место варшавян, сохранившее дух прежнего времени: игрушечный дворец Понятовского, оранжерея, пруд, старые деревья. Их не так много, но они и есть последние свидетели Королевства Польского.

Возле выхода из парка стоял продавец больших надувных игрушек, и среди висящих в воздухе над головой продавца была белая, в черных пятнах собака, к которой я сразу же устремилась: это собака должна была стать моей. Вернее, не моей, а собакой моего внука. Я уплатила деньги, и продавец отвязал мне мое животное. Я попросила выпустить из нее воздух — назавтра я улетала в Москву, и собака в сложенном виде заняла бы скромное место в чемодане. Но оказалось, что собака эта разового пользования — надутая газом гелием, она может выпустить его из себя один-единственный раз, после чего превращается в плоскую черно-белую тряпочку, ни на что не годную.

«Ладно, довезу», — решила я и отправилась под мелким дождичком на какое-то официальное мероприятие. Бодрая моя собачка рвалась с моей руки в невысокую высь и, засунутая в такси, билась то головой, то пятнистой спиной о крышу машины изнутри. Таксист остановился там, где начиналась пешеходная зона. Собака первой выпрыгнула из такси и рванула вверх — я ее придержала. Навстречу мне шла знакомая переводчица, она помахала мне рукой. Скорее, не мне, а собаке.

Собаку я сдала в гардероб вместе с курткой.

— Присмотрите за ней? — спросила у гардеробщицы. Та закивала, улыбаясь, и ответила что-то по-польски, уже поглаживая черно-белую голову...

Далее проистекало мероприятие: обычная небольшая выпивка, перемежаемая тостами. Подошла та знакомая переводчица, которую мы встретили на улице:

— А где ваша собака?

Стоявший рядом писатель — русский писатель, из самых моих любимых — посмотрел в мою сторону с интересом и, пожалуй, с симпатией:

— Ты что, с собакой сюда приехала?

— Нет, я ее здесь купила.

— Да ты что? — изумился он. — Какую же?

— Далматинец, — ответила я правду.

По-моему, он никогда еще не проявлял ко мне такого живого интереса.

— И ты что, оставила щенка в гардеробе?

— Конечно. А как я его сюда потащу — в толпу, в духоту. А там гардеробщица его окучивает...

В лице писателя — сомнения. Может, не стоило щенка оставлять у гардеробщицы...

Всю ночь он провисел в воздухе, под потолком гостиничного номера, привязанный к ручке двери. Морда у него была не такая умная, как бывает у живых собак, но очень симпатичная.

Утром мы вместе с ним поехали в аэропорт. Приехало такси, он рвался в салон, но его поместили в багажник. В очереди на регистрацию я заметила одну мрачную писательницу — в обычной жизни столько писателей не встречается, но это была книжная ярмарка, и там концентрация повышена. Писательнице моя собака очень понравилась, это определенно, и она расцвела замечательной улыбкой:

— Не боитесь уронить честь российской литературы?

— Да я ее еще раньше уронила — это была правда, накануне я пролила черный кофе на белую скатерть на правительственном уровне.

Как это ни удивительно, собаку мою выпустили из страны: меня беспокоил газ, который в нее накачан, гелий — он не взрывается?

Все, глядя на нее, улыбались — такое было замечательное качество у этой собаки. В самолете я положила ее под голову, как подушку. Пес был жестковат, но поставленную перед ним задачу выполнил.

Он резво прыгал над моей головой всю дорогу, и всех веселил. Наконец, мы с собакой сели в метро. Окна вагона были открыты, и собака устремилась в окно: ее гелиевая начинка звала ее ввысь. Я дернула ее за веревочку и погрозила ей пальцем.

Вагон был воскресный, дневной, почти все сидели. Стояла только группа подростков. Собака привлекла их внимание. Не собака, а наша маленькая борьба с ней: как я ее оттаскиваю от открытого вверху окна, а она все норовит туда выскочить: то головой вперед, то ногами, то задом. Ребята уже изошли от смеха, а я вела себя как настоящий клоун — с полной серьезностью.

И все люди улыбались, и я поняла, как же всем хочется немного поиграть, и как редко люди себе это позволяют.

В общем, всем вагоном мы забавлялись, как могли. Но когда поезд остановился на станции «Сокол», величественная старуха, что сидела напротив меня, встала во весь большой рост и провозгласила:

— Как вам не стыдно! Взрослый человек, а ведете себя как маленькая!

— Извините, пожалуйста! Простите, ради Бога! Я не заметила, что вам мешаю! — я рассыпалась в извинениях, но старуха попалась несгибаемая: такую извинениями не возьмешь.

— Мне лично вы не мешаете! Но вы мешаете машинисту вести поезд!

Молодняк прыснул. Старуха вышла. Поезд тронулся, и собака моя снова устремилась в окно, по току воздуха.

— Как ты себя ведешь? Ты мешаешь машинисту! Пожалуйста, сядь на место, — просила я собаку, и она спускалась и тыкалась мордой мне в лицо.

А потом я вышла из вагона и поднялась на улицу. Кроме собаки, у меня был еще рюкзак и сумка. Пока я разбирала их перепутавшиеся лямки, меня разглядывали трое: пожилая женщина, молодая женщина и мальчик лет шести. Они были вполне симпатичные лица кавказской национальности. Старшая была в черном платье и в черном головном платке. Молодая подошла ко мне и спросила:

— Почем собака?

— Я не продаю. Я ее купила.

Мальчик смотрел на собаку с вожделением.

— Я купила ее маленькому мальчику, моему внуку, я не могу ее тебе отдать, — это неприятный момент — отказывать ребенку.

— Где купила? — спросила женщина, которая мыслила конструктивно.

— В Варшаве, — жестоко ответила я.

— Как ехать? Метро какая остановка? — она была настоящая мать, и никакие расстояния не казались ей слишком большими...

— Самолетом надо лететь.

Они отошли, разочарованные. Мать что-то говорила сыну на неведомом языке.

Последнюю шутку собака сыграла, когда мы входили в подъезд: она осталась снаружи, но железная дверь не перерубила веревочки, и на свободу она так и не улетела.

До моего внука собака добралась только через две недели: она в значительной степени утратила свои летные качества, вся немного сморщилась, шов на морде пошел мелкими сборочками. Но главного своего качества она не утратила до конца жизни: она всех веселила, пока не испустила свой гелиевый дух.

О, Манон!

Я с детства верю в гаданья, предсказанья, тайные знаки и пророчества. И, поскольку верю, тщательно избегаю всей этой мракобесной чепухи. Помню, мне было лет десять, я с мамой и маминой подругой Ниной — на курорте в городе Трускавце, куда маму отправили пить воду для поправки печени, а Нину пить воду из соседнего колодца от бесплодия. Стоим в хорошеньком дворике, снятом у лютой западнянки, которая ненавидит нас по трем причинам: как курортников, как москалей и как евреев. Нина, между прочим, была ни при чем, а я такая маленькая, что можно было бы сделать и снисхождение. Стоим во дворе, ждем Нину, которая всегда долго собиралась «на источник». И тут входит во дворик, весь его заполнив юбками, волосами, резким гортанным голосом женщина в красном платке и с большими серьгами. Руки у нее заняты множеством вещей: шаль, платок, карты, книга. Большая белая книга в грязной обложке. Гадалка смотрит на маму довольно равнодушно, но тут появляется Нина, и она кидается к ней:

— Погадаю, красавица, погадаю. Все знаю, что было, что будет... Что здесь, что здесь, — приложила руку к голове, потом к сердцу, а потом сделала непристойный жест, слегка расставив ноги, — и что здесь... И засмеялась ужасным смехом.

— Цыганка, — прошептала я маме, ожидая подтверждения. Хотя я уже вышла из возраста, когда, известное дело, цыгане крадут детей, но все-таки...

Предполагаемая цыганка услышала мой задушенный шепот, повернулась:

— Не, не цыганка, сербиянка...

И продолжала, уставившись неподвижными глазами на Нину:

— Пей — не пей, гуляй — не гуляй, все будет, чего задумала, а не по-твоему...

Цыганка-сербиянка держала Нинину чахлую руку в своей — большой, в крупных красных камнях, — вертела ее, как существующую в отдельности от Нины вещь, потом попросила одно из Нининых колец, маленькое, с белым камешком, и Нина молча сняла его и положила ей в руку.

— Девочку бы мне... дочку...

Сербиянка слизнула Нинино кольцо с ладони в широкогубый рот и раскрыла книгу. Букв в ней не было, одни только точечки. Гадалка пробежалась рукой по странице, задержала руку в каком-то месте, сверкнула на Нину недобрым глазом и сказала:

— Будет, будет, лучше б не было. Будет тебе, не надолго будет...

Глазастая Нина побелела.

Гадалка закрыла книгу, полностью потеряв интерес. Повернулась, чтобы уходить, и уже через плечо посмотрела на меня и крикнула моей маме:

— А у этой — два барашка!

Нина еще полечилась год-другой, а потом взяли они с мужем девочку в детском доме, растили со всем вниманием и любовью, как свою кровную, на музыку водили, на фигурные коньки, немецкому языку учили, как генеральскую дочь, но годам к тринадцати в девочке сказалась такая дикая и необузданная природа, что фигурные коньки не помогли, — начала она загуливать на день, другой, потом сбежала из дому на месяц. Ее вернули с милицией, а в четырнадцать она исчезла окончательно, забрав все материнские драгоценности и разбив ей сердце...

С барашками сербиянка тоже оказалась права: у меня их действительно двое, и уже довольно порядочные бараны. Забавно, что первое оповещение об их появлении на свете я получила из книги, написанной азбукой Бройля... Да и знала ли сербиянка, что гадает по книге для слепых?

Всякий раз, когда возле меня появлялась особа с картами, гороскопами или другими инструментами для заглядывания в будущее, я немедленно отступала: я хотела быть свободной и не зависеть от их сообщений, правдивых или обманных.

Прошло не меньше двадцати лет, и я снова попала в поле зрения гадалки, и снова случайно. Забежала к армянской подруге, чтобы забрать свою книгу, а у нее стол накрыт, пахнет горькими травами и пряностями, а сама Седа сияет восторженным светом:

— Ой, как хорошо, что ты пришла! Сейчас придет Маргарита! Это такой человек! Такой человек! К ней запись стоит, чтобы она одно слово сказала!

Оказалось, Маргарита рассказывает жизнь от рождения до смерти как нечего делать, с помощью одной маленькой тарелочки. Я сразу же схватилась за свою книжку, и к двери, но Седа замахала руками, закричала на меня. Тут раздался звонок, и пришла эта самая Маргарита, совершенно незначительного вида, но в очень значительной шубе из какого-то редкостного зверя. Вошла деловито, как участковый врач во время эпидемии гриппа, поцеловала Седу, поприветствовала меня непривычным маханием маленьких рук и сразу же сказала:

— Седа! Скатерть сними!

— Марго, я тут всего наготовила, брат эхегнадзорского сыра привез...

— Убирай, убирай все, стол очисти, — торопила Маргарита, и Седа сдернула скатерть с круглого обеденного стола. Марго вынула из сумки большой бумажный круг, на котором были написаны буквы алфавита.

— Тарелку маленькую дай, — приказала Марго, расстелив на столе свой алфавит.

Марго взяла в руки тарелку, маленькой рукой погладила, пробежала пальцами по ребру, постучала по ней, прислушиваясь, и сказала мне строго:

— Возьми карандаш и бумагу, и записывай. Молчи и не переспрашивай, если чего не поймешь. Главное, не вздумай благодарить. Седа, ты объясни ей, как надо себя вести.

От такого приказного тона я впадаю в слабость и подчиняюсь. Седа сунула мне в руки карандаш, три листа бумаги и усадила на стул. Мы расселись вокруг стола. Марго держала тарелку на одной ладони, а второй поглаживала ее по спинке. Потом цирковым движением вытянула снизу левую руку, и тарелка как будто прилипла к правой, совершающей вращательные движения все шире и шире. Потом тарелка отделилась от руки, но не вполне. Вращаясь по окружности стола, тарелка все время была в соприкосновении с пальцами.

Марго начала что-то говорить, но я так была заворожена видом порхающей тарелки, что не очень слушала, что она говорит. Тем более, что говорила она очень тихо и с сильным акцентом, который до того совершенно отсутствовал.

Седа пихала меня под локоть, чтобы я писала. Я начала вслушиваться в довольно бессвязный поток слов. То, что она говорила о моих родителях, я пропустила, записывать начала со слов: из твоих мужчин первый, красный, ушел, но прощаться с ним ты будешь через два года, весной. Второй с бородой — отец твоих сыновей, он тебе не на всю жизнь, на десять лет. Уйдешь, не обернешься. Еще два года, — полная перемена участи. Новое поприще. Не скажу точно, но связано с искусством. Новый мужчина. Сначала он тебе будет не по плечу, а потом ты — ему. Три года еще — и выигрыш. В декабре это будет. Но не лотерея, а вроде соревнования. Только не первый приз. Но для тебя это будет большой удачей. Большая карьера будет, хотя не государственная. Ну, министром не станешь, но будешь известный человек. С девяноста пятого года жизнь меняется. Дальше она связана с городом Новый Орлеан. Все новое. Молодой мужчина. Новая семья. Чужая, но симпатичная. Они к тебе очень хорошо будут относиться. Ты там до самой смерти и проживешь. К старости мозгами повредишься. Но они к тебе очень хорошо относятся, вся эта семья...

Всю эту чушь я записываю. Какой еще Новый Орлеан? Где я, где Новый Орлеан? — исписала две страницы с лишним. Потом Маргарита накрыла тарелку рукой, и та остановилась.

Седа шипела в ухо:

— Не благодари, не благодари. Кольцо сними и положи на стол.

Я стянула с пальца кольцо с лазуритом, сложила вдвое бумажки, сунула в книгу и ушла, не испробовав армянской еды.

Спустя два года, весной, умирал мой первый муж. Его последнюю ночь я провела с ним в больнице. Он уходил тяжело, задыхался. Я прижимала ко рту резиновую маску с кислородом, он отпихивал ее, метался и страшно ругался. Семь лет прошло, как я от него сбежала, нанеся ужасный удар по самолюбию. Теперь я провожала его, просила прощения — про себя, мысленно, — потому что ему теперь было вовсе не до меня. Так он и ушел, оставив меня не прощенной... Про Маргаритино гаданье, которое исполнилось с великой точностью, я тогда и не вспомнила. В забытой на полке книжке лежали исписанные страницы с ее предсказаниями.

Потом закончились и десять лет моего второго замужества, я подала на развод. Пошла работать в театр, открылось новое поприще, новый поворот жизни. Возник мужчина, который был мне не по плечу. Тут я что-то смутно вспомнила о гаданье, даже хотела найти ту книгу,

330 в которой заложены были листочки, но под руку она не попалась.

Сняла я эту книгу с полки накануне розыгрыша некоей литературной премии. Листочки, заложенные в книгу, успели пожелтеть. И год, и месяц, на который назначен был выигрыш, были как раз на дворе. Шансов у меня, как представлялось, не было никаких, но назавтра стало известно, что я заняла второе место.

Теперь на эти глупые листы я смотрела с уважением, внимательно их перечитала. Дальше следовал Новый Орлеан.

Жизнь к тому времени так поменялась, что никакой гадалке и не снилось. Она поменялась у меня лично, у моей семьи, у всей страны. Дети мои жили в Америке, старший сын учился, младший бил баклуши и курил траву, втирая мне очки, что все в порядке. Я приезжала в Америку раз в год, останавливалась у подруги Ларисы, старалась вникнуть в происходящую вокруг жизнь, но это плохо удавалось. Из такой дали виделся лучше только свой собственный дом.

В начале зимы девяносто пятого года позвонила Лариса из Нью-Йорка, и я сообщила, что собираюсь в Америку в конце апреля.

— Знаешь, у меня идея. В мае я еду в Новый Орлеан на миниатюрное шоу, — так называла она большие художественные выставки-продажи, в которых она много лет участвовала со своими миниатюрными чудесами, — хочешь, поедем вместе. У меня там гостиница заказана, а если билет зарезервировать заранее, будет стоить долларов двести пятьдесят. Потянешь?

Я молчала так долго, что Лариса подумала, что прервалась связь и начала орать:

— Алло! Алло! Ты слышишь меня?

Я слышала. Но не стану же я рассказывать по межатлантической связи историю про армянскую летающую тарелку.

— Я поеду, Лариса. Делай эту самую резервацию...
Где я? Где Новый Орлеан?

А, может, предсказание вообще ничего не предсказывает, а представляет собой всего лишь стрелку, как в игре «казаки-разбойники»? Не увидишь стрелку, и не побежишь в ту сторону?

Две недели я провела в Нью-Йорке, мы много болтались по городу, старший сын кормил нас в каких-то маленьких специальных местах, известных лишь настоящим обитателям города, а не всепроникающим туристам, младший таскал в какие-то столь же настоящие музыкальные точки, и один раз даже на свой концерт, и мне в голову — совершенно преждевременно! — приходила старческая и весьма сомнительная мысль: так все хорошо, что на этом месте можно и помирать...

А потом мы с Ларисой поехали в аэропорт и через четыре часа приземлились в городе Новый Орлеан. Нас встретил автобус и повез в гостиницу. Ларисино лицо вытянулось сразу же, как только она этот автобус увидела. Это был ужасный облом. Гостиница, куда нас везли, находилась в семнадцати километрах от города, и само шоу должно было проходить именно в этой гостинице. Семнадцать километров тянулись бесконечно долго, тоскливые болотистые места, заброшенное безлюдье Луизианы, то приближающаяся, то удаляющаяся грязно-зеленая большая вода Миссисипи в серой дымке мелкого дождя. Тоска смертная...

На шоссе, по которому мы ехали, не было ни встречных, ни попутных машин. Все выглядело безнадежно.

— Да, завезла я тебя, — только и сказала Лариса.

Тут я не выдержала и, чтобы развлечь и взбодрить подругу, рассказала Ларисе об армянском гаданье. Лариса ничего не сказала, но посмотрела на меня так, что я почувствовала себя двоечницей.

Перемена участи произошла у стойки в гостинице. Всех участников шоу — почти все были женщины — заре-

332 гистрировали и выдали каждой по ключу. Когда дело дошло до Ларисы, администратор вдруг засуетился, начал
крутить телефоны, с кем-то переговариваться. Понять ни
слова я не могла, потому что здешний американский — это
какой-то еще один незнакомый язык, но Лариса выглядела как дичь на болоте: растеряна и растопырена.

После довольно длительных переговоров Лариса посмотрела на меня и сказала тихо:

— Incredible!

Произошло действительно невероятное: наша резервация откуда-то и куда-то слетела, мест в гостинице из-за
шоу не было, даже люксовых номеров, которые они хотели было нам предоставить, и теперь, извиняясь в три голоса — парень со стойки и еще двое подскочивших адми-
нистраторов — они просили нас простить неудобства,
которые причиняет нам это досадное недоразумение, но
единственное, что они могут нам предложить — номер в
маленькой гостинице с тем же названием во Француз-
ском Квартале, потому что здешняя гостиница, много-
этажный зеленый фаллос, одиноко торчащий из болот, —
всего лишь филиал той старинной гостиницы на двадцать
номеров, и неудобства будут компенсированы тем, что
нам дадут лучший из тамошних номеров и, естественно,
машину, которая будет нас ежедневно доставлять из цент-
ра Нового Орлеана на шоу и обратно.

Ларисины сундуки мы оставили на хранении, поскольку назавтра ей надо было устраивать экспозицию, и
сели в поданную нам машину и через двадцать минут были в самом сердце Нового Орлеана, в центре Французского квартала, в старинной, чуть ли не в самой древней в городе гостинице с внутренним двориком и мавританским
фонтанчиком.

— Здесь останавливались плантаторы со своими семь-
ями, когда приезжали в город за покупками, — сказала Лариса, когда мы заселились в роскошный, обставленный
ветхой мебелью номер.

— Ага, унесенные ветром плантаторы и плантатор-ши, — согласилась я, разглядывая смесь английских цветочков и французских полосок на обивках, обоях, занавесях и покрывалах. Хрупкие столики были покры-ты кружевными скатертями рабской работы, а в каждой из спален, смежных с гостиной, стояло по огромной умы-вальной машине с тазом и кувшином. Лариса открыла дверку в нижней части прикроватной тумбочки и торжест-венно вытащила оттуда старинный ночной горшок, слегка побитый временем.

— Вот! Этого больше нет нигде в мире! Я уверена, что у них сохранилась и конюшня для лошадей их постояль-цев, и сарай для их невольников! Теперь ты понимаешь, как нам повезло!

Конечно, я понимала. Мы шли по Бурбон-стрит. Силь-но пахло цветущими магнолиями, конским навозом и ма-рихуаной. Новый Орлеан хвалился сам собой, как ребенок новой игрушкой: на каждом перекрестке, на всех его четы-рех углах клубились малолетние чечеточники, флейтисты и гитаристы пубертатного возраста, престарелые ударники и извлекатели звуков из чего угодно, гадатели всех направле-ний — с картами обыкновенными и картами Таро, с фасо-лью, цветным рисом и другими сельскохозяйственными объектами, с камешками, перьями и цыплятами, звездоче-ты в колпаках, фокусники и танцовщики — креолы и не-гры, индейцы и индийцы, и среди них, мы знали, затеря-лась шестнадцатилетняя дочка наших друзей, сбежавшая из приличного еврейского дома и исчезнувшая в этом во-довороте. Не первая и не последняя — Теннеси Уильямс то-же когда-то сбежал сюда, в этом водовороте и написал «Трамвай желания». Музыка заполняла все поры этого го-рода, грохотала на перекрестках, изливалась из открытых дверей всех заведений, сочилась сквозь стены. Да еще пах-ло креольской едой, горячей и острой.

Кстати, все кафе, рестораны, клубы и бары были бит-ком набиты, хотя туристический сезон еще не начался, да

334 и вечер еще только собирался. Влажная жара, которой славится Луизиана со своими болотами, крокодилами и ирригационными каналами, тоже еще не наступила, Даже какой-то ветерок, взвиваемый то ли музыкой, то ли кабацкими запахами, лениво тащился вдоль Бурбон-стрит. Мы бы уже и поели чего-нибудь, но свободных мест не было. Мы остановились возле вывески «У нас играет саксофонист Гэри Браун».

Пока мы глазеем на вывеску, музыка смолкает. Народ выходит из заведения, а мы входим. У Гэри Брауна — перерыв. Мы садимся на освободившиеся места, заказываем местный напиток с ромом и сидим, тихо наслаждаясь. Мы медленно выпиваем сладко-коричневый алкоголь, потом заказываем еще «маргариту».

— Здесь онтологический перерыв, — говорит, наконец, Лариса, и я прекрасно понимаю, что она имеет в виду.

— Ага, всегда.

В том смысле, что в других местах на земле люди работают, очень много работают, еще и еще, до смерти работают, а здесь — перерыв. Бармен наливает выпивку — лениво и доброжелательно, делает одолжение. Музыканты играют, потому что у них такое настроение — поиграть, а гадатели раскладывают свои снасти исключительно из любви к этому старинному занятию. Можете дать им денег, они их возьмут, но они здесь не работают, они так живут, — в перерыве.

Музыканты немного поели и выпили, им снова захотелось поиграть, и они расселись: Гэри, лет тридцати пяти, лысый, светлокожий негр, немного полноватый и расслабленный, басист ямайского вида и улыбчивый худенький гитарист. Потом вылез восточного вида клавишник и старый, совсем старый перкуссионист. Он заменил другого, и все обрадовались, потому что он был какой-то совсем знаменитый и вообще-то не должен был сегодня играть, но шел мимо и захотел немного постучать... И они начали.

Бедные, бедные белые люди — недопеченные, недо-
деланные. Настоящие политкорректные американцы —
белые, англосаксы и протестанты — говорили мне, что
этого нельзя произносить: никогда нельзя хвалить черных
за их музыку, потому что им это обидно. По той причине,
что они не хуже белых и во всех прочих отношениях, и это
обидно, тысячу раз обидно, когда все тащатся именно и
только от их музыки. Не знаю, что в этом плохого. Они за-
играли, и запели, и заплясали — чистая радость и восторг!
Они так наяривали, что наши белые ленивые души под-
прыгивали и отрывались, и взлетали, и приплясывали, и
Сам Господь Бог радовался и, может, тоже приплясывал
на небесах. И так было хорошо, что вылетели полностью
из наших озабоченных голов все тяжкие думы, накоплен-
ные десятилетиями чтения умных книг, все проблемы от-
летели как пыль, все внутри пело вместе с Гэри Брауном и
его замечательными ребятами.

Потом Гэри вытащил изо рта мундштук и крикнул:

— Танцуйте!

Но пока дело так далеко не зашло, чтобы вскочить и
идти трясти нашими довольно престарелыми костями. И
тут от двери через пустую танцевальную середину зала идет
негритянской походкой, в которую танец вделан от рождения, здоровенный черный парень. Идет и уже как будто
танцует. И подходит он ко мне и приглашает танцевать.

Мы с Ларисой долго соображаем, что это он хочет?
Танцевать — наконец соображаем мы, и Лариса шевелит
губами:

— По-моему, он тебя приглашает танцевать.

— Я не говорю по-английски, — испуганно произно-
шу я.

— А по-французски? — улыбается парень.

— Нет, нет, по-французски я особенно не говорю, — я
почти в столбняке.

— В конце концов, я же приглашаю вас танцевать, а
не разговаривать, — смеется парень, и я иду.

Мы первые, мы единственные на танцевальном пятачке, на нас все смотрят. Я замечаю двух теток из числа Ларисиных шоу-компаньонов. Они потрясены не меньше моего. Я качнулась на месте, испробовала свои ноги, потрясла руками, сбросила с тела что-то лишнее, и пошло...

В молодости я любила танцевать, начиная от буги-вуги до рок-н-ролла. Тогда в эти танцы вкладывалась вся страсть к свободе, и весь протест к советской тухлятине, и отчаяние, и злость, и ярость. И тело мое все вспомнило — как будто проснулось. Черный парень был бесподобный танцор, он меня кидал и ловил, а я не промахивалась, всем телом попадая, куда надо. Лет двадцать я не танцевала. Мне кажется, так классно я вообще никогда не танцевала, даже и в молодости. Потом вылезли еще какие-то пары, но — как будто никого вокруг не было, все расступались и нисколько не мешали, присутствовали где-то на периферии. Потом наступила другая музыка, что-то тангообразное, но «слоу, очень слоу», и мы уже плыли по другой реке, и даже разговаривали. Он спросил, где я живу. Я ответила — в Москве. Он танцевал, как бог, я бы танцевала в ним всегда, в медленном объятии, полном и совершенном. Он спросил меня, не хочу ли я остаться в Новом Орлеане.

— Не знаю, хочу ли я остаться в Новом Орлеане, но я хочу танцевать с тобой.

— Так мы танцуем, — засмеялся он.

Он был такой красивый и такой молодой. Тут музыка кончилась, и он отвел меня к моему столику. Сел на свободный стул.

— Я предлагаю вашей подруге остаться в Новом Орлеане, а она колеблется.

Глаза у Ларисы, и вообще большие, стали как два пасхальных яйца Фаберже голубого цвета.

К этому времени я уже немного очухалась.

— Нет. Я не могу. Я живу в Москве, — сказала я сожалением.

— Хотите, я поеду с вами в Москву? — спросил он.

Ларисины глаза уже не могли стать больше, они вылупились до предела.

— У меня в Москве муж, — призналась я.

— Жалко, — сказал парень. — Ты мне понравилась. А, может, останешься в Новом Орлеане?

— Нет, — вздохнула я, и мы расстались навеки.

Лариса обещала выдать мне справку, что жизнь моя могла измениться, что предложение мне было сделано на ее глазах, и свой шанс я упустила. Она мне объяснила также, что происшествие это совершенно неправдоподобно, потому что Нью-Орлеан — расистский город, это не Нью-Йорк и не Калифорния, где черный мужчина легко может пригласить танцевать незнакомую белую женщину. Здесь это совершенно не принято. Еще она призналась, что всегда считала, что я, рассказывая свои истории, немного привираю, закругляю сюжеты и сообщаю им законченность, которой они в реальности не обладали. А теперь верит, что я не вру.

На следующий день, когда открылось ларисино шоу, к ней подошли две ее коллеги, и одна тихонько спросила: а правда, что вашей подруге вчерашний черный парень предложил остаться?

«Правда», — с гордостью ответила Лариса.

Это был день моей женской славы.

Забыла сказать: книжечка, в которой затерялись на несколько лет армянские предсказания, называлась «История шевалье Де Грие и Манон Леско». Привет тебе, дорогая Лариса!

Общий вагон

Собирались мы наскоро, но традиций не нарушали: водка, селедка, хлеб. Последнее немаловажно — в деревне, куда мы ехали, магазина давно уже не держали. Если говорить вполне откровенно, продуктов набрался полный рюкзак.

Число на дворе было тридцатое декабря. Крайний день. Билеты на Савеловском вокзале нам продали, хотя очередь стояла изрядная. Вскоре выяснилось, что билеты продали всем желающим, которых было вдвое больше, чем посадочных мест. На перроне происходило нечто ностальгическое — не то война, эвакуация с последующей бомбежкой, не то съемка фильма из тех же лет. В спутниках моих проснулась не утраченная сноровка военного детства, и мы довольно ловко вперлись в переполненный вагон. И поехали на север...

Вагон общий. Народ постепенно утрясается. Дураки плотненько сидят на лавках, умные уже растянулись на верхних полках. А мы стоим в проходе. Пока что тесно и холодно, но скоро будет жарко и душно, но к этому времени умные и дураки сравняются в одном — все будут пьяными. Процесс, собственно говоря, пошел сразу же, как только поезд тронулся. Все вынули. Не спрашивайте, что. Вот именно. Бутылки. Все, кроме нас. Не потому, что у нас не было. А потому, что начался такой народный театр, что невозможно было оторваться от зрелища этой натуральной жизни в железнодорожных декорациях...

Первым явлением была Проводница. Рубенсовская модель с лицом подвыпившей матрешки. Сильная, крепкая. От пьянства еще не развалилась, только перед обвис, как у коровы. Голос властный, веселый, хамства не допустит, если надо, сама так обхамит, что и милиционер покраснеет. Понимает, что билетов продано вдвое больше, чем мест, но ситуацией владеет полностью: кого направо, кого налево, бабу є дитем усадила, солдатиков-отпускников с мест подняла — погодите малек, ребятки, и вас пристрою... Но солдатики торопятся — им ехать всего восемь часов, а за это время надо успеть захорошеть, и проспаться, и снова захорошеть. Но они в надежных руках, в отпуск их везет солдатская мать, медведица. Ее сын Колька, да двое землячков Вовка и Серега...

В соседнем с нашим отсеке солидная семья из пяти членов: мать и отец в средних годах, их сын с женой и немецкая овчарка. Ей-то хуже всех. Забилась под лавку и переживает нервный срыв. Все ее жалеют, ласкают, особенно пожилая хозяйка: «Ах ты, моя красавица, не бойся, глупая, мы тебя в обиду не дадим». А собака дрожмя дрожит. Папаша с сынком уже приняли. Папаша ногами вспотел, ботиночки снял, отдыхает... Колбаска, курочка... Не желаете ли?..

Хороший у нас народ — добродушный, щедрый...

Рядом с нами, на проходном месте, возле самого сортира, любовная парочка. Не молодежь глупая. А взрослые, женатые, за тридцать. От них любовью так и пышет, особенно от нее: «Ну, чего тебе дать-то, Славик? Хошь славянской, хошь хейнекена? А водочки, водочки-то?»

У нее штук восемь одинаковых пластиковых пакетов, она их перетряхивает, позвякивает, постукивает... А муж носом крутит: того не хочет, этого не хочет... Непонятно даже, чем это он так быстро набирается...

Вот и солдатики вышли из тамбура, присели на лавку, уже и пропустили по маленькой, и повздорили, и матюгами друг в друга пульнули, и помирились. Такой у нас народ — душевный, отзывчивый...

И мы трое — мой муж, Дима и я — тоже народ. Одеты, как все: шапки, валенки, полушубки. И еда как у всех: хлеб, колбаса, сырок плавленый, чай в термосе... Вот чаек мы и пьем.

— Ну что вы, как неродные... — жалеют нас, предлагают.

Соседка с пакетами оказалась продавщицей из продовольственного магазина. Все рассказала: что раньше заведующей была, а теперь смысла нет, что к родне едут, что детишек у них двое, с бабкой остались. Что проблема у них есть — квартирная.

А Славик важный, как китайский мандарин, всем недоволен: сначала ему было холодно, потом стало жарко, пиво ему горькое, а водка слабая, а, главное, поезд так медленно идет, ну просто мочи нет... А продавщица все старается ему угодить: и так, и сяк, и боком, и скоком. А он чем пьяней, тем строже...

Вагон хоть и растрясся, но забит плотно. Кое-как расселись. Время от времени по проходу пробирается пьяный мужичище с висящим на одном ремне аккордеоном:

— Рюкзака моего не видели?

С каждым следующим его проходом он все пьянее, аккордеон свисает все ниже к полу, а рюкзак все недостижимей... Люди, правда, говорят, что еще на вокзале провожавшая его женщина ему рюкзак к поясу пальто привязала. Впрочем, пальто тоже нет...

Кое-где еще братаются, а кое-где уже схватились за грудки. Солдатская мать тут как тут: «Вов, Серега, да вы что? Чего кулаками-то машете? Хорошо ли, приедете к матери в синяках?»

Утихомиривает дураков... Почему от таких хороших добрых женщин родятся такие щенки бессмысленные?

А в семейном отсеке хоровое пение: «Что стоишь, качаясь, тонкая рябина?»

Немецкая овчарка прижала уши, сгорбилась... Почтительный сын ведет папаню в туалет. Только ботиночки забыл на него надеть. Сынку указывают: обуй папашу, в уборной давно уже по колено...

Сынок папаню усаживает, ботиночки прилаживает. Пока они в отлучке, свекровь, закончив песню на слезливой ноте, сообщает невестке, кто она такая есть. Невестка тоже кой-чего ей сообщает. Раздается крепкий визг. Собачьи нервы не выдерживают, она взвывает. Драматическое напряжение нарастает. Молодой человек приволок папаню из сортира. Оскорбленная молодая жена требует от мужа немедленной расправы над свекровью. Собачий вой переходит в скулеж. Мамаша нежна с собакой как добрая фея. Только что не целует: «Ах ты моя бедняжка, разволновалась-то как!» И вдруг рявкает огромным зычным голосом:

— Сидеть!

Из-под собаки начинает что-то подозрительно течь. Молодая пара волочет собаку в туалет. Собака сопротивляется. В глазах у нее отчаяние и безумие — люди с такими глазами кончают самоубийством.

Все полны взаимным интересом, но доброжелательность мгновенно обращается в агрессию. Кто-то хохочет, кто-то рыдает. Ударяя распахнувшим всю свою душу аккордеоном о стойки полок, человек все бродит из вагона в вагон и ищет свой рюкзак. Славик раздухарился не на шутку:

— Что за поезд? Я в таких не езжу! Остановить поезд! Пусть меня встретят! Где моя космическая связь?

А жена его утешает: что ты, говорит, Славик, ты телефон-то свой на столе забыл... И нам с гордостью поясняет: он у меня телефонист, в спецуправлении работает.

У нас просто глаза раскрываются: да какой же он же телефонист, он же телеграфист! Бессмертный чеховский телеграфист, но зарвавшийся, зажравшийся. Космическую связь ему! Птицу-тройку! И пусть поезд остановят! И вертолет пришлют!

Русский театр абсурда. За полночь перевалило. Уже тридцать первое декабря.

Поезд пьян как зюзя. Проводница, солдатики, спящие и бодрствующие — все дышат свежими алкогольными парами. Праздник грядет. Еще почти и не наблевано, и морды не все биты, и все впереди.

Мы немного чувствуем свою подлость: не напились, не слились с народом, смотрим трезвым глазом со стороны, просто как наблюдатели из ООН. Но, между прочим, кроме наших трех, еще одна пара трезвых глаз наблюдает картину. Сверху свешивается красивый человек, тельняшка из-под рубахи, лицо нездешнее, пожалуй, северокавказское: рус, подбородок лопатой, с кинематографической ямкой, нос резкий, без славянской мякоти. Чеченец, что ли? А глаза любопытствующие, смотрят прямо...

Мы вышли в Кашине. И «чеченец» с нами. Тьматьмущая, и мороз под тридцать. В вокзале тепло, и народ туда подтягивается. Отсюда, с вокзальной площади скоро пойдут автобусы по деревням. Люди топчутся. Ждут. Нам ждать часа два.

Развернули скамейку к теплой батарее. Развязали рюкзак и достали, наконец, бутылку. И позвали «чеченца». Он, не чинясь, подошел. Представился:

— Меня, — говорит, — зовут Иван Яковлевич. Я, собственно говоря, голландский немец.

Я чуть не подавилась. Это была, конечно, моя законная писательская добыча. На ловца прибежал зверь. Да еще какой: хочешь, на роман с продолжением, хочешь, на телесериал. Он выпил стаканчик и начал рассказ:

— Переселилась наша семья из Голландии при императрице Анне Иоанновне, на рудники... Предки мои был меннониты. Знаете про таких?

Мы знали. Иван Яковлевич растрогался: первый раз за всю жизнь встретил таких людей, чтоб меннонитов знали...

Язык немецкий он почти потерял. Мать еще говорила, а он уж почти не говорит. Но понимает. Из Алтая переселилась семья в Среднюю Азию. Женился после армии на русской. Раньше всех понял, что из Средней Азии пора уезжать. Перебрался в Россию. Купил дом. Завел хозяйство. Жена медсестра. Трое детей. Работает он в Москве, водителем автобуса. Здесь, в Тверской области, работы нет. Прозвище у него Чечен.

Говорит он хорошо. Язык живой, правильный, никаких бессмысленных ругательств, которым привычно пересыпают речь все, кто побывал в армии или в лагере. Все его братья уехали в Германию. Он ехать не хочет. Здесь у него Родина.

Мы слушаем с вниманием. Он говорит охотно, с подробностями. Ни одного вопроса не задает. Потом смотрит на часы. Пора. Спасибо, говорит, за приятное общество. С интеллигентными людьми очень редко случается общаться. И ушел. Каких только людей нет у батюшки-царя, как говаривал Лесков...

Автобус наш был такой промерзший, что аж звенел. Ночь не собиралась кончаться, мороз усиливался. Ехали больше часа и приехали в деревню. В редких избах горят огни, собаки брешут. А до нашей деревни еще идти шесть километров лесом. Можно и по дороге, но тогда на два километра больше. И пошли мы через ночной лес. Дорога скоро перешла в тропинку, а потом и тропинка потерялась под снегом, и мы пошли по целине, проваливаясь по колено. И шли долго-долго. Сделали привал, попили горячего чаю, даже костерок развели. Лес скрипел ветками, постреливал от мороза, казалось, что мы никогда отсюда не выберемся. Потом стало светать. Стали заметны следы: кабаньи, лисьи, заячьи. Собачьи, конечно. Среди древесного морозного треска чирикнула какая-то птица. Я шла как во сне, мне казалось, что я бреду вне времени, пространства, на том свете... Но тут лес иссяк. Мы достигли опушки и вышли на открытое место. Было уже совсем светло. Позади нас стеной стояли огромные сосны. Мы остановились, оглядывая открывшуюся деревню — ни одного дымка не шло из труб.

Вот тут-то и произошло. Как взрыв. Все вдруг вспыхнуло — за нашими спинами загорелись желтым свечным пламенем сосны. Это взошло солнце. Все засверкало праздничным светом, заискрилось, и началась такая красота, какая бывает только в детстве или во сне. И в довершение всего раздался какой-то фырчок, и прямо из-под моих ног выскочила и взлетела большая серая птица-тетерка.

Рассказать осталось немного. Димин дом промерз настолько, что даже мыши из него ушли. Что до людей, то местные старухи зимуют у родни, в городе. Последняя одинокая старуха-зимовщица умерла лет восемь тому назад.

К нашей радости, в деревне обнаружился дачник. Он остался с осени, спасаясь от городской суеты и любящей жены. Ему нравится жить в пустой деревне, с кошкой-собакой. Иногда сбегает на лыжах в соседнюю деревню в магазин за хлебом-молоком. Спирт у него в канистре. Еда в запасе. Он пенсионер. Читает, рисует, режет по дереву. Выпивает в одиночку. Философствует, когда есть с кем. Прекрасный и своеобразный человек. Он обрадовался, когда мы ввалились к нему в дом. Он как раз печь растапливал.

К вечеру мы накрыли стол в его избе. Димину избу два дня топить надо было, чтобы дом прогреть. С Новым Годом!

И сели за столы солдатики-отпускники, и телеграфист с продавщицей, и веселая семейка с нервнобольной собакой, и голландский немец по прозвищу Чечен, и ренуаровская проводница с лицом престарелой матрешки.

Это мой народ. Какой есть...

ПОСЛЕДНЕЕ

Вот они сидят втроем и беседуют: Христос, Будда и Георгий Михайлович Гинзбург.

А, собственно, о чем им говорить? Они сидят и улыбаются.

А подойдет к ним отец Андрей, прекрас-
нейший, его не примут.

Скажут: православных не берем, и като-
ликов не берем, и мусульман не берем, тем
более — иудеев.

Только беспартийных.

А примут кого? Слабоумную девочку Таню Князеву, дауна Сашу Козлова и блаженную Наташу Горбаневскую — ей православие простят.

А умных — никого. Я вдалеке постою.

Да! За страдание тоже никого не примут.
Тоже мне, большое дело.

И за старание не примут!

Так привычно говорить: «Господи, помилуй! Господи, помоги! Господи, прости!», что от привычки почти потерян стыд — все-таки прости муравьиные усилия всё заполучить в пользование.

Все разрешили: съесть сразу три килограмма зеленых яблок, выпить две бутылки водки и лечь с ослицей или ее отцом.

Только не вспоминать о белом слоне. А он здесь.

Мысль ужасная: тебя никто не накажет и, тем более, не наградит.

Ты совершенно свободен, сам себе судья. О ужас!

Хотелось, чтоб все было по закону, как на немецкой железной дороге: по свистку и вовремя. А тебя — диспетчером. Пойду пешком.

А было так удобно на все твердить: «Твоя
Святая воля!»
А вдруг — моя?
Нельзя ли отменить местоименья?

У Бога был один хороший сын Иисус.
Как свербит на этом месте...

А про Святую Троицу — ну просто вообще!

Как устроено электричество — не знают.

А как устроен Бог — три пальца...

Говорят, что Три Лица. У Рублева это очень убедительно.

Но все остальное — сплошные спекуляции.

Откуда им знать-то? Посмотри на их рожи.

А иногда едешь в метро, посмотришь
кругом и заплачешь: одни ангельские лица.
Правда, редко.

Один приятель, Сёма из Бетезды, открыл, что ДНК совсем не запись наследственной информации, а персональный ключ ко входу в космический компьютер. Ничего?

Мы с Петей совершенно не верим в чудеса.

То есть, мы их наблюдали.

Петя даже видел, как один йогин материализовал из воздуха какую-то хрень вроде золотой цепочки.

Ну и что?

Каждая женщина, у которой затвердела грудь и отяжелел живот, чувствует, что произошло чудо. Не только Мириам.

Пришла на исповедь.

— Падре, — говорю, — я давно не совершаю дурных поступков сознательно, но я часто плохо думаю о людях и раздражаюсь.

— Да, да, я так хорошо вас понимаю, — говорит он.

— Падре, кругом почти сплошь идиоты, я их часто жалею, но отношусь к ним свысока, а иногда с презрением, — говорю я.

— Да, да, конечно, я вас так хорошо понимаю.

— Падре, я давно в руки не беру молитвослов, по крайней мере, с тех пор, как обнаружила, что молюсь всегда, когда голова не занята какими-нибудь глупостями.

— Да, да, я вас хорошо понимаю, молитвослов трудно взять в руки... и мне знакомо это состояние.

— Падре, — говорю я, — я очень тоскую по старшим. У меня совсем не осталось старших, — говорю я.

— Да, да! Как я вас понимаю! Совсем не осталось старших!

— Падре! Я больше не интересуюсь никакими духовными вопросами, исключительно поведением.

— Так это же самое главное! — воскликнул падре.

Я поцеловала крест и его руку, а он поцеловал меня в макушку. Вот и все.

Вот потеряю руки, ноги, голову, и возраст, и дату рождения, и дату смерти, а также пол, адрес и e-mail, вот потеряю имя и фамилию, и будет хорошо.

Содержание

Литературно-художественное издание

Улицкая Людмила Евгеньевна

ЛЮДИ НАШЕГО ЦАРЯ

Заведующая редакцией *Н. Холодова*
Редактор *Н. Крылова*
Художественный редактор *А. Ходаковский*

ООО «Издательство «Эксмо»
127299, Москва, ул. Клары Цеткин, д. 18/5. Тел.: 411-68-86, 956-39-21.
Home page: www.eksmo.ru   E-mail: info@eksmo.ru

*По вопросам размещения рекламы в книгах издательства «Эксмо»
обращаться в рекламный отдел. Тел. 411-68-74.*

Оптовая торговля книгами «Эксмо» и товарами «Эксмо-канц»:
ООО «ТД «Эксмо». 142700, Московская обл., Ленинский р-н, г. Видное,
Белокаменное ш., д.1. Тел./факс: (095) 378-84-74, 378-82-61, 745-89-16,
многоканальный тел. 411-50-74.
E-mail: reception@eksmo-sale.ru

Мелкооптовая торговля книгами «Эксмо» и товарами «Эксмо-канц»:
117192, Москва, Мичуринский пр-т, д. 12/1. Тел./факс: (095) 411-50-76.
127254, Москва, ул. Добролюбова, д. 2. Тел.: (095) 745-89-15, 780-58-34.
www.eksmo-kanc.ru e-mail: kanc@eksmo-sale.ru

**Полный ассортимент продукции издательства «Эксмо» в Москве
в сети магазинов «Новый книжный»:**
Центральный магазин — Москва, Сухаревская пл., 12
(м. «Сухаревская»,ТЦ «Садовая галерея»). Тел. 937-85-81.
Москва, ул. Ярцевская, 25 (м. «Молодежная», ТЦ «Трамплин»). Тел. 710-72-32.
Москва, ул. Декабристов, 12 (м. «Отрадное», ТЦ «Золотой Вавилон»). Тел. 745-85-94.
Москва, ул. Профсоюзная, 61 (м. «Калужская», ТЦ «Калужский»). Тел. 727-43-16.
Информация о других магазинах «Новый книжный» по тел. 780-58-81.

В Санкт-Петербурге в сети магазинов «Буквоед»:
«Книжный супермаркет» на Загородном, д. 35. Тел. (812) 312-67-34
и «Магазин на Невском», д. 13. Тел. (812) 310-22-44.

Полный ассортимент книг издательства «Эксмо»:
В Санкт-Петербурге: ООО СЗКО, пр-т Обуховской Обороны, д. 84Е.
Тел. отдела реализации (812) 265-44-80/81/82/83.
В Нижнем Новгороде: ООО ТД «Эксмо НН», ул. Маршала Воронова, д. 3.
Тел. (8312) 72-36-70.
В Казани: ООО «НКП Казань», ул. Фрезерная, д. 5. Тел. (8432) 70-40-45/46.
В Киеве: ООО ДЦ «Эксмо-Украина», ул. Луговая, д. 9.
Тел. (044) 531-42-54, факс 419-97-49; e-mail: **sale@eksmo.com.ua**

Подписано в печать 04.08.2005.
Формат 84x108 $^1/_{32}$. Печать офсетная. Бумага тип. Усл. печ. л. 18,48.
Доп. тираж 20 000 экз. Заказ № 7195.

ОАО "Тверской полиграфический комбинат"
170024, г. Тверь, пр-т Ленина, 5. Телефон: (0822) 44-42-15
Интернет/Home page - www.tverpk.ru Электронная почта (E-mail) -sales@tverpk.ru

Russian school of WAc

13401 Bel - Red Road
A - 2   Bellevue 98005

[Cpeдa .]